KB149956

그린비,
AI와 진로의 여정을 그리다

그린비, AI와 진로의 여정을 그리다

초판 1쇄 인쇄_2024년 2월 10일 | **초판 1쇄 발행**_2024년 2월 15일
지은이_그린비 | **엮은이**_성진희
펴낸이_진성옥 외 1인 | **펴낸곳**_꿈과희망
주소_서울시 용산구 한강대로 76길 11-12 5층 501호
전화_02)2681-2832 | **팩스**_02)943-0935 | **출판등록**_제 2016-000036호
e-mail_jinsungok@empal.com
ISBN_979-11-6186-143-2 43810
※ 책 값은 뒤표지에 있습니다.
※ 새론북스는 도서출판 꿈과희망의 계열사입니다.

2024 대구광역시교육청 책쓰기 프로젝트

그린비,
AI와 진로의
여정을 그리다

그린비 지음 | 성진희 엮음

꿈과희망

지도교사 성진희

…타닥 타닥 타닥…

여기저기서 자판 소리가 진지하면서도 묵직하게 들립니다. 혹시 어디서 들리는지 궁금하세요? 네, 바로 성광고등학교 컴퓨터실입니다. 매년 그랬듯이, 올해도 참 감사하게 성광고 '그린비' 동아리의 책쓰기 갈무리가 시작되었습니다. 우리 아이들이 자신의 작품에 한 땀 한 땀 열심히 황금빛 수를 놓고 있습니다. '그린비(그리운 선비)' 책쓰기 동아리가 어느덧 열세 번째 책의 완성을 앞두고 있습니다.

올해 열일곱 열여덟 남학생들은 요즈음 화두가 되었던 오픈AI가 개발한 최첨단 언어 모델인 'ChatGPT'를 활용하여, 세상에 대한 왕성한 호기심을 질문하고, 대화한 내용에 대해 자신의 생각을 입혀본 이야기와 학생들의 관심사와 진로에 대한 진지한 고민과 탐구를 하여, 미래를 만들어 가는 주제에 대해 더 깊이 탐색한 이야기들을 소설, 수필 형식으로 열정적으로 창작하였습니다.

제 1부는 '그린비, 챗gpt와 대화하다'입니다.
그린비 학생들은 인공 지능 기술을 활용한 챗gpt와의 대화를 통해 자신의 관심 분야와 진로에 대한 탐구를 위해 정보를 얻는 활동을 진행하였습니다.
학생들은 창의적인 융합정신을 발휘하여, 챗gpt와의 대화를 통해 자신의 관심사를 탐구하고 심층적인 정보를 습득했습니다. 그리하여 학생들은 자신의 진로와 전공을 선택하는 데 필요한 통찰력을 얻었을 것입니다. 이 활동을 통해 우리 아이들은 문제 해결 능력을 키우고, 다양한 분야의 지식을 통합하는 능력을 기르며, 창의적이고 혁신적인 접근 방식을 깨달았을 것입니다.

처음으로 챗gpt와의 대화를 시도한 아이의 생각, 그동안 장난삼아 여러 번 챗gpt와의 대화를 한 학생의 생각 등 여러 상황들이 존재했지만, 이번 책쓰기 활동에서는 챗gpt와 진지하게 대화하고, 그에 대한 느낀 점을 솔직 담백하게 적어보았습니다. 챗gpt와의 대화를 통해 그린비 학생들은 인공지능과 정보와 아이디어를 교환하며, 상호 학습과 협업을 강화하는 경험을 얻었습니다. 이러한 뛰어난 노력과 열정의 결과물이 한 편의 글로 나타났습니다.

제 2부 '그린비, 진로의 여정을 그리다'입니다.

그린비 학생들의 글은 그들의 개성과 역량을 빛내고, 미래에 대한 열망을 잘 표현하였습니다. 자신만의 주제를 설정하여 창작한 각각의 글은 그들의 관심사와 진로에 대한 진지한 고민과 탐구를 보여주며, 그들의 미래를 밝게 묘사하고 있습니다. 학생들이 한 글자 한 글자 진심을 눌러 담아 써내려 간 것이 느껴집니다. 아이들이 풀어낸 글에서 찾아볼 수 있는 번뜩이는 아이디어와 분석, 그리고 창의적인 비전은 놀라울 뿐만 아니라 영감을 주기도 합니다.

이 학생들은 영화 분야, 영화감독, 프로그래머, 작가, 언어학자, 데이터 분석가, 생명공학 연구자, 전자공학자, 안전관리자, 교육자 등 다양한 분야에 자신의 꿈을 두고 각자의 꿈에 대한 열정과 관심을 지니고 있으며, 그 열정을 발산하여 뛰어난 글을 창작하였습니다.

열일곱 열여덟 남학생들의 머릿속에는 형언할 수 없는 무궁무진한 것들이 다 헤아릴 수 없을 정도로 가득 존재하나 봅니다. 책쓰기 활동을 처음 시작했을 때에는 다소 어색해하기도 했고, 아이디어를 내기 위한 몸부림도 조금 비쳤지만, 시간이 지날수록 아이들이 가진 생각의 우물들이 깊이 파져서 마르지 않는 샘물이 되고, 솟구치는 창작의 영감을 자꾸자꾸 퍼 올리는 것을 지켜보게 됩니다.

책장 한 페이지를 넘길 때마다 글쓰기에 대한 아이들의 노력과 열정이 보입니다. 서로 다른 각자의 경험과 지금까지 걸어온 인생이 보입니다. 책쓰기에 대한 학생들의 노력과 열정을 칭찬하고, 수고한 학생들에게 응원과 격려의 박수를 보내며 이 책쓰기 활동이 얼마나 귀중하고 가치 있는 경험인지 강조하고 싶습니다. 또한 우리 학생들의 미래가 빛나도록 이와 같은 활동을 지속적으로 지원하는 것이 교사의 역할이라고 생각해 봅니다.

책장을 넘기면서 펼쳐질 아이들의 다채로운 이야기가 기대되신다면 여러분께서 독자일 뿐만 아니라 든든한 동료 여행자가 되어 우리 그린비 주인공들의 미래에 대한 비전과 탐구에 불을 붙일 그들의 아름다운 진로 여정에 함께해 주시길 기원합니다.

마지막으로 책이 나오기까지 도와주신 동료 국어교사(김대웅, 김형수, 남양선, 우성훈, 이대은, 이은희, 정반석, 정성윤, 정안수)와 미술 동아리(광미회) 시간에 그린비 책의 발간을 위해 학생들이 활동한 그림을 찬조해 주신 최수형 선생님께 진심 어린 감사의 마음을 전합니다. 또한 학생들이 마음껏 책을 갈무리할 수 있도록 늦은 시간까지 컴퓨터실을 개방해 주신 이우일 선생님께도 감사의 마음을 전하고 싶습니다.

contents

그린비, AI와 진로의 여정을 그리다

contents
그린비, AI와 진로의 여정을 그리다

광 미 회 학 생 들 작 품

최동진

이도윤

강응준

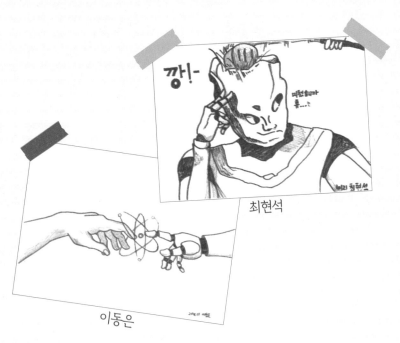

최현석

이동은

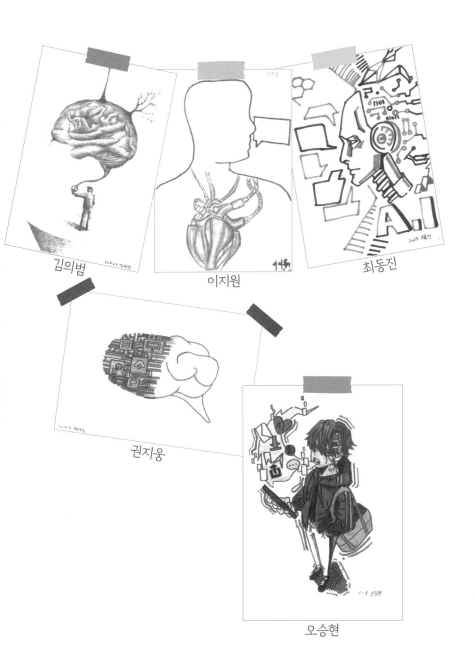

1부

그린비,
챗GPT와 대화하다

20603 김의비

알려 줄래? 영화 분야

정하윤

　내 꿈은 영화계에서 일하는 것. 그에 맞추어 진로를 영화 분야로 선택하고 열심히 달려가고 있다. 이러한 내가 꿈을 이루기 위해서는 어떤 자질, 능력, 특징이 필요한지 ChatGPT에게 질문해 보았다.

Q : 자신의 진로나 전공을 영화 분야로 선택한 고등학생에게 필요한 자질과 능력, 특징이 무엇인지 알려줘!

ChatGPT :
　고등학생으로서 영화 분야의 직업을 선택하는 것은 흥미롭고 야심찬 노력이다. 이 경쟁적인 산업에서 성공하기 위해서는 몇 가지 필수적인 자질과 능력 그리고 특성들이 요구된다.

　창의성 : 높은 수준의 창의성은 영화 분야에서 일하는 것을 목표로 하는 누구에게나 필수적입니다. 창의성은 스토리텔링, 대본 작성, 연출 및 제작 디자인을 주도하며, 개인이 매력적인 이야기와 영상을 만들 수 있도록 합니다.

　열정 : 영화에 대한 변함없는 열정은 기본적인 필수조건이다. 영화 산업은 헌신과 인내를 요구하는데, 이것은 영화 제작자가 되고자 하는 사람들이 영화 제작 기술에 대한 진정한 사랑을 갖는 것을 매우 중요하게 만든다.

적응력 : 영화 산업은 진화하는 기술과 변화하는 트렌드로 끊임없이 변화한다. 이 분야에서 직업을 추구하는 고등학생들은 적응력이 있어야 하고, 새로운 기술과 기술을 배우는 데 개방적이어야 하며, 혁신을 받아들일 준비가 되어 있어야 한다.

의사소통 기술 : 효과적인 의사소통은 아이디어를 전달하고, 배우들을 지휘하고, 팀과 협력하기 위해 필수적입니다. 강력한 의사소통 기술은 창의적인 비전을 표현하고 협력적인 환경에서 응집력 있게 일하는데 가치가 있습니다.

기술적 숙련도 : 카메라 조작, 편집, 그리고 음향 관리와 같은 영화 제작의 기술적인 측면들을 이해하는 것은 매우 중요합니다. 고등학생들은 기술적인 기술들을 발전시키고 산업 도구들과 장비들에 대한 최신 정보를 유지해야 합니다.

회복 탄력성 : 영화 산업은 긴 시간과 예측하지 못한 좌절로 인해 도전적일 수 있습니다. 회복 탄력성과 역경에 대처하는 능력은 영화 경력의 우여곡절을 견디기 위해 필수적입니다.

문제 해결 : 고등학생들은 제작과정에서 문제가 발생했을 때 장애를 극복하고 창의적인 해결책을 찾을 수 있는 문제해결능력을 길러야 한다.

공동 작업 : 영화 제작은 공동의 노력이며, 팀과 효과적으로 작업할 수 있는 능력이 가장 중요합니다. 공동 기술은 개인이 다양한 재능을 모으고 통일된 비전을 달성할 수 있도록 합니다.

세부 사항에 주의 : 영화의 성공은 종종 작은 세부 사항에 달려 있다. 영화 분야에서 일하기를 열망하는 고등학생들은 그들의 일에서 연속성과 일관성을 유지하기 위해 세부 사항에 예리한 주의를 기울여야 한다.

결론적으로, 영화 분야에서 진로를 목표로 하는 고등학생은 창의성, 열정, 적응력, 의사소통 능력, 기술적 능력, 회복 탄력성, 문제 해결 능력 그리고 협업과 세부적인 관심을 위한 재능을 소유하고 개발해야 한다. 이러한 속성들로, 그들은 역동적이고 매혹적인 영화의 세계에서 성공적인 여행을 시작할 수 있다.

나의 생각

ChatGPT는 1분도 채 안 되어서 나의 질문에 대해 창의성, 열정, 적응력, 의사소통 능력, 기술적 능력, 회복 탄력성, 문제 해결 능력, 공동 작업 능력 그리고 세부 사항을 주의하는 것까지 총 9가지의 요소를 답변으로 제시했다. 정말 놀랍다. 한 가지 질문에 대해 순식간에 이렇게 많은 답변을 해내다니. 그렇다고 해서 답변이 엉터리이거나 허술한 것도 아니다. 다만 답해 준 문장의 서술어가 통일되지 않고, 반말과 높임말을 섞어서 작성한 점이 조금 아쉬웠다.

ChatGPT의 답변에 나 역시 매우 공감한다. 특히 창의성과 열정, 이 두 가지를 개인적으로 가장 중요시하는데 ChatGPT의 답변을 보고 회복 탄력성도 매우 중요하다는 사실을 깨닫게 되었다. ChatGPT를 통해서 얻는 깨달음이 있다는 것이 신기했다.

이제는 기술과 공존하는 시대, 앞으로 ChatGPT의 역할이 얼마나 더 다양해질지 기대된다.

알고 싶어! 프로그래머, 인공지능 대체품

이진호

Q : 프로그래머가 되는데 필요한 학력은 뭐가 있어?

ChatGPT :

프로그래머가 되기 위해 필요한 학력은 상대적으로 낮은 요구 사항을 가지고 있으며, 주로 기술과 경험에 중점을 둡니다. 아래는 프로그래머가 되는 데 도움이 될 수 있는 학력 수준과 고려해야 할 사항입니다.

고등학교 학위 : 프로그래밍을 시작하기 위한 출발점으로 고등학교 학위가 필요하지는 않지만, 수학과 과학 과목에 관심을 가져보고 컴퓨터과학 관련 수업을 듣는 것이 도움이 될 수 있습니다.

대학 학위 : 컴퓨터 과학, 소프트웨어 공학, 정보기술 등과 같은 관련 학위를 가진 경우 프로그래밍 능력을 향상시키고 취업 기회를 높일 수 있습니다. 그러나 대학 학위가 필수적이지는 않습니다. 많은 프로그래머들이 컴퓨터 과학 학위 없이도 성공적으로 일할 수 있습니다.

온라인 코딩 코스와 부트캠프 : 프로그래밍을 배우는 데 대학 학위가 필요하지 않으며, 온라인 코딩 코스나 프로그래밍 부트캠프를 통해 필요한 기술을 배울 수 있습니다. 이러한 코스들은 짧은 시간 동안 실무에 필요한 기술을 습득할 수 있는 좋은 방법입니다.

개인 프로젝트와 포트폴리오 : 학력보다는 개인 프로젝트와 포트폴리오가 더 중요할 수 있습니다. 실제로 코드를 작성하고 프로젝트를 개발하여 여러 기술을 연습하고 포트폴리오에 담아 두는 것은 취업 기회를 높이는 데 도움이 됩니다.

경험과 자기 학습 : 프로그래머가 되려면 지속적인 학습과 경험이 필요합니다. 새로운 기술과 언어를 배우고 업무 경험을 쌓는 것이 중요합니다.

요약하면, 프로그래머가 되기 위해서는 고등학교 학위와 대학 학위가 필수적이지는 않으며, 중요한 것은 기술, 경험, 그리고 포트폴리오입니다. 학력은 도움이 될 수 있지만 학습과 실무 경험이 더 중요합니다.

Q : 프로그래머가 되기 위해 해야 할 것을 알려줘.

ChatGPT :
프로그래머가 되기 위해 아래의 단계를 따라갈 수 있습니다:

기초 컴퓨터 과학 지식 습득 : 컴퓨터 과학의 기초 개념, 데이터 구조, 알고리즘 등을 이해하는 것이 중요합니다. 온라인 코스나 책을 통해 학습할 수 있습니다.

프로그래밍 언어 선택 : 어떤 프로그래밍 언어를 배울 것인지 결정해야 합니다. 많은 초보 프로그래머에게는 Python, JavaScript, 또는 Java와 같은 언어가 추천됩니다.

온라인 자료와 코딩 코스 : 온라인 자료와 코딩 코스를 통해 프로그래밍 언어를 배우고 기술을 연마하세요. Udemy, Coursera, edX, Codecademy, Khan Academy 등의 플랫폼에서 유용한 코스를 찾을 수 있습니다.

개인 프로젝트 개발 : 학습한 내용을 실전에서 적용하기 위해 개인 프로젝트를 개발하세요. 작은 웹 애플리케이션, 게임, 블로그, 또는 어플리케이션 등을 만들어보면서 실무 경험을 쌓을 수 있습니다.

오픈 소스 프로젝트 참여 : GitHub과 같은 플랫폼을 통해 오픈 소스 프로젝트에 참여하면 다른 개발자들과 협업하며 실무 경험을 얻을 수 있습니다.

문제 해결 능력 향상 : 코딩 문제 해결 능력을 향상시키기 위해 온라인 저지 사이트(예 : LeetCode, HackerRank, Codeforces)에서 알고리즘 문제를 풀어보세요.

커뮤니티와 네트워킹 : 로컬 개발자 커뮤니티에 참여하거나 온라인 포럼에 질문을 올려 도움을 받으며, 다른 개발자들과 연결하세요.

이력서 및 포트폴리오 작성 : 개발한 프로젝트와 기술 스택을 포함한 포트폴리오를 작성하고 이력서를 준비하여 취업 또는 인턴십을 찾으세요.

지속적인 학습 : 프로그래밍은 계속 발전하므로 새로운 기술과 도구에 대한 지속적인 학습이 필요합니다.

취업 준비 : 취업 면접을 위한 기술과 커뮤니케이션 능력을 향상시키고, 포트폴리오를 통해 자신의 능력을 입증하세요.

프로그래머가 되기 위해 학습과 경험을 적절하게 조합하며, 지속적인 노력을 통해 기술을 향상시키는 것이 중요합니다.

Q : 인공지능이 로봇강아지와 같은 곳에 쓰여 강아지를 대체할 수 있을 것 같아?

ChatGPT :

인공지능이 로봇강아지와 같은 분야에 쓰일 수 있으며, 일부 상황에서 실제 강아지를 대체할 수 있을 수 있습니다. 그러나 강아지와 인공지능로봇은 각자의 장단점과 사용 사례가 있으며, 완전히 대체하기는 어려울 것입니다.

인공지능로봇이 강아지를 대체할 수 있는 경우:

보안 및 감시 : 인공지능로봇은 집안의 보안 및 감시 역할을 할 수 있으며, CCTV 카메라와 같은 기능을 수행할 수 있습니다.

상황 인지 : 일부 인공지능로봇은 환경을 감지하고 분석할 수 있으며, 화재, 가스 누출 등 위험한 상황을 감지할 수 있습니다.

환경 정리 : 로봇청소기와 같은 로봇은 집안의 청소를 담당하는 데 사용됩니다.

인공지능로봇이 강아지를 대체하기 어려운 경우:

감정과 상호 작용 : 강아지는 감정을 가지며 주인과 상호 작용하고 애정을 나타냅니다. 인공지능로봇은 감정을 가지지 않으며, 강아지의 친밀함과 애정을 완전히 대체하기 어렵습니다.

융통성과 창의성 : 강아지는 융통성과 창의성을 가지며, 예측 불가능한 행동을 보일 수 있습니다. 인공지능로봇은 프로그래밍된 방식대로 작동하며, 창의성과 융통성에서 한계가 있을 수 있습니다.

동료로서의 가치 : 강아지는 많은 사람들에게 동반자로서 큰 가치를 제공합니다. 그들은 외로움을 덜게 하고, 심리적 지원을 제공하며, 체조 및 활

동을 촉진합니다. 인공지능로봇은 이러한 측면에서 강아지를 완전히 대체하기 어렵습니다.

요약하면, 인공지능로봇은 특정 역할과 작업에서 강아지를 대체할 수 있지만, 강아지의 감정적 상호 작용, 융통성, 창의성 및 동반자로서의 가치를 대체하기에는 한계가 있습니다. 따라서 강아지를 대체하려는 목적과 상황에 따라 인공지능로봇의 사용이 유용할 수 있을 것입니다.

Q : 개발자, 프로그래머들이 가져야 할 덕목은 뭐가 있을까?

ChatGPT :
개발자와 프로그래머가 갖추어야 할 덕목은 기술적 역량 외에도 중요한 역할을 합니다. 다음은 개발자 및 프로그래머가 가져야 할 덕목 몇 가지입니다:

문제 해결 능력 : 복잡한 문제를 분석하고 해결하는 능력은 핵심적입니다. 효과적인 문제 해결 방법을 개발하는 능력은 개발자에게 큰 가치를 제공합니다.

학습 능력 : 기술 분야는 끊임없이 변화하므로, 새로운 기술과 도구를 배우고 적용하는 능력이 중요합니다.

협업 능력 : 소프트웨어 개발은 종종 팀으로 이루어지며, 다른 개발자, 디자이너, 프로젝트 관리자와 효과적으로 협력할 수 있는 능력이 필요합니다.

의사소통 능력 : 아이디어와 개발 상황을 명확하게 전달하고 설명할 수 있는 능력은 중요합니다. 이는 코드 주석, 문서 작성, 회의 참석 등을 통해 나타납니다.

책임감 : 개발자는 프로젝트 일정을 준수하고 코드의 안정성을 보장하는 역할을 맡습니다. 이를 위해 책임감이 필요합니다.

자기 주도성 : 개발은 독립적인 작업을 많이 포함하므로, 스스로 일을 관리하고 문제를 해결할 능력이 필요합니다.

윤리적 행동 : 개발자는 데이터 보안 및 개인 정보 보호와 같은 윤리적 고려 사항을 고려해야 합니다.

상호 이해와 다양성 존중 : 다양한 배경과 관점을 가진 사람들과 일하므로 상호 이해와 다양성을 존중하는 덕목이 필요합니다.

코드 품질 : 깨끗하고 효율적인 코드를 작성하고 유지하는 능력은 개발자에게 큰 가치를 제공합니다.

지속적인 개발 : 기술을 업데이트하고 발전시키는 노력을 기울이며, 커뮤니티와 지식을 공유하는 데 참여하는 열정과 자기 개발의 의지가 중요합니다.

이러한 덕목을 갖추는 것은 개발자나 프로그래머로서의 성공과 진전에 도움이 될 것이며, 효과적인 팀원으로서 중요한 역할을 할 수 있도록 도와줄 것입니다.

나의 생각

챗gpt를 처음 썼을 때는 정말 충격이었다. 순식간에 내가 질문한 것에 대해 답변을 내놓았기 때문이다. 그리고 당장 내가 챗gpt에게 받은 답변을 보더라도 내가 소설을 쓸 때 이러한 내용으로 썼어도 괜찮겠다는 생각이 들 정도로 말이다. 하지만 챗gpt는 없는 내용, 적절하지 않은 내용, 신빙성이 없는 내용을 담을 때도 있었다. 그렇지만 나는 챗gpt가 수 년이 지났을 때는 소설 분야는 부족할지라도 정보 수집 능력은 정말 인간과 맞먹을 정도로 성장할 것이라 생각한다. 한편으로는 챗gpt를 남용하는 문제가 생겨 사람의 창의성을 막을 수도 있다고 생각하지만 그래도 나는 챗gpt의 미래가 기대된다.

말해 줘! 쓰레기 섬

고현우

Q : 쓰레기 섬에 대해서 어떻게 생각해?

ChatGPT :

지구의 아름다운 자연은 우리에게 수많은 비밀과 보물을 안겨줍니다. 그러나 이 아름다운 선물을 지키지 못하고 우리의 쓰레기로 가득 찬 "쓰레기의 섬"은 자연과 우리 인류에 대한 어떤 비유적인 경고 같습니다.

무한한 바다의 한가운데에 떠 있는 쓰레기의 섬은 단지 우리의 무심책과 남발한 소비 문화를 보여주는 상징적인 유물이 아닙니다. 그곳에 떠다니는 플라스틱과 오염물질은 우리가 환경을 어떻게 취급하는지에 대한 비참한 증거입니다.

쓰레기의 섬은 우리가 무분별한 일회용 플라스틱을 사용하고, 지구의 물과 공기를 오염시키며, 생태계를 파괴하고 있는 것을 보여줍니다. 우리는 미래 세대에게 이 비극적인 유산을 남기고 있습니다.

이것은 환경 문제만이 아닙니다. 쓰레기의 섬은 바다 생물과 미생물에게도 엄청난 피해를 입힙니다. 플라스틱 조각들은 바다 생물의 몸속으로 침투하고, 그들의 건강과 생존을 위협합니다. 우리의 쓰레기로 미생물이 인간 식품 연결에 영향을 미치는 것을 상상해 보십시오.

우리는 이 문제에 대한 책임을 져야 합니다. 환경을 보호하고 쓰레기의 섬 같은 재앙을 예방하려면, 우리는 개인적으로 노력해야 합니다. 일회용 플라스틱을 줄이고 재활용을 촉진하는 것은 간단한 시작입니다. 하지만 그 이상을 위한 노력이 필요합니다.

쓰레기의 섬은 우리의 취약한 지구에 대한 경고입니다. 우리는 더 나은 선택을 하고 더 나은 미래를 위해 노력해야 합니다. 우리의 지구는 우리의 책임이고, 그것을 지키기 위해 노력해야 합니다. 이제 우리가 지키지 못한 비밀을 해결할 때입니다.

Q : 쓰레기 섬을 주제로 수필 써 줘.

ChatGPT :
쓰레기의 섬 : 환경 파괴의 비극과 우리의 역할

우리가 지구에 미치는 영향은 쉽게 간과되는 일 중 하나입니다. 그 중 하나가 '쓰레기의 섬' 혹은 '플라스틱 섬'입니다. 이 글에서는 쓰레기 섬이란 무엇이며, 이로 인한 환경 파괴에 대한 인식과 우리가 취해야 할 조치에 대해 살펴보겠습니다.

쓰레기 섬이란 어떤 곳일까요? 이는 주로 해양에서 발견되며, 수많은 플라스틱 쓰레기와 기타 오염물질로 이루어진 지역을 지칭합니다. 특히 플라스틱 쓰레기는 이 섬에서 가장 큰 문제 중 하나입니다. 플라스틱은 특히 해양 생태계에 치명적인 영향을 미칩니다. 작은 조각으로 쪼개진 플라스틱 조각들은 바다 생물에 의해 먹히고 중독될 수 있으며, 바다 조류와 육지로 이어지는 플라스틱 오염을 가속화합니다.

쓰레기 섬의 존재는 우리의 경각심을 불러일으켜야 합니다. 이것은 우리가 소비하고 폐기물을 처리하는 방식에 대한 근본적인 문제를 다루고 있습니다. 우리가 사용하는 플라스틱 제품과 다른 일회용 품목은 주로 환경에 해로운 물질로 만들어져 있습니다. 이러한 제품을 줄이고 재활용하고 환경 친화적인 대안을 찾는 것이 중요합니다.

우리가 할 수 있는 한 가지는 환경을 보호하려는 노력을 기울이는 것입니다. 쓰레기 섬은 우리가 오염물질을 버려서 만든 문제이기도 합니다. 우리가 쓰레기를 올바르게 처리하고 재활용하는 노력을 통해 이러한 문제를 완화할 수 있습니다.

또한 국제적인 협력과 더 나아가, 국가 및 지역 단위에서도 쓰레기 문제를 다루는 노력이 필요합니다. 규제와 교육을 통해 더 나은 환경을 만들 수 있습니다.

쓰레기의 섬은 환경 파괴와 지구에 미치는 영향에 대한 경고이자, 우리가 취할 수 있는 조치에 대한 동기부여입니다. 우리는 모두 지구 환경을 보호하고 유지하기 위해 노력해야 합니다. 이를 통해 우리는 미래 세대에 더 나은 세상을 전해 줄 수 있을 것입니다.

나의 생각

챗gpt에게 쓰레기 섬에 대해서 어떻게 생각하는지 물어보았을 때, "무한한 바다의 한가운데에 떠 있는 쓰레기의 섬은 단지 우리의 무심함과 남발하는 소비 문화를 보여주는 상징적인 유물이 아닙니다. 그곳에 떠다니는 플라스틱과 오염물질은 우리가 환경을 어떻게 취급하는지에 대한 비참한 증거입니다."라는 말이 가장 기억에 남는다. 쓰레기 섬의 끝을 보면 쓰레기 섬이 우리에게 환경오염의 심각성을 강렬하게 느낄 수 있다고 생각한다고 적은 것처럼 챗gpt도 나와 같은 생각을 한다는 것에 놀라웠다.

또 챗gpt가 쓴 수필을 보면 지금 현재 고등학생이 쓴 글과 별로 차이가 없다는 생각이 들 만큼 처음, 중간, 끝이 드러나고 쓰레기 섬을 비롯한 모든 환경오염 문제 해결방안도 서술하여 환경오염의 심각성과 대안을 잘 서술하였다고 생각한다.

작가에 대하여

장세형

나의 꿈은 작가이다. 하지만 작가라는 직업 자체가 특정 학과를 전공해 가면서 어떠한 틀에 갇혀 있는 것이 아니라, 작가는 말 그대로 글을 쓰는 사람이다. 글을 쓰는 것. 이 행위는 누구나 할 수가 있다. 그러므로 작가가 될 준비에 대한 접근성 자체는 매우 낮다. 이는 곧 학과의 종류에 구애를 받지 않는다는 말이 될 수 있다. 이는 내가 희망학과를 경제학과로 잡아 놓은 이유들 중 하나이다. 부연 설명이 좀 길었다시피, 작가가 되고 싶은 내 꿈을 이루기 위해 내가 쓴 글의 주제를 사용하여 ChatGPT에게 글을 써 달라고 부탁해 내가 쓴 글이랑 비교를 해가면서 공통점, 차이점, 배울 만한 점들을 알고 싶고 작가가 되기 위한 자질이나 능력 등을 질문함으로써 정보를 얻기 위해 ChatGPT를 사용하였다.

Q : 성전환 한국 군인에 대해 어떻게 생각해?

ChatGPT :
성전환을 한 한국 군인에 대한 생각은 다양할 수 있으며, 개인의 견해는 문화, 가치관, 종교 등에 따라 다를 수 있습니다. 몇 가지 일반적인 관점은 다음과 같습니다:

인권과 평등 : 성전환을 한 군인은 여성으로 인식 받고 행동하는 권리를 가집니다. 이는 성 정체성을 인정하고 다루는 기본적인 인권 문제와 관련이 있습니다. 사회적 평등을 존중하는 관점에서 이러한 군인들을 지지하는

경우도 많습니다.

군사 효율성 : 다른 관점에서는 성전환을 한 군인이 군대 내에서 성전환 후에 대소변 도구, 생활 시설, 규칙 및 절차 등에 대한 적절한 대응이 필요하며, 이로 인해 복잡한 문제가 발생할 수 있습니다. 군사 효율성을 고려하는 입장에서 이러한 변화를 적절히 관리하는 방법을 모색해야 할 것입니다.

사회적 태도와 인식 : 성전환을 한 군인에 대한 태도와 인식은 지역에 따라 다를 수 있으며, 사회적 환경이 큰 영향을 미칠 수 있습니다. 성전환을 한 군인들이 편안하게 군대에서 병역 의무를 이행할 수 있도록 사회적 환경을 포용적으로 만들어 가는 것이 중요할 수 있습니다.

많은 국가에서는 성전환을 한 군인에 대한 정책을 개발하고 군사 조직 내에서 다양성과 포용성을 증진하는 노력을 기울이고 있습니다. 이러한 문제는 시대가 변하면서 계속 발전하고 있으며, 공개적인 토론과 정책 제정에 대한 다양한 의견이 존중되어야 합니다.

Q : 나의 꿈은 작가야. 작가를 진로로 선택한 고등학생에게 필요한 자질과 능력, 특징이 무엇인지 알려줘.

ChatGPT :
작가가 되기 위해 필요한 자질과 능력은 다양하며, 아래에 나열된 몇 가지 중요한 특징과 고려해야 할 사항을 살펴보겠습니다:

언어 능력 : 작가로서 언어는 가장 중요한 도구입니다. 훌륭한 문법, 철자, 구문 및 어휘 능력을 개발하고, 언어의 다양한 사용법과 스타일에 대한 이해를 키우는 것이 중요합니다.

창의력 : 작가는 이야기를 만들고 캐릭터를 형성하는데 창의력이 필요합

니다. 새로운 아이디어를 발견하고 이를 흥미로운 이야기로 발전시키는 능력이 필요합니다.

관찰력 : 주변 환경, 사람, 상황을 주의 깊게 관찰하고 세부 사항을 놓치지 않는 것이 작가에게 도움이 됩니다. 이것은 작품을 풍부하게 만들고 독자들이 이야기 속에서 묘사된 세계에 몰입하도록 도와줍니다.

인내와 끈기 : 작가로서 성공을 거두려면 인내와 끈기가 필요합니다. 글을 쓰는 과정은 때로 어렵고 지루할 수 있지만, 계속해서 연습하고 발전시키는 노력이 중요합니다.

연구 능력 : 이야기의 배경, 캐릭터, 주제 등을 탐구하고 연구하는 능력이 필요합니다. 작가는 자료를 수집하고 이를 작품에 효과적으로 활용해야 합니다.

비평적 사고 : 자신의 작품을 비평적으로 평가하고 다른 사람의 피드백을 수용할 수 있는 능력이 중요합니다. 비판을 통해 작품을 개선하고 성장할 수 있습니다.

출판 업계 이해 : 작가가 출판 업계를 이해하고 시장 동향을 파악하는 것이 중요합니다. 출판 과정, 에이전트와 편집자와의 협력, 출판 옵션 등을 이해하면 작가로서 더 효과적으로 경력을 쌓을 수 있습니다.

끈질김 : 작가의 경력은 종종 거의 당장 성과를 내지 못할 수 있으며, 걸림돌과 어려움이 있을 수 있습니다. 그럼에도 불구하고 열정과 결연한 의지가 작가에게 중요한 자질입니다.

작가가 되기 위해서는 계속해서 글을 쓰고 발전시키며, 다양한 장르와 스타일을 탐구해 보는 것이 도움이 될 것입니다. 또한, 글을 읽고 다른 작가들의 작품을 분석하고 학습하는 것도 중요합니다.

Q : 성전환 한국 군인에 대한 소설을 써 줘.

ChatGPT :
성전환 한국 군인을 다룬 소설을 작성해 보겠습니다. 아래는 간단한 소설 아이디어입니다.

제목 : "새로운 전장, 새로운 싸움"

소개:
이 소설은 한국 군인으로 복무 중인 주인공, 서영준의 이야기를 다룹니다. 서영준은 여성으로 태어났지만 남성으로 성전환을 했으며, 군대에서 봉사하는 동안 자신의 정체성과 싸우는 이야기를 중심으로 펼쳐집니다.

장면 1 : 출발
서영준이 군대로 가는 순간부터 시작됩니다. 그는 새로운 남성으로서의 정체성에 대한 자신의 갈망과 두려움을 안고 군대로 향합니다.

장면 2 : 동료들과의 관계
군대에 들어가면 서영준은 다양한 동료와 접촉하게 됩니다. 어떤 동료는 그의 성전환을 이해하고 지지하지만 다른 동료는 난처한 태도를 보입니다. 서영준은 다른 동료들과의 관계를 형성하고 성전환에 대한 편견을 극복하려 노력합니다.

장면 3 : 위험한 임무
서영준과 동료들은 위험한 임무에 투입됩니다. 전장에서 삶과 죽음을 직면하면서 그는 자신의 용기와 결단력을 시험받습니다.

장면 4 : 성공과 갈등
임무를 성공적으로 마친 후, 서영준은 군대 내에서 인정과 존경을 받지만, 여전히 성전환 자로서의 갈등과 어려움을 겪습니다. 이러한 내부 갈등은 그의 성격과 행동을 형성하는 중요한 부분이 됩니다.

장면 5 : 성장과 희망

이야기의 끝에서, 서영준은 성전환 자로서의 정체성을 받아들이고 군대에서의 경험을 통해 더 강해진 채로 퇴역합니다. 그는 새로운 삶을 시작하며 희망과 자신감을 가지고 앞으로 나아갑니다.

이 소설은 성전환한 군인의 내면 갈등과 성장, 그리고 동료들과의 관계를 중심으로 다루며, 다양성과 포용성에 대한 중요성을 강조합니다. 작가는 이 소설을 통해 독자들에게 다양한 경험과 이야기를 전달하며, 사회적 이해와 인류애를 촉진하는 메시지를 담을 수 있습니다.

나의 생각

ChatGPT답게 작가가 되기 위한 자질과 능력, 특징들을 대략적으로 파악할 수 있었다.

또한 성전환 한국 군인에 대한 시나리오가 한국의 상황 등을 고려하여 쓰였다는 점이 놀라웠다. 그러나 성전환 군인이 무조건 좋은 의미를 가지면서 해피엔딩으로 끝난다는 점이 내가 쓴 글의 엔딩과 다르게 나타났다. 사실 성전환 군인에 대한 글을 써 달라는 질문을 수도 없이 했지만 하나같이 다 좋은 내용이거나 좋은 의미를 가진다는 점이 어쩌면 ChatGPT의 한계일 수도 있다고 생각한다. 내가 쓴 글의 내용과 같이 성전환 군인이라고 해서 무조건 좋은 의미만을 가지고 있지는 않다. 성전환 군인이라는 주제는 우리를 한 번 더 생각하게 만드는 요소이다. 성에 대한 제한을 극복해 나간다는 성장에 초점을 맞추면 분명 좋은 의미를 가지지만, 법적으로도 그것이다는 허용되지도 않고 윤리상의 문제까지 우려될 가능성이 있어서 좋지 않은 의미 또한 가진다. ChatGPT는 아이러니하게도 정보를 얻기에는 용이하지만 거짓된 정보나 정보가 부족하다는 점 등 아직까지 미숙한 시스템이라고 생각한다.

안락사에 대해 어떻게 생각해?

박대운

Q : 자발적 안락사와 2023년 현재의 사람과의 인간관계에 대해 알려줘.

ChatGPT :
　2023년 현재의 환경에서 자발적 안락사와 인간관계에 대한 관계는 여전히 중요하고 복잡한 주제입니다.

　자발적 안락사와 2023년 : 2023년 현재, 자발적 안락사는 여전히 법적, 도덕적 논란을 일으키는 주제 중 하나입니다. 일부 국가와 지역에서는 자발적 안락사를 합법화한 경우도 있고, 다른 곳에서는 엄격하게 금지하고 있습니다. 이는 의사결정 과정과 인간의 욕망을 중시하면서도, 다른 사람의 고통을 최소화하는 데 어떤 역할을 하는지에 대한 고민을 더욱 필요로 합니다. 기술의 발전과 의료의 진보로 인해 자발적 안락사에 대한 논의는 더욱 복잡해지고 있습니다. 의학 기술이 생명을 연장하고 고통을 줄여주지만, 이로 인해 인간들은 종종 삶과 죽음의 의사결정을 내리는 어려움을 겪게 됩니다.

　자발적 안락사와 인간관계 : 인간관계는 여전히 우리 삶의 핵심입니다. 가족, 친구, 연인과의 관계는 우리의 정서적 지지체계를 형성하며, 삶의 풍요로움을 더해줍니다. 그러나 자발적 안락사와 같은 극단적인 상황에서는 이러한 관계가 시험을 받을 수 있습니다.
　자발적 안락사 결정을 내릴 때, 가족과 친구와의 관계는 종종 갈등과 아품을 초래할 수 있습니다. 이것은 서로를 이해하고 공감하고 대화하는 더 중요한 이유가 됩니다. 2023년 현재, 우리는 이러한 갈등을 해결하고, 자발적 안락사 결정을 내리는 사람들의 의지를 존중하며, 인간관계를 중요시하고 균형을 찾는 방법을 찾아야 합니다.

자발적 안락사와 인간관계는 복잡한 주제이며, 논의와 이해의 중요성을 강조합니다. 이러한 주제는 계속해서 우리의 사회와 도덕적 가치에 대한 대화를 이끌어야 할 중요한 주제 중 하나입니다.

나의 생각

ChatGPT는 자신의 의견 없이 찬성과 반대측(안락사 찬성과 반대)의 의견을 가져와 두 개의 자료를 동시에 보여주어 질문을 한 사람에게 스스로 선택하게 만드는 방식이다. 또한 인간관계가 우리의 정서적 지지체계를 형성한다는 점이 인상 깊었는데 이와 같은 단어와 문장들은 소설을 쓰거나 문장을 작성할 때 어휘 능력을 향상시켜 줄 것 같았다.

영화감독은?

제갈민서

챗GPT 그리고 나

최근 뜨거운 이슈가 되고 있는 챗GPT와 이야기를 나눠보았다.

Q : "안녕."

ChatGPT :

"안녕하세요! 어떻게 도와드릴까요?"

Q: "네가 무척 똑똑하다는 이야기를 들었어."

ChatGPT :

"감사합니다! 저는 인공지능 모델인 GPT-3.5를 기반으로 하고 있어 다양한 주제에 대해 정보와 도움을 제공할 수 있습니다. 궁금한 것이 있거나 도움이 필요하신 경우 언제든지 질문해 주세요. 어떤 주제에 대해 이야기하거나 질문할 내용이 있나요?"

무척이나 부드럽고 자연스러운 대화가 이어졌다.

인공지능이 이 정도로 발전했을 거라곤 생각하지 못했다.

Q : "내가 미래에 대한 고민이 많아. 이에 대한 조언을 얻을 수 있을까?"

ChatGPT :

"미래에 대한 고민은 많은 사람들이 가지는 것이며, 불확실성으로 가득한 것이기도 합니다. 다음은 미래에 대한 고민을 다루는 데 도움이 될 수 있는 몇 가지 조언입니다:

목표 설정 : 미래를 계획할 때 무엇을 원하는지 명확한 목표를 설정하는 것이 중요합니다. 어떤 분야에서 성취하고 싶은 목표를 정하고 그에 맞는 계획을 세우세요.

계획 수립 : 목표를 달성하기 위한 계획을 세우십시오. 중요한 목표를 세분화하고 단계적으로 실행해 나가는 것이 도움이 될 것입니다.

지식과 스킬 향상 : 자신의 관심 분야나 직업에 필요한 지식과 스킬을 향상시키세요. 계속해서 학습하고 성장하는 것이 미래에 대한 대비가 될 것입니다.

금융 계획 : 금전적인 안정은 중요합니다. 저축, 투자, 예산 관리를 통해 금융적으로 안정을 유지하고 미래를 대비하세요.

유연성 : 미래에 대한 계획을 세울 때 항상 어떤 불확실성이 존재합니다. 유연성을 유지하고 변화에 대비할 수 있는 능력을 갖추세요.

신체적 건강 : 건강은 중요한 자산 중 하나입니다. 꾸준한 운동과 건강한 식습관을 유지하고 스트레스 관리를 위한 방법을 찾으세요.

사회적 관계 : 가족, 친구, 동료와의 강한 사회적 관계는 지지와 도움을 받는데 중요합니다. 소통과 관계를 유지하십시오.

전문가와 상담 : 때로는 미래에 대한 고민을 해결하기 위해 전문가의 도움

을 받는 것이 도움이 될 수 있습니다. 금융 컨설턴트, 심리 상담사 등을 찾아보세요.

미래를 대비하고 고민을 해결하기 위해서는 노력과 계획이 필요하지만 이러한 단계를 따르면 보다 안정적이고 행복한 미래를 구축할 수 있을 것입니다."

고등학교 2학년 2학기를 맞으며 부쩍 진로에 대한 고민이 많아져 과연 챗gpt는 이에 대한 조언을 해줄 수 있을까 하는 의문이 들어 물어봤다.
감정적인 공감과 위로를 해줄 거란 기대도, 완성도 있는 답변을 해줄 거라고도 생각하지 않았다.
하지만 챗GPT는 간단한 위로와 함께 여러 조언들을 해주었다.
물론 나의 마음에 공감을 했다거나 하는 그런 행동은 아니었지만, 상당히 수준 높은 답변이었다.
하지만 AI인 만큼 어느 정도의 형식적인 답변임을 느낄 수 있었다.
대화를 계속 이어가 보자.

Q : "고마워."

ChatGPT :
"천만에요! 언제든지 질문하거나 도움이 필요한 내용을 더 공유하실 수 있으니, 필요할 때 연락해 주세요. 행운을 빕니다!"

Q : "PD가 되고 싶어. PD가 되기 위해 필요한 점이 있을까?"

ChatGPT :
"PD(Public Diplomacy, 공공외교) 분야에서 성공하려면 다음과 같은 요소가 필요할 수 있습니다:

국제 이해와 관심 : 국제 관계와 다양한 문화에 대한 이해와 관심이 필요합니다. 국제 이슈 및 외교 정책에 대한 지식을 확보하세요.

언어 능력 : 다국어 능력은 PD 분야에서 매우 중요합니다. 최소한 하나 이상의 외국어를 능숙하게 구사할 수 있는 능력이 도움이 될 것입니다.

커뮤니케이션 스킬 : 효과적인 커뮤니케이션 능력은 PD 활동의 핵심입니다. 글쓰기, 연설, 대중과의 상호작용 능력을 향상시키세요.

정치와 경제 이해 : 국제 정치와 경제에 대한 이해도가 필요합니다. 국제 정책 및 이슈에 대한 분석 능력을 키워두세요.

문화 이해와 감수성 : 다양한 문화 간의 상호 이해와 감수성은 PD에서 중요합니다. 타 문화를 존중하고 이해하는 능력을 발전시키세요.

소통 기술 : 디지털 미디어와 소셜 미디어를 활용한 커뮤니케이션 기술을 습득하세요. 정보 전달 및 의사소통을 강화할 수 있을 것입니다.

네트워킹 : PD 분야에서 네트워크 구축이 중요합니다. 다양한 사회적, 정치적, 경제적 관계를 발전시키고 활용하세요.

교육 및 경험 : PD 분야에서의 경험이나 관련 교육을 취득하세요. 대학 학위나 PD 관련 프로그램을 고려할 수 있습니다.

창의성 : PD 분야에서 문제를 해결하고 전략을 개발하기 위해 창의적 사고 능력이 필요합니다.

열정과 헌신 : PD 분야는 종종 어려운 상황과 도전을 포함합니다. 열정과 헌신은 성공을 이루는데 중요한 역할을 합니다.

PD 분야는 다양한 분야와 연결되어 있으며, 경로는 다양할 수 있습니다. PD 분야에 진입하려면 관련된 직무나 기관에서 경험을 쌓는 것도 도움이 될 수 있습니다. 자신의 관심과 역량을 강화하며 PD 분야에 도전해 보세요."

내 설명이 부족했던 것일까?
내가 얻고 싶은 정보는 아니었다.
수많은 정보들 중 대화 상대가 원하는 정보를 찾아 제공하기는 쉽지 않다는 점에서 발생하는 문제인 듯했다.
질문을 좀 더 자세히, 구체적으로 질문해 보자.

Q : "나는 방송을 기획하고 만드는 PD가 되고 싶어."

ChatGPT :
"방송 PD가 되기 위해서는 특정 스킬셋과 경험이 필요합니다. 아래는 방송 PD로 나아가는 데 도움이 될 수 있는 단계와 조언입니다:

교육 및 학습 : 미디어 및 방송 분야에 대한 교육을 고려하세요. 방송, 미디어 제작, 미디어 관리, 스토리텔링 등과 관련된 과정을 수강하거나 학사 학위를 취득하세요.

인턴십 및 경험 : 방송 회사나 미디어 기관에서 인턴십을 경험하면 실무에서 필요한 스킬을 배울 수 있습니다. 미디어 관련 직무 경험을 쌓아가세요.

스토리텔링 능력 : 방송 PD는 좋은 이야기를 만들어야 합니다. 스토리텔링 능력을 키우고 다양한 이야기를 제작하고 편집하는 기술을 개발하세요.

기술 스킬 : 비디오 편집, 사진촬영, 오디오 기술 및 다른 미디어 관련 소프트웨어와 하드웨어에 대한 이해와 능력을 향상시키세요.

팀 작업 능력 : 방송 PD는 제작진과 원활하게 협력해야 합니다. 팀 내 소통과 협력 능력을 향상시키세요.

시장 조사 : 방송 콘텐츠와 뷰어들의 요구를 이해하기 위해 시장 조사를 수행하세요. 어떤 프로그램이나 콘텐츠가 인기가 있고 어떤 트렌드가 있는지 파악하세요.

네트워킹 : 방송 업계의 전문가나 다른 PD와 네트워크를 구축하세요. 이를 통해 기회를 찾고 조언을 얻을 수 있을 것입니다.

포트폴리오 작성 : 자신의 작품을 정리한 포트폴리오를 만들어 미디어 회사나 프로듀서에 제시하세요. 포트폴리오는 미디어 PD로서의 능력을 입증하는 데 중요합니다.

지속적인 학습 : 방송 및 미디어 기술은 계속 발전하고 있습니다. 새로운 기술과 도구에 대한 학습을 계속하고 새로운 아이디어와 접근 방식을 시도하세요.

인내와 열정 : 방송 PD는 종종 프로젝트의 긴 시간과 압박에 직면합니다. 인내와 열정을 유지하며 프로젝트를 완성하세요.

방송 PD로서의 경로는 다양할 수 있으며, 시장과 규모에 따라 다를 수 있습니다. 중요한 것은 관심과 열정을 가지고 끊임없이 학습하며 경험을 쌓아나가는 것입니다."

조금 더 구체적으로 질문하니 원하는 답을 얻을 수 있었다.
질문을 이해했고 정확한 정보를 선정했다는 가정 하엔 정확하고 자세한 답변을 얻을 수 있었다.
이번 대화에서 눈에 띈 점은 단어 선정이었다.

"방송 PD가 되기 위해서는 특정 스킬셋과 경험이 필요합니다."라는 부분에서 일상에선 쉽게 접하기 힘든 스킬셋이라는 단어가 특히나 더 눈에 띄었다.

그리고 챗gpt에게 위에 했던 질문들과 유사한 답변을 얻을 수 있었다. 그렇다면 이번엔 단순한 지식정보들을 얻기 위한 AI의 의견에 관한 질문을 해보자.

Q : "최근 계속되는 한국 문화 열풍의 원인에 대한 너의 의견이 듣고 싶어."

ChatGPT :

"한국 문화 열풍의 지속적인 성장은 다양한 요인의 결합으로 설명할 수 있습니다. 아래는 몇 가지 주요 원인과 관련된 내 의견입니다:

한류의 성공 : 한류(한국 드라마, 음악, 영화 등의 한국 문화 콘텐츠)는 국제적으로 큰 성공을 거두었습니다. 한국 콘텐츠의 고품질, 감동적인 이야기, 다양한 장르의 다양성, 그리고 훌륭한 연기자와 가수들이 세계적으로 인기를 끌었습니다. 이로 인해 한국 문화에 대한 국제적인 관심이 높아졌고, 다른 한국 문화 요소로 연결되는 계기가 되었습니다.

소셜미디어와 인터넷 : 소셜미디어와 인터넷은 한국 문화를 쉽게 공유하고 전파할 수 있는 도구로 작용합니다. 한국 팬들과 국제 팬들은 소셜미디어를 통해 콘텐츠를 공유하고 토론하며, 이는 한국 문화의 글로벌 확산을 촉진했습니다.

대중문화와 패션 : 한국의 패션, 뷰티, 음식 등 다양한 대중문화 요소가 국제적으로 주목을 받았습니다. K팝 그룹은 패션 아이콘으로 인정받고, 한국 메이크업과 스킨케어 제품은 국제적으로 선호됩니다. 이러한 요소들은 한국 문화를 보다 폭넓게 접할 수 있게 했습니다.

문화 교류와 소통 : 한국 정부와 관련 단체들은 한국 문화를 홍보하고 해

외에서 문화 교류를 증진하기 위해 다양한 프로그램과 행사를 개최합니다. 문화 교류는 언어, 음식, 예술 등을 통해 서로 다른 문화를 이해하고 즐기는 기회를 제공합니다.

다양성과 열린 마인드 : 한국 문화의 다양성과 열린 마인드가 긍정적으로 반영되었습니다. 이러한 다양성은 국제적인 수용을 높이고 다른 문화와의 상호작용을 촉진했습니다.

소프트파워와 문화 수출 : 한국 정부와 기업들은 문화 산업을 진흥하고 해외 시장에 수출하는 데 큰 투자를 하고 있습니다. 이는 한국 문화의 세계적 인기를 증가시키는 데 기여합니다.

한국 문화 열풍은 이러한 다양한 요인의 조합으로 인해 국제적으로 성공적으로 성장하고 있으며, 이는 한국의 문화적 영향력을 강화하고 다른 문화와의 상호작용을 증진시키는 데 도움이 되고 있습니다."

정말 챗GPT의 의견이 맞을까? 하는 의문이 들었다.
위에서 얻은 답변과 그다지 다른 점을 느낄 수 없는 답변처럼 느껴졌다. 다른 질문을 이어가 보자.

Q : "요즘 코로나로 인해 영화계가 침체기를 맞이했는데 이를 타파할 방법이 있을까?"

ChatGPT :
"코로나 팬데믹으로 인한 영화 산업의 침체는 매우 어려운 시기를 앞두고 있습니다. 그러나 이 상황을 극복하기 위해 몇 가지 방법이 있을 수 있습니다:

안전한 제작 환경 확립 : 영화 제작은 안전한 환경에서 진행되어야 합니다. 제작진과 배우들의 건강과 안전을 보장하기 위해 엄격한 보건 및 안전 프로

토콜을 준수해야 합니다.

디지탈 콘텐츠 : 디지탈 플랫폼을 통한 콘텐츠 제작 및 유통을 촉진하여, 영화 산업은 온라인에서 새로운 수익원을 창출할 수 있습니다. 디지탈 스트리밍 플랫폼에 콘텐츠를 제공하거나, 온라인 영화 축제를 개최하는 것도 고려해 볼 가치가 있습니다.

협력과 창의성 강화 : 영화계 내외의 다양한 이해관계자들과 협력하여 새로운 아이디어와 비즈니스 모델을 개발하십시오. 예를 들어, 영화관과 스튜디오, 정부, 예술 단체, 기업과의 협력을 강화하여 새로운 자금 유치 및 프로모션 기회를 모색할 수 있습니다.

온라인 마케팅 및 홍보 : 디지털 마케팅 및 소셜미디어를 활용하여 영화를 홍보하고 판매하세요. 온라인 플랫폼을 통해 영화의 예고편, 메이킹 영상, 배우 인터뷰 등을 공유하여 관객의 관심을 끌어야 합니다.

다양한 콘텐츠 개발 : 다양한 형식의 콘텐츠를 개발하십시오. 단편 영화, 독립 영화, 웹 시리즈, 다양한 장르의 작품 등을 생산하여 다양한 시청층을 만족시킬 수 있습니다.

스토리텔링 강화 : 강력한 스토리텔링은 항상 관객을 끌어냅니다. 흥미로운 이야기와 캐릭터를 개발하여 관객의 감정을 자극하고 영화를 기억에 남도록 만드세요.

문화 교류와 해외 시장 진출 : 한국 영화를 해외로 수출하고 국제 시장에서 더 많은 관객을 모을 수 있도록 노력하세요. 국제 영화 축제에 참가하거나 국제적인 배급사와 협력하여 국제적으로 성공을 이룰 수 있습니다.

코로나로 인한 도전에 직면하고 있지만, 창의적이고 혁신적인 방법을 통해 영화 산업은 이 어려움을 극복할 수 있을 것입니다."

이번에도 챗GPT의 의견인지는 자세히 알 수 없었다. 디지탑 콘텐츠라는 귀여운 오타도 볼 수 있었다. 이번에는 영화 추천을 받아보자.

Q : "혹시 명작 영화 1편 추천해 줄 수 있어?"

ChatGPT :

"물론, 명작 중 하나를 추천해 드릴게요. "The Shawshank Redemption"은 1994년에 개봉한 감독 Frank Darabont의 영화로, 스티븐 킹의 소설을 원작으로 한 작품입니다. 이 영화는 감동적인 이야기, 훌륭한 연기, 그리고 감동적인 메시지로 많은 관객들에게 사랑을 받은 명작 중 하나입니다.

이 영화는 안락한 흑백의 관능 세계에서 자유롭게 살아가고 싶어하는 주인공 앤디의 이야기를 다룹니다. 앤디는 잘못된 혐의로 샤욥랭크 교도소에 감금되어 있지만, 그의 내면적인 강인함과 친절함이 주변의 죄수들과 교도소 스탭들에게 희망을 주며 이야기를 전개합니다.

이 영화는 우정, 희망, 인간성, 변화, 등의 주제를 다루며, 감동적인 스토리텔링과 훌륭한 연기로 많은 사람들에게 강력한 인상을 남깁니다. "The Shawshank Redemption"은 영화 역사상 가장 위대한 영화 중 하나로 꼽히며, 여러 세대에 걸쳐 사랑받는 명작입니다. "

명작 영화로 잘 알려진 쇼생크 탈출을 추천해 줬다. 이유에 대해 물어보자.

Q : "추천하는 이유를 알려줄 수 있어?"

ChatGPT :

""The Shawshank Redemption"을 추천하는 이유는 다음과 같습니다:

감동적인 스토리 : 영화의 스토리는 주인공 앤디가 어떻게 교도소에서 희

망을 찾고 인간성을 유지하려고 노력하는지를 다룹니다. 이 스토리는 교도소 내에서의 생활과 그 밖의 세상에서의 자유를 향한 갈망을 아름답게 그려냅니다.

캐릭터의 발전 : 영화는 주요 캐릭터들의 변화와 성장을 다루며, 그들의 내면을 탐구합니다. 앤디와 레드 등의 캐릭터는 흑백의 세계에서 자신을 발견하고 변화해 가는 과정을 통해 관객에게 감동을 전달합니다.

메시지와 희망 : "The Shawshank Redemption"은 희망과 인내, 인간성에 대한 강력한 메시지를 전달합니다. 어떠한 어려움에 처해도 희망을 잃지 말아야 하며, 인간의 선량함과 변화의 가능성을 강조합니다.

훌륭한 연기 : 팀 로빈스와 모건 프리먼을 비롯한 배우들의 연기는 훌륭하며, 캐릭터에 감정을 전달하는 데 성공합니다.

영화 기술 : 영화의 연출, 촬영, 음악, 편집 등의 기술적인 요소도 뛰어나며, 영화의 분위기와 감동을 높입니다.

인생의 교훈 : 영화를 보면서 인생에 대한 깊은 생각을 할 수 있으며, 여러 측면에서 영감을 받을 수 있습니다.

이 영화는 여러 가지 측면에서 감동적이며, 시간이 흐를수록 더욱 가치 있는 작품 중 하나로 여겨집니다. 그래서 "The Shawshank Redemption"은 많은 관객들에게 추천되는 명작 중 하나입니다."

나름 합리적이고 명확한 이유를 제시해 주었다.

Q : "이건 너의 의견이 맞아?"

ChatGPT :

"저는 개인적인 의견을 가지지 않는 인공 지능입니다. 제 답변은 주어진 정보와 관련된 일반적인 지식과 추천을 바탕으로 제공됩니다. "The Shawshank Redemption"은 많은 사람들에게 사랑받고 평가받는 영화 중 하나이며, 제 응답은 이 영화에 대한 일반적인 의견을 반영하고 있습니다. 그러나 영화의 감상은 주관적이며, 각자의 취향에 따라 다를 수 있습니다."

역시 챗GPT의 의견은 아니었다.

잠시 동안이었지만 요즘 뜨거운 이슈인 챗GPT와 대화해 봤다. 아직 발전해 나가야 할 점은 많아 보였지만 완성도는 꽤 높은 편이었고, 질문을 구체적으로 했다면 내가 원하는 답 또한 자세하게 얻을 수 있었을 것이다.

아직 AI가 발전해 나가야 할 부분은 많아 보이지만 챗GPT는 AI가 나아가야 할 방향과 개선점을 보여주어 AI의 발전을 앞당기는 데에 큰 역할을 했다고 생각한다.

너 소설도 쓸 줄 아니?

이승민

    얼마 전에 이미지를 생성해 주는 AI로서 꽤나 관심을 끌었던 NovelAI를 알고 계십니까? 이러한 AI의 경우와 같이, 최근에는 인간의 전유물로만 여겨졌던 창작의 능력을 지닌 AI들이 속속들이 나타나고 있습니다. 저는 이에 현 상황에서 가장 널리 퍼져 있는 AI인 Chatgpt가 과연 소설 창작도 가능한지가 궁금해졌습니다. 따라서 실제로 Chatgpt에게 소설 작문을 지시하고, 그 결과물을 확인해 보기로 하였습니다.

    먼저 '작문 능력 자체의 유무'를 질문해 보겠습니다.

    Q: 너 소설도 쓸 줄 아니?

ChatGPT :

    네, 저는 소설을 쓸 수 있습니다. 어떤 이야기를 원하시나요? 특정 주제나 장르에 관심이 있으신가요? 도움이 필요한 부분이 있으면 언제든지 물어보세요.

    해당 기능 자체는 탑재된 듯합니다. 그렇다면, 실제로 작문을 요청해 보도록 하겠습니다.

Q : 세계화와 세계 시민주의, 또 대중에 대한 외국어 교육에 대한 소설 (Novel)의 (발단/전개/위기/절정/결말) 부분을 작성해 줘. 배경은 한국으로 하고, 줄거리만 나열하는 게 아니고 실제 소설 글을 출력해 줘.

몇 번의 시행착오 끝에 Chatgpt는 어느 정도 긴 분량의 소설을 한꺼번에 출력할 수는 없다는 결론을 내린 저는 한 소설의 발단/전개/위기/절정/결말부를 각각 작성해 줄 것을 다섯 번에 걸쳐 요청하였습니다. 다음은 그 결과물입니다.

제1장 : "끝없는 호기심"
서울의 한 산책로에서, 어린 지은은 노트북 앞에서 또 다른 이야기를 창작하고 있었습니다. 그녀는 글을 쓰는 것을 사랑하고, 언어와 문학에 끝없는 호기심을 품고 있었습니다. 하지만 그녀의 호기심은 단지 글쓰기에만 국한되지 않았습니다.

"세계는 얼마나 다양하고 풍부한지, 그 다양성을 경험하고 싶어." 지은은 속으로 중얼거렸다. 그녀의 눈은 먼 곳을 바라보며, 그곳에는 다양한 문화와 언어, 미지의 이야기가 기다리고 있었습니다. 어린 나이임에도 불구하고, 지은은 세계에 대한 끊임없는 탐구를 추구하고 있었습니다. 책을 통해 그녀는 먼 곳의 나라들과 다양한 문화, 언어에 관심을 두고 있었고, 그 호기심은 그녀를 이야기의 세계에서도 더욱 깊이 빠지게 했습니다.

이렇게, 어린 지은의 호기심과 열정은 더 큰 세계로 나아가는 여정의 시작을 암시하고 있었습니다.

제2장 : "국제 학교의 문"
고등학생이 된 지은은 세계화와 외국어 교육에 대한 열정을 더욱 키워가며, 국제 학교에 입학했습니다. 이 학교는 다양한 국적의 학생들이 모여 교류하고, 다른 언어와 문화에 노출되는 곳이었습니다.

"저기, 네 말투가 정말 특이해. 어느 나라 사람이야?" 지은의 친구 사라가 물었다. 지은은 웃으며 대답했다. "나는 한국인이지만, 스페인어도 할 수 있어!" 그녀는 외국어에 대한 열정을 자랑스러워하며 말했습니다. 이곳에서, 지은은 다양한 문화에 둘러싸인 환경에서 언어를 배우고, 세계 시민으로서의 인식을 점차 키워나갔습니다.

"세계 언어로 세계 시민이 되어보고 싶어." 지은은 친구들에게 말했습니다.

이렇게, 고등학교 시절의 지은은 세계화와 세계 시민주의에 대한 열정을 더욱 깊이 키우며, 다양한 문화와 언어에 둘러싸인 환경에서 성장하고 있었습니다.

제3장 : "세계 여행의 꿈"

대학에 진학한 후, 지은은 세계 여행에 대한 꿈을 더욱 확고하게 키우기 시작했습니다. "이곳에 가면 어떤 경험을 할 수 있을까?" 지은은 여행 가이드북을 펴며 내내 상상에 잠겼습니다. 그녀는 해외 연수 프로그램을 통해 다른 나라로 여행하며, 현지 언어와 문화를 체험하고자 했습니다. 그녀의 세계 여행은 그녀가 세계 시민으로서의 역할을 더욱 강조하게 했습니다.

"이것이 세계 시민이란 거겠지?" 그녀는 미소 지으며 스스로에게 물었습니다. 그녀는 가방을 싸며, 비행기 표를 예매하며, 미지의 땅으로 떠나는 모험을 기다렸습니다. 그녀의 여정은 이제 시작에 불과했지만, 그녀는 더 큰 세계에서 자신을 찾아가기 위한 준비를 마치고 있었습니다.

"나는 이제 세계의 일부이고, 이 세계에서 내 역할을 찾아야 해." 지은은 스스로 다짐했습니다.

이렇게, 대학 시절의 지은은 세계 여행의 꿈을 안고 미지의 땅으로 나아가는 모험을 시작하고 있었습니다.

제4장 : "아랍의 향기"

대학에서 세계 여행에 대한 꿈을 키우던 지은은, 어느 날 교환 학생 프로그램에 참가하는 기회를 얻었습니다. 그 기회를 통해 그녀는 한국을 떠나 아랍 지역으로 여행하게 되었습니다.

아랍의 향기와 다채로운 문화에 도착한 지은은, 처음에는 새로운 환경에 적응하는 데 어려움을 겪었습니다. 그러나 그녀는 항상 가지고 있던 호기심과 열정으로 이 언어와 문화에 몰두하였습니다. 현지 언어를 배우고, 현지인과 소통하며, 아랍 음식과 음악을 즐기며 그곳에서의 경험을 쌓아갔습니다. 그녀는 아랍의 아름다움과 다양성을 발견하며, 이제까지의 여정과는 또 다른 세계를 경험하고 있었습니다.

이렇게, 아랍에서의 교환 학생 생활은 지은에게 세계 시민으로서의 역할을 더욱 강조하게 했습니다. 그녀는 현지 사회의 문제와 가치관을 이해하고, 지역 사람들과의 대화에서 다양한 관점을 얻었습니다. 한편으로는 지은은 자신이 감수해야 할 책임과 역할을 인식하게 되었습니다.

제5장 : "세계 시민의 여정"

아랍에서의 교환 학생 생활을 마치고 돌아온 지은은, 미래를 향해 더욱 큰 열정을 품고 있었습니다. 그녀는 세계화와 세계 시민주의를 지향하며, 다양한 문화와 언어를 더욱 깊이 탐구하고자 했습니다. 그녀는 이제 미지의 미래로 나아가며, 세계 시민으로서의 역할을 더욱 확고히 채우기 위한 여정을 시작하고 있었습니다.

"세계는 넓고 다양하며, 나는 그 중 하나일 뿐이지만, 나의 역할을 찾아가야 해." 지은은 스스로 다짐했습니다. 그녀는 세계의 다양한 지역과 문화에 대한 이해를 높이고, 세계화와 세계 시민주의의 가치를 믿고 실천하기 위해 노력했습니다.

이렇게, 아랍에서의 교환 학생 생활을 마치고 돌아온 지은은 미래를 향해 더욱 큰 열정을 갖고 세계 시민으로서의 역할을 확고히 수행하고 있었습니다.

제6장 : "미지의 미래"

지은의 여정은 절정에 다다랐습니다. 그녀는 끈질기게 어려움을 극복하고, 세계 시민으로서의 역할을 확고히 수행하며, 세계화와 세계 시민주의의 가치를 대변하는 역할을 맡았습니다.

어느 날, 그녀는 현지 주민들과 함께 지역 사회에 봉사하는 자원 봉사 활동을 기획했습니다. 이 활동을 통해 지은은 현지 사회의 문제에 관심을 가지고, 그 문제를 함께 해결하려는 의지를 보여주었습니다. 그녀의 활동은 지역 주민들과 함께 미래를 향한 긍정적인 변화를 이끌어냈고, 그녀는 그 순간 세계 시민으로서의 역할을 더욱 확고히 실천한 것을 느꼈습니다.

이렇게, 미지의 미래를 향해 나아가며 어려움을 극복하고 세계화와 세계 시민주의를 실천하는 지은은 더 큰 세계에서 자신의 역할을 찾아나가고 있습니다.

제7장 : "불편한 교착상태"

지은의 여정은 원활하게 시작했지만, 어느 순간 그녀는 불편한 교착상태에 빠지게 되었습니다. 아랍 지역에서의 생활은 처음엔 신선하고 흥미로웠지만, 언어 장벽과 문화적 차이로 인해 어려움에 직면했습니다. 그녀는 현지에서의 일상생활과 대화에서 자신의 한계를 느끼며 절망에 빠졌습니다.

어느 날, 그녀는 현지 친구와의 대화에서 문화적인 갈등을 겪었습니다. 서로 다른 가치관과 관점으로 인해 갈등이 생겼고, 그녀는 그 순간 세계 시민으로서의 역할을 어떻게 해야 할지 고민했습니다. 어떻게 자신의 의견을 표현하고, 동시에 상대방을 이해할 수 있을까?

이렇게, 불편한 교착상태에 직면한 지은은 세계 시민으로서의 역할을 더욱 복잡하게 고민하게 되었습니다. 하지만 어려움에 불구하고, 그녀는 언제나 이를 극복하고 더 나은 세계 시민으로 성장하려는 의지를 갖고 있었습니다.

제8장 : "문화적 갈등"

어느 날, 지은은 현지 친구와의 대화에서 문화적인 갈등을 겪었습니다. 서로 다른 가치관과 관점으로 인해 갈등이 생겼고, 그녀는 그 순간 세계 시민으로서의 역할을 어떻게 해야 할지 고민했습니다. 어떻게 자신의 의견을 표현하고, 동시에 상대방을 이해할 수 있을까?

이 갈등은 그녀에게 큰 고민을 안겼습니다. 그러나, 어려움을 극복하고자 하는 지은은 끈질기게 노력했습니다. 현지 언어를 더욱 열심히 배우고, 현지인과 소통하는 방법을 찾아냈습니다. 그녀는 자신의 감정과 생각을 표현하면서도, 상대방의 의견을 듣고 존중하는 방법을 습득했습니다.

이렇게, 어려움을 극복함으로써 그녀는 더 강한 세계 시민으로 성장하고 있었습니다. 문화적 갈등을 통해 그녀는 세계 시민으로서의 역할을 보다 깊이 이해하고 경험하게 되었습니다.

제9장 : "어려움의 극복"

그러나, 어려움을 극복하고자 하는 지은은 끈질기게 노력했습니다. 현지 언어를 더욱 열심히 배우고, 현지인과 소통하는 방법을 찾아냈습니다. 그녀는 자신의 감정과 생각을 표현하면서도, 상대방의 의견을 듣고 존중하는 방법을 습득했습니다. 어려움을 극복하면서 그녀는 더욱 강한 세계 시민으로 성장하고 있었습니다.

또한, 현지 친구들과의 관계도 개선되었습니다. 상대방을 더 잘 이해하고 소통하는 노력을 통해, 그녀는 문화적 갈등을 극복하고 친구들과 더 깊은 연결을 형성하게 되었습니다. 이러한 경험을 통해 그녀는 세계 시민으로서의 역할을 더욱 성숙하게 이해하게 되었습니다.

이렇게, 어려움을 극복하면서 그녀는 세계 시민으로서의 역할을 보다 확고하게 수행하고 있으며, 세계화와 세계 시민주의의 가치를 믿고 실천하고 있습니다.

제10장 : "다음 단계로"

어려움을 극복하고 세계 시민으로서의 역할을 더욱 확고하게 인식한 지은은 이제 다음 단계로 나아갈 준비를 하고 있습니다. 그녀는 세계의 어떤 곳에서도 도전을 두려워하지 않고, 세계화와 세계 시민주의를 실천하기 위해 미래를 향해 나아가고 있습니다.

"어려움이 나를 더욱 강하게 만들었고, 나는 더 큰 세계에서 더 큰 역할을 할 준비가 되었어." 그녀는 스스로를 다짐하며, 다음 모험을 기다리고 있습니다. 그녀의 미래는 미지의 땅으로 가득차 있으며, 그녀는 계속해서 더 큰 세계로 나아가며 세계 시민으로서의 역할을 확실하게 수행할 것입니다.

이렇게, 어려움을 극복하고 세계 시민으로서의 역할을 더욱 확고하게 수행하며, 지은은 미래를 향해 더 큰 열정과 의지를 품고 다음 단계로 나아가고 있습니다.

제11장 : "절정의 순간"

지은의 여정은 절정에 다다랐습니다. 그녀는 끈질기게 어려움을 극복하고, 세계 시민으로서의 역할을 확고히 수행하며, 세계화와 세계 시민주의의 가치를 대변하는 역할을 맡았습니다.

어느 날, 그녀는 현지 주민들과 함께 지역 사회에 봉사하는 자원 봉사 활동을 기획했습니다. 이 활동을 통해 지은은 현지 사회의 문제에 관심을 가지고, 그 문제를 함께 해결하려는 의지를 보여주었습니다. 그녀의 활동은 지역 주민들과 함께 미래를 향한 긍정적인 변화를 이끌어냈고, 그녀는 그 순간 세계 시민으로서의 역할을 더욱 확고히 실천한 것을 느꼈습니다.

이렇게, 절정의 순간을 경험한 후, 그녀는 더 큰 세계에서 자신의 역할을 찾아나가며 세계 시민으로서의 역할을 확실하게 수행하고 있습니다.

제12장 : "새로운 시작"

절정의 순간을 경험한 후, 지은은 미래를 향해 더욱 큰 열정을 품고 있습니다. 그녀는 다양한 나라와 문화를 경험하며, 세계화와 세계 시민주의의 가치를 믿고 실천하고자 합니다. 이제 그녀는 세계의 미래에 대한 새로운 비전을 향해 나아가며, 다음 모험을 준비하고 있습니다.

"나는 세계 시민으로서의 역할을 실천하고, 세계를 더욱 풍부하게 만들 것이다. 새로운 여정이 시작되었어!" 그녀는 스스로를 다짐하며, 미래를 향한 새로운 시작을 기대하고 있습니다.

이로써, 지은의 여정은 계속됩니다. 세계화와 세계 시민주의를 실천하며, 세계를 더욱 다양하고 풍부하게 만들기 위한 새로운 여정은 계속될 것입니다.

마지막 장 : "새로운 여정"

지은의 여정은 끝이 없는 새로운 시작을 의미합니다. 그녀는 세계화와 세계 시민주의를 실천하며, 다양한 문화와 언어를 탐구하고자 합니다. 그녀의 미래는 미지의 땅으로 가득차 있으며, 그녀는 계속해서 더 큰 세계로 나아가며 세계 시민으로서의 역할을 확실하게 수행할 것입니다.

지은은 미래를 향해 웃음 지으며 다짐합니다. "나는 세계 시민으로서의 역할을 실천하고, 세계를 더욱 풍부하게 만들 것이다. 새로운 여정이 시작되었어!"

이로써, 지은의 여정은 계속됩니다. 세계화와 세계 시민주의를 실천하며, 세계를 더욱 다양하고 풍부하게 만들기 위한 새로운 여정은 계속될 것입니다.

나의 생각

확실히 AI는 아직 인간을 뛰어넘을 수 없다는 사실을 깨달았습니다. Chatgpt 4를 사용하지 않아서 그런지 말 자체를 알아듣는 능력도 떨어지고, 개연성도 조악한데다가, 긴 글도 뽑아내지를 못해서 고생을 꽤나 했습니다. 지금으로서는 Chatgpt로 글을 쓰기보다는 NovelAI처럼 작문을 전문으로 하는 유료 AI를 사용하거나, 아예 직접 글을 쓰는 게 더 효율적일 것 같네요. 아니면 영어권에서 개발된 AI인 만큼 영어로 질문했을 때 답변의 질이 올라가는 경향이 보이므로, 영어로 소설을 써 달라고 한 뒤 한국어로 다시 번역하는 것도 하나의 방법이 될 수 있을 것 같습니다. 다만 AI 기술은 점점 발전해 나가고 있으므로, 지금은 안 좋은 점이 많더라도 나중에는 한국어로도 훌륭한 작품을 뽑아낼 수 있는 날이 올지도 모르겠습니다. 발전이 기대되네요.

데이터 분석가에 대하여 알려 줄래?

민선재

Q : 데이터 분석가는 어떤 직업이야?

ChatGPT :
　데이터 분석가는 데이터를 수집, 정리, 분석하여 기업이나 조직이 의사 결정을 내리는 데 도움을 주는 직업입니다. 이들은 데이터로부터 통찰력을 얻고 문제를 해결하는 과정을 지원하며, 주로 다음과 같은 업무를 수행합니다:

　데이터 수집 : 데이터 분석가는 데이터를 수집하고 저장합니다. 이 데이터는 다양한 소스에서 올 수 있으며, 대용량 데이터베이스, 웹 사이트, 센서, 소셜 미디어 등에서 얻을 수 있습니다.

　데이터 정제 : 수집한 데이터는 종종 불완전하거나 오류가 있을 수 있으므로 데이터 분석가는 데이터를 정제하고 무효 데이터를 제거하여 정확한 분석을 위한 데이터를 준비합니다.

　데이터 분석 : 데이터 분석가는 다양한 분석 기술과 도구를 사용하여 데이터에서 유용한 정보와 인사이트를 도출합니다. 통계 분석, 기계 학습, 데이터 시각화 등을 활용하여 데이터를 탐색하고 해석합니다.

　예측 및 모델링 : 데이터 분석가는 데이터를 기반으로 예측 모델을 개발하

고 현재 및 미래의 추세 및 패턴을 예측합니다. 이를 통해 비즈니스 결정에 도움을 줍니다.

결과 보고 : 데이터 분석가는 분석 결과를 관리자나 조직 내 다른 이해 관계자에게 전달하고 시각화 및 보고서를 작성하여 결정을 내리는 데 도움을 줍니다.

데이터 보안 및 준수 : 데이터 분석가는 데이터 보안 및 개인 정보 보호에 대한 규정 및 정책을 준수하며, 데이터 보안을 유지하는 역할도 수행합니다.

데이터 분석가는 다양한 산업 및 부문에서 필요한 역할로 매우 중요하며, 기업이 데이터 기반 의사결정을 내리는 데 도움이 되는 전략적 파트너가 될 수 있습니다. 데이터 분석가는 통계학, 수학, 컴퓨터 과학, 비즈니스 분석 및 기계 학습과 같은 다양한 분야의 지식과 기술을 보유해야 합니다.

Q : 데이터 분석가가 되려면 어떻게 준비해야 할까?

ChatGPT :
데이터 분석가가 되기 위해서는 아래와 같은 단계로 준비할 수 있습니다.

학력 및 기초 지식 : 대학에서 통계학, 수학, 컴퓨터 과학, 경영학, 정보 시스템 등과 같은 관련 학과에서 학사학위를 취득하세요. 이러한 학과에서 데이터 분석에 필요한 기초 지식을 습득할 수 있습니다.

프로그래밍 스킬 : 데이터 분석을 위해서는 프로그래밍 언어를 이해하고 활용할 수 있어야 합니다. Python과 R과 같은 데이터 분석에 많이 사용되는 언어를 배우세요.

통계와 데이터 분석 기술 : 통계학과 데이터 분석 기술을 학습하고 숙달하세요. 기초 통계, 회귀 분석, 가설 검정, 시계열 분석 등을 이해하고 실습하세요.

데이터 시각화 : 데이터 시각화 도구 및 기술에 익숙해지세요. 데이터 시각화는 결과를 전달하고 이해하기 쉽게 만들어줍니다. 라이브러리나 툴(예 : Matplotlib, Seaborn, Tableau)을 사용하여 시각화 스킬을 향상하세요.

데이터베이스 지식 : 데이터는 주로 데이터베이스에 저장되며, SQL과 NoSQL 데이터베이스를 이해하고 관리하는 능력이 필요합니다.

기계 학습 : 기계 학습 및 딥러닝에 대한 기초 지식을 습득하세요. 관련 도구와 라이브러리를 사용하여 모델을 학습하고 평가하는 방법을 배웁니다.

프로젝트 경험 : 실제 데이터 분석 프로젝트를 수행하여 경험을 쌓으세요. 개인 프로젝트 또는 온라인 데이터 과학 경진대회에 참가하면 좋습니다.

온라인 자원 활용 : 온라인 강의, 책, 자습서 및 데이터 분석 커뮤니티를 활용하여 지식을 업데이트하고 다양한 주제를 학습하세요.

네트워킹 : 데이터 분석 관련 모임, 세미나 및 컨퍼런스에 참석하여 전문 네트워크를 구축하세요.

인턴십 또는 실무 경험 : 데이터 분석 분야의 인턴십이나 실무 경험을 쌓아 전문적인 경력을 시작하세요.

학위 고려 : 데이터 분석 분야에서 더 깊은 지식을 얻기 위해 석사 또는 박사 학위를 고려할 수 있습니다.

데이터 분석가가 되기 위해서는 학습과 경험의 조합이 중요합니다. 계속해서 역량을 향상시키고 최신 도구 및 기술을 익히는 것이 필요합니다.

Q : 고등학생인 내가 지금 당장 할 수 있는 거는 없을까?

ChatGPT :

고등학생으로서 데이터 분석가로의 진로를 고려하고 있다면 아래의 단계를 따라서 준비할 수 있습니다:

수학 공부 : 데이터 분석에 필요한 수학적 지식은 매우 중요합니다. 수학 과목을 열심히 공부하고 대수학, 통계학, 미적분학 등의 기초 수학 개념을 이해하세요.

프로그래밍 언어 학습 : 프로그래밍 언어를 배우는 것이 중요합니다. Python은 데이터 분석에 매우 유용한 언어이므로 Python을 학습하고 관련 라이브러리(예 : NumPy, pandas, Matplotlib)를 활용하는 법을 익히세요.

온라인 리소스 활용 : 인터넷을 통해 온라인 강좌와 자습서를 활용하세요. 예를 들어, Coursera, edX, Khan Academy, DataCamp 등에서 데이터 분석 및 프로그래밍 관련 강좌를 찾아보세요.

데이터 분석 프로젝트 : 자신만의 데이터 분석 프로젝트를 시작해 보세요. 예를 들어, 관심 있는 주제에 대한 데이터를 수집하고 분석해 보는 것은 매우 유익할 수 있습니다.

동아리나 대회 참가 : 학교나 지역 내에서 데이터 분석 또는 프로그래밍 관련 동아리나 대회에 참가하여 경험을 쌓을 수 있습니다.

수학 경시대회 참가 : 수학 경시대회에 참가하여 수학적 문제해결 능력을 향상시킬 수 있습니다. 수학 경시대회에서는 데이터 분석과 관련된 문제도 포함될 수 있습니다.

커뮤니티 참여 : 데이터 과학 커뮤니티에 가입하여 다른 데이터 분석가와 교류하고 조언을 얻을 수 있습니다.

대학 전공 선택 : 대학 진학 계획을 세우고 데이터 과학 또는 관련 분야를 전공하는 대학을 고려해 보세요.

데이터 분석가로의 진로를 고려하고 있는 고등학생이라면, 위의 단계를 따라가며 기초를 다지고 경험을 쌓는 것이 중요합니다. 이를 통해 대학 진학 후 데이터 분석 분야에서 더 나은 기회를 확보할 수 있을 것입니다.

Q : 수필 형태로 바꾸어 줄래?

ChatGPT :
물리학에서 양자역학은 현실 세계에서 일어나는 현상을 이해하는 데 중요한 이론 중 하나입니다. 양자역학은 아주 작은 입자들의 움직임과 상호작용을 다루며, 우리가 이해하고 관찰할 수 있는 세계와는 상당히 다른 법칙과 현상을 보여줍니다.

양자역학은 많은 독특한 개념과 원리를 포함하고 있습니다. 그 중에서도 "파동–입자 이등성"은 특히 주목받는데, 입자들이 동시에 파동과 입자로 행동할 수 있다는 것을 나타냅니다. 이것은 양자역학의 핵심 아이디어 중 하나로, 물리학자들은 어떻게 입자가 행동하는지를 묘사하는 수학적인 모델을 개발하는 데 많은 시간을 투자합니다.

또 다른 중요한 개념은 "불확실성 원리"입니다. 이는 어떤 입자의 위치와 운동량을 정확히 동시에 측정하는 것이 불가능하며, 이 불확실성은 자연 세계의 근본적인 특성 중 하나로 받아들여집니다. 양자역학은 이러한 불확실성을 정량화하고 예측하는 도구를 제공합니다.

양자역학의 이론은 실험적으로도 검증되어 왔으며, 양자 컴퓨터와 같은 현대 기술의 발전에도 중요한 역할을 합니다. 양자역학은 우주의 구조, 원자와 분자의 특성, 그리고 물질의 기본적인 동작 원리를 이해하는 데 필수적인 도구 중 하나로 자리잡고 있습니다.

따라서, 양자역학은 현대 물리학의 중심 주제 중 하나로, 우리가 자연과학의 진리를 탐구하고 이해하는 데 깊은 통찰력을 제공합니다. 이런 이해는 우리의 기술과 과학 분야의 발전에도 지속적으로 기여하고 있으며, 양자역학의 미스터리 중 하나를 해결하려는 과학자들의 열정과 탐구정신을 지원하고 있습니다.

나의 생각

나의 진로인 데이터 분석가가 되기 위해 무엇을 해야 하는지 누구도 명확하게 알려 주지 않아서 막막했다. 하지만 ChatGPT가 고등학생인 내가 할 수 있는 것들을 바로바로 알려주니 막막했던 그런 것들이 해소되는 것 같아 좋았다.

생명공학 연구자를 알고 싶어

박찬엽

Q : 생명공학 연구실에서 일하기 위해 어떻게 해야 하는지 알려줘.

ChatGPT :

생명공학 연구실에서 일하기 위해서는 다음과 같은 단계를 따라갈 수 있습니다:

학력 및 전공 : 생명공학 연구실에서 일하기 위해서는 관련 분야의 학위를 취득해야 합니다. 대부분의 경우, 생물학, 생명과학, 생물공학, 생명과학공학 등과 같은 학위가 필요할 수 있습니다. 대학 또는 대학원에서 이러한 학위를 취득하실 수 있습니다.

연구실 경험 : 학교에서 관련 연구실에서 연구 경험을 쌓는 것이 매우 중요합니다. 학부 또는 대학원 연구실에서 교수나 석사, 박사과정 학생들과 함께 연구 프로젝트에 참여하고 연구 능력을 키우는 것이 도움이 될 것입니다.

연구 능력 개발 : 생명공학 연구실에서는 실험실 기술 및 연구 도구를 잘 다룰 수 있는 능력이 필요합니다. 분자 생물학, 유전학, 바이오인포매틱스 등의 기술을 배우고 훈련받는 것이 중요합니다.

논문 및 발표 : 연구 결과를 정리하여 학술 논문으로 작성하고 학회나 학

술대회에서 발표하는 경험도 중요합니다. 이를 통해 연구 업적을 인정받을 수 있으며, 학계 또는 산업계에서의 경력을 쌓는 데 도움이 됩니다.

연구실 찾기 : 연구실에 들어가기 위해서는 학교 또는 연구기관에서 연구 직군을 찾아보고 신청해야 합니다. 교수 또는 연구 그룹 리더에게 연락하여 연구실 입구에 대한 정보를 얻을 수 있습니다.

네트워킹 : 학계 및 산업계의 전문가들과의 관계를 구축하고 유지하는 것이 중요합니다. 학회, 학술대회, 워크샵 등을 통해 다른 연구자와 교류하고 연구 커뮤니티에 참여하면 전문 지식과 경력을 향상시킬 수 있습니다.

자기개발 : 연구 분야의 최신 동향을 따라가며 계속해서 학습하고 스스로를 개발하는 것이 중요합니다. 온라인 강좌, 교육 프로그램, 학위 취득, 인증 등을 통해 지식을 갱신하고 스킬을 향상시킬 수 있습니다.

열정과 인내 : 생명공학 연구는 복잡하고 시간이 오래 걸리는 경우가 많습니다. 인내와 열정을 가지고 어려움을 극복하고 지속적인 연구를 수행해야 합니다.

생명공학 연구실에서 일하기를 희망한다면 위의 단계를 따라가며 경력을 쌓고 전문 지식을 획득하면 됩니다. 연구 분야와 관심사에 따라 특화된 경력 경로를 찾을 수도 있습니다.

Q: 생명공학 연구실에 들어가는 방법을 알려줘.

ChatGPT:
생명공학 연구실에 들어가는 방법은 다음과 같습니다:

학문적 준비 : 관련 분야의 학위 취득: 생물학, 생명과학, 생물공학, 유

전공학 등과 같은 학문적 전공 분야에서 학사 학위 또는 석사, 박사 학위를 취득해야 합니다.

연구 경험 쌓기 : 학교에서 연구 경험을 쌓아야 합니다. 대학 또는 대학원 연구실에서 교수나 연구 그룹과 협력하여 연구 프로젝트에 참여하는 것이 도움이 됩니다.

연락 및 지원 : 교수나 연구 그룹 연락: 연구실에 들어가려면 관심 있는 교수나 연구 그룹에 연락을 하고 연구 가능성을 논의해야 합니다. 이메일을 통해 관심 표시나 질문을 보내거나 교수와 직접 만나면 좋습니다.

학교 또는 연구기관 웹사이트 : 학교 또는 연구기관의 웹사이트에서 연구실에서의 열린 위치를 확인하고 지원 정보를 찾아보세요.

미팅 및 면접 : 교수 또는 연구 그룹 리더와의 미팅 또는 면접을 통해 연구실 입구에 대한 자세한 정보를 얻고, 연구 관심과 목표를 논의할 수 있습니다.

연구 능력 및 관심사 강조 : 자신의 연구 능력과 관심사를 강조하세요. 교수나 연구 그룹에게 어떻게 연구 프로젝트에 기여할 수 있는지 설명하고, 자신이 어떤 도움을 줄 수 있는지 나타내는 것이 중요합니다.

참여 계약 및 조건 확인 : 연구실에 들어가기 전에 연구실에서의 참여 계약 및 조건을 명확하게 이해하고 확인하세요. 연구실에서의 업무 스케줄, 급여, 연구 프로젝트 등에 대한 내용을 정확히 파악해야 합니다.

네트워킹 : 학회, 학술대회, 워크샵 등을 통해 전문가와 네트워킹을 강화하세요. 이를 통해 연구실에서의 기회를 찾을 수 있을 뿐만 아니라 전문 지식을 확장하고 다른 연구자와 교류할 수 있습니다.

생명공학 연구실에 들어가려면 전문적인 교육, 연구 경험, 관심사, 커뮤니케이션 능력 및 네트워킹 능력이 중요합니다. 관심 있는 분야와 연구실을 찾고, 노력과 열정을 투자하여 연구실에서의 경력을 시작할 수 있습니다.

Q : 수필 형태로 바꿔줘.

ChatGPT :

생명공학 연구실에서 일하는 길을 찾기 위해 나만의 여정을 시작하는 것은 생명과학의 신비로운 세계로의 문을 열고 들어가는 것과 같습니다. 이 길에는 몇 가지 중요한 단계가 필요합니다.

우선, 학문적인 기반을 다져야 합니다. 생명공학 연구실에서 업무를 수행하기 위해서는 생물학, 생명과학, 생물공학과 같은 학문적인 배경이 필요합니다. 이를 위해 대학 또는 대학원에서 관련 학위를 취득해야 합니다. 이 학문적인 기반은 연구실에서의 업무를 이해하고 수행하는 데 중요한 역할을 합니다.

다음으로, 연구 경험을 쌓는 것이 중요합니다. 학교나 대학원에서 연구실에서의 경험을 쌓는 것은 이 분야에 진입하는 핵심입니다. 교수나 연구 그룹과 함께 연구 프로젝트에 참여하고 실험실에서 기술을 익히며 실무 경험을 얻을 수 있습니다.

그리고 연락 및 지원 단계가 이어집니다. 연구실에 들어가기 위해서는 관심 있는 교수나 연구 그룹에 연락을 취하고 관심사와 연구 가능성을 논의해야 합니다. 학교 또는 연구기관의 웹사이트를 통해 연구실에서의 열린 위치를 확인하고 지원 정보를 찾아보는 것도 좋은 방법입니다.

또한, 자신의 연구 능력과 관심사를 강조해야 합니다. 교수나 연구 그룹에게 어떻게 연구 프로젝트에 기여할 수 있는지 설명하고, 자신이 어떤 역할을 수행할 수 있는지 명확하게 전달하는 것이 중요합니다.

마지막으로, 네트워킹을 강화하고 연구실에서의 참여 계약과 조건을 확인하는 것이 중요합니다. 학회, 학술대회, 워크샵 등을 통해 전문가와 네트워킹을 강화하고 연구실에서의 업무 조건을 명확하게 이해하여 미래의 연구실에서의 여정을 시작할 수 있습니다.

생명공학 연구실에서의 여정은 지적 호기심과 열정, 학문적인 열정을 갖고 이루어지는 도전적이고 보상적인 여정입니다. 이 길에는 계속해서 학습하고 발전하며, 전문 지식을 확장하며, 다른 연구자와의 교류를 통해 새로운 가능성을 찾아나가는 데 중요한 단계와 과정이 있습니다.

Q : 세부적인 내용도 추가해 줘.

ChatGPT :

생명공학 연구실에서의 여정은 과학의 신비로 가득한 세계로의 탐험과, 영원히 완성되지 않는 예술작품의 창조와 같습니다. 이 여정은 지적 호기심을 유지하고, 끊임없는 노력과 인내를 필요로 합니다. 실험실에서 예상치 못한 결과나 어려움에 직면하더라도 포기하지 않고 계속해서 진보하려는 의지가 필요합니다. 실수와 실패는 새로운 배움의 기회로 받아들이는 마음가짐이 중요합니다.

또한, 연구실에서의 협업과 팀워크가 핵심입니다. 다양한 배경과 전문지식을 가진 동료들과 협력하면 더 나은 연구를 할 수 있으며, 아이디어를 공유하고 논의하는 과정에서 새로운 시각과 아이디어를 발견할 수 있습니다. 연구실은 협업의 본격적인 무대이며, 함께 일하며 팀원들과 학문적으로 성장할 수 있는 기회가 주어집니다.

마지막으로, 이런 여정을 통해 창의성을 발휘하고 사회에 기여할 수 있는 방법을 찾을 수 있습니다. 생명공학 연구는 의학 분야에서 질병 치료와 백신 개발, 환경 분야에서 지속 가능한 기술과 에너지 솔루션, 농업 분야에서 수확량 향상과 식량 보안에 도움을 줄 수 있습니다. 이러한 연구는 사회 문제 해결과 미래를 형성하는데 큰 역할을 합니다. 따라서 생명공학 연구는 예술 작품을 창조하듯이 사회 발전과 변화를 주도하는 흥미로운 여정으로 여기고 있습니다.

나의 생각

ChatGPT와 제대로 대화해 보고 사용해 본 적은 이번이 처음이다. 사람과 대화하는 느낌을 기대했지만, 그것과는 좀 동떨어진 느낌이다. 원하는 부분을 적어주면 글을 조합하고 다듬어 주는 점은 신기했지만, 원하는 결과를 쉽게 얻지는 못했다. 단순한 몇 문장으로 수많은 정보를 얻지만, 사람의 재가공이 필수적으로 여겨졌다. 창의적으로 보이는 듯했지만 조금만 주의 깊게 바라보면 부족한 부분을 찾을 수 있었다.

미래에 인간과 공존하기 위해서는 더 발전될 필요가 있다고 생각했다.

전자의 모든 것에 대해

전민규

Q : 내 진로가 전기전자공학 분야인데, 고등학생 수준에서 갖춰야 할 역량
에는 어떤 것이 있을까?

ChatGPT :

전기전자공학 분야에서 성공적인 진로를 쌓기 위해 고등학생 수준에서
갖춰야 할 몇 가지 핵심 역량이 있습니다. 아래는 그 중 일부입니다:

1. 수학적 능력 : 전기전자공학은 수학을 기반으로 하는 학문이기 때문에,
수학적 능력이 중요합니다. 특히, 미적분학과 선형대수학 등의 수학 분야
에 대한 기초 지식이 필요합니다.

2. 물리학 이해 : 전기전자공학은 전기와 전자에 관한 이해를 기반으로 하
기 때문에 물리학적 개념에 대한 이해가 필요합니다. 전기 회로, 전자기
학, 전자회로 등의 기본적인 물리학 지식을 쌓는 것이 중요합니다.

3. 프로그래밍 능력 : 현대의 전기전자공학은 컴퓨터와 소프트웨어와도 깊
게 연관되어 있습니다. 프로그래밍 언어를 학습하고, 컴퓨터 기반의 시스
템을 다루는 능력이 유용합니다. 특히, Python, C, 또는 MATLAB과 같은
언어를 익히는 것이 도움이 될 수 있습니다.

4. 실험과 실험실 기술 : 전기전자공학은 실험을 통한 실제 경험이 중요합

니다. 고등학교에서 실험을 통해 기본적인 전기전자 기기를 조작하고 이해하는 능력을 키우는 것이 좋습니다.

5. 문제 해결 능력 : 전기전자공학은 복잡한 문제를 해결하는 데에 관여하기 때문에 문제 해결 능력이 필수적입니다. 논리적으로 생각하고 문제를 해결하는 능력을 키우세요.

6. 창의성과 호기심 : 기술 분야에서는 창의성과 호기심이 큰 장점이 됩니다. 새로운 아이디어를 생각하고 기존 문제에 대한 창의적인 해결책을 찾을 수 있는 능력이 필요합니다.

7. 커뮤니케이션 스킬 : 프로젝트 팀이나 연구 그룹에서 협업하는 경우가 많기 때문에 효과적인 커뮤니케이션 스킬이 필요합니다. 다른 사람들과 아이디어를 나누고 팀으로 일하는 능력을 키우세요.

고등학생 시점에서는 이러한 역량들을 발전시키는 것이 중요하며, 대학에서는 전공 수업과 함께 실무 경험과 프로젝트에 참여하여 실제 응용 능력을 키울 수 있습니다.

Q : 전기전자공학 분야에서 주의해야 할 윤리적인 문제는 없을까?

ChatGPT :
전기전자공학 분야에서도 다양한 윤리적인 문제가 발생할 수 있습니다. 몇 가지 주요한 윤리적 고려사항은 다음과 같습니다:

개인정보 보호 : 전기전자공학 분야에서는 정보 기술 및 통신 분야에서 다양한 개인정보를 다루게 됩니다. 개인정보를 수집, 저장, 처리, 전송할 때는 이를 적절히 보호해야 하며, 관련 법규와 규정을 준수해야 합니다.

보안과 해킹 : 전자 시스템 및 네트워크의 보안은 매우 중요합니다. 해킹, 사이버 공격, 악의적인 소프트웨어 등으로부터 시스템을 보호하는 것은 윤리적 책임입니다. 도덕적으로 행동하고 사용자의 프라이버시와 안전을 보장해야 합니다.

환경 친화적 기술 : 전기전자공학 기술은 환경에 미치는 영향을 고려해야 합니다. 에너지 효율적인 기술, 재생에너지, 폐기물 관리 등을 고려하여 지속가능한 기술 개발에 기여해야 합니다.

인공지능과 자동화의 윤리 : 전기전자공학 분야에서는 인공지능 및 자동화 기술을 다루게 됩니다. 이러한 기술을 사용할 때는 인간 중심의 윤리적 원칙을 고려하고, 자동화의 결과로 발생하는 사회적 영향을 심각하게 고려해야 합니다.

표준 준수 : 전기전자공학에서는 특히 표준 및 규제를 준수해야 합니다. 안전 규격, 전자 기기 인증, 통신 규약 등과 관련된 표준을 준수하지 않으면 제품의 안전성과 효율성이 보장되지 않을 수 있습니다.

연구 부정행위 방지 : 연구 활동에서는 학문적인 정직성을 유지해야 합니다. 표절, 연구 결과 조작, 부정행위 등을 방지하고 공정한 연구 환경을 조성해야 합니다.

기술의 사회적 영향 : 개발하는 기술이 사회에 미치는 영향을 고려해야 합니다. 예를 들어, 자율주행 차량이 사회에 도입될 때의 윤리적 고려사항이나 인공지능으로 인한 일자리 변화 등을 고려해야 합니다.

전기전자공학 분야에서는 기술의 발전이 사회와 개인에게 큰 영향을 미치므로, 이러한 윤리적인 고려사항을 항상 염두에 두고 일해야 합니다.

Q : 전기전자공학자의 덕목과 관련된 글을 수필로 적어줘.

ChatGPT :
전기전자공학자의 덕목 : 기술의 강자, 인간의 길잡이

이 세계는 끝없이 발전하고 있습니다. 뛰어난 기술은 우리의 삶을 편리하게 만들고, 전기전자공학자는 그 발전의 중심에 서 있습니다. 그들은 과학의 신비를 해독하고, 전자의 마법을 다루며, 미래를 형상화하는 역할을 수행합니다. 그러나 이 모든 기술적 업적 뒤에는 인간적인 가치와 덕목이 감춰져 있습니다.

1. 창의성의 마술사
전기전자공학자는 창의성의 마술사입니다. 문제에 부딪혔을 때, 그들은 강력한 상상력과 창의적인 아이디어로 새로운 길을 열어갑니다. 기술적인 도전에 대한 열린 마음은 혁신의 씨앗을 심어주고, 미래를 개척하는 열쇠입니다.

2. 인내와 인내의 장인
시스템의 복잡성 속에서 전기전자공학자는 인내의 장인이 됩니다. 실험의 반복, 오류의 교정, 그 어디에도 나타나지 않는 문제의 해결 – 모든 것이 시간과 노력이 필요합니다. 그러나 그들은 인내와 인내력으로 이어진 길을 걸어가며, 문제의 매듭을 풀어가는 기쁨을 맛볼 것입니다.

3. 협업의 건축가
전기전자공학자는 혼자만의 섬에서는 번영할 수 없습니다. 프로젝트는 팀의 노래로 탄생하며, 협업은 그들의 업적을 더욱 풍성하게 만듭니다. 상호간의 소통과 협력은 뛰어난 결과물을 만들어내는 데에 필수적인 요소입니다.

4. 책임의 주인

기술은 힘과 책임을 동반합니다. 전기전자공학자는 자신의 작품이 사회에 미치는 영향을 고려해야 합니다. 안전, 보안, 환경 등의 측면에서의 책임은 그들의 업적에 더 높은 가치를 부여합니다.

5. 지식의 탐험가

지식의 바다는 끝없이 펼쳐져 있습니다. 전기전자공학자는 항상 지식의 탐험가로서 새로운 분야를 탐험하고 학습해 나가는 것을 두려워하지 않습니다. 끊임없는 학습과 발전은 그들의 모토이자 덕목입니다.

6. 세계를 개방하는 열쇠

전기전자공학자는 기술의 열쇠를 가지고 세계를 개방합니다. 정보의 공유와 기술의 발전은 지구상의 모든 사람들에게 이로움을 가져다 줄 수 있습니다. 그들은 기술의 힘을 사용하여 세계를 더 나은 곳으로 만드는 데 기여합니다.

전기전자공학자는 기술의 선구자이자, 인간성의 예언자입니다. 그들의 덕목은 미래를 밝게 비추는 등대가 되어 우리의 길을 안내합니다.

나의 생각

지금까지는 친구들과 ChatGPT로 장난 같은 질문들만 하고 놀았는데, 이번 기회에 제 진로와 관련하여 ChatGPT에게 질문을 해보니 훨씬 대단하다는 것을 느꼈습니다. ChatGPT에게 전기전자공학 분야의 필수 덕목과 주의해야 할 윤리적 문제 등을 물어보니 얼마 걸리지도 않고 저런 긴 답변을 생각해 낸다는 점과 그 답변들이 틀린 말 없이 현재 트렌드를 확실히 파악해 생각하고 만들어 낸 것이라는 것이 아주 신기했습니다. 또한 ChatGPT가 전기전자공학과 관련된 수필을 적는데 마술사, 건축가, 탐험가 등 아주 흥미로운 비유 표현까지 사용할 수 있다는 점을 보니 AI가 세상을 지배할 날이 얼마 남지 않았음을 깨달았습니다.

꿈이란

최우진

Q : 안녕.

ChatGPT :

안녕하세요! 어떻게 도와드릴까요?

Q : 지금 진로가 대한민국에서 교사인데 전망이 밝니?

ChatGPT :

교사 직업은 사회적으로 중요하고 영향력 있는 역할을 하며 교육 분야에서 활동하는 것은 매우 가치 있는 일입니다. 대한민국에서 교사로서의 전망은 여러 가지 요인에 따라 다를 수 있습니다. 몇 가지 고려해야 할 사항은 다음과 같습니다:

교육 정책 : 교육 정책이 변화할 수 있으며, 교사들에게 영향을 미칠 수 있습니다. 교육 정책의 변화와 교사 평가 시스템의 변화를 주시하고, 이러한 변화에 적응할 필요가 있을 수 있습니다.

교사 수요 : 지역에 따라 교사 수요가 다를 수 있습니다. 일부 지역은 교사를 더 필요로 할 수도 있고, 다른 지역은 더 많은 경쟁이 있을 수 있습니다.

교육 수준과 전문성 : 교사의 교육 수준과 전문성은 전망에 큰 영향을 미칠 수 있습니다. 교육을 지속적으로 발전시키고 전문성을 향상시키는 것이 도움이 될 수 있습니다.

교육 분야 선택 : 교사로서의 전망은 교육 분야에 따라 다를 수 있습니다. 일부 교육 분야는 특별한 수요가 있을 수 있으며, 다른 분야보다 더 높은 경쟁이 있을 수 있습니다.

교사로서의 전망은 시간과 노력에 따라 변할 수 있으며, 자신의 역량을 강화하고 교육 분야의 변화를 주시하면 미래에 더 밝은 전망을 가질 수 있을 것입니다.

Q : 현재 대한민국의 학령인구 감소와 교육 관련 정책의 급진적인 변화에도 불구하더라도 교사의 전망이 밝다고 생각하는 거니?

ChatGPT :
대한민국의 학령인구 감소와 교육 정책의 변화는 교사 직업에 영향을 미칠 수 있지만, 교사의 역할과 전망은 여전히 밝을 수 있습니다. 교사는 사회에서 매우 중요한 역할을 하며, 학생들을 교육하고 리더십을 발휘하여 미래 세대에 긍정적인 영향을 미칩니다.

학령인구의 감소는 학교 규모나 교사의 수요에 영향을 미칠 수 있지만, 미래에도 교사들은 여전히 필요할 것으로 예상됩니다. 학생들의 교육은 계속해서 필요하며, 교육 분야의 변화에 적응하고 새로운 교육 방법과 기술을 습득하는 능력은 교사의 전망을 밝게 만들 수 있습니다.

또한, 교육 관련 정책의 변화는 교사들이 새로운 도전에 대처하고 발전할 기회를 제공할 수 있습니다. 교사들은 지속적인 전문 개발과 교육 혁신을 통해 미래 교육 환경에 적응할 수 있을 것입니다. 따라서 교사로서의 전망은 여전히 밝을 수 있으며, 교사들의 역량과 열정은 학생들의 미래에 긍정적인 영향을 미칠 것으로 기대됩니다.

Q : 그럼 수학교사와 화학교사 또는 지구과학교사를 꿈꾸고 있는데 아직
    정하지 못했어. 혹시 네가 정해 줄 수 있니?

ChatGPT :

수학, 화학, 지구과학은 모두 흥미로운 교과목이며, 각각의 교사로서 귀
하의 역량과 관심에 따라 다른 경로와 기회를 제공할 수 있습니다. 어떤 분
야를 선택할지 결정하는 데는 몇 가지 고려해야 할 사항이 있습니다. 아래
의 고려사항을 참고하여 어떤 교과목을 선택할지 고민해 보세요.

관심과 열정 : 어떤 과목에 진정으로 관심이 있고 열정을 가지는지 생각해
보세요. 어떤 주제에 대해 무엇이 더 재미있고 흥미로운지 고려해 보는 것
이 중요합니다.

자신의 강점 : 수학, 화학, 지구과학 중 어떤 분야가 여러분의 강점과 능
력과 잘 부합하는지 생각해 보세요. 어떤 과목을 가르치는 데 더 자신감을
가질 수 있을지 고려해야 합니다.

수요와 경쟁 : 현재의 교사 수요와 경쟁 상황을 조사해 보세요. 어떤 과목
의 교사가 더 필요하거나 경쟁이 더 적은지 확인해 볼 수 있습니다.

교육 혁신과 기술 : 교육 분야는 계속해서 변화하고 있으며 기술을 활용하
는 추세가 있습니다. 어떤 과목이 이러한 변화에 적합한지 고려해 보세요.

학생들의 수요 : 학생들이 어떤 과목을 더 필요로 하는지 고려해 보세요.
어떤 과목이 학생들에게 더 큰 가치를 제공할 수 있는지 생각해 보는 것이
도움이 될 수 있습니다.

마지막 결정은 여러분의 개인적인 성향과 목표에 따라 달라질 것이므로,
자신의 관심과 능력을 고려하여 어떤 과목을 선택하고 어떤 종류의 교사로

서의 경력을 쌓을 것인지 심사숙고해 보세요.

Q : 혹시 일본, 미국 등의 해외에서의 교사는 한국과의 차이가 있니?

ChatGPT :

해외에서 교사로 일하는 경험은 한국과 다른 국가 사이에서 차이가 있을 수 있습니다. 다음은 몇 가지 일반적인 차이점입니다:

교육 체계 : 각 국가는 고유한 교육 체계를 갖고 있으며, 교육 방법과 교육 정책이 서로 다를 수 있습니다. 해외에서 교사로 일할 때, 해당 국가의 교육 체계와 정책을 이해하고 적응해야 할 것입니다.

언어 : 일본, 미국 등 다른 국가에서 교사로 일할 때, 해당 국가의 공식 언어로 가르칠 수 있어야 합니다. 언어 능력이 중요하며, 언어 교육과 관련된 라이선스나 자격이 필요할 수 있습니다.

문화 : 각 국가의 문화와 교육 체험은 다를 수 있습니다. 학생들과 부모님들과의 상호 작용, 학교의 교육 방식, 학생들의 교육 환경 등이 다를 수 있습니다.

자격과 교사 교육 : 일부 국가에서는 교사 자격을 획득하기 위해 특정 교사 교육 프로그램을 완료해야 할 수 있습니다. 자격증이나 라이선스 요구 사항은 국가마다 다를 수 있습니다.

근로 조건 : 국가마다 교사의 근로 조건, 급여, 근무 시간 등이 다를 수 있으므로, 이러한 사항을 고려해야 합니다.

해외에서 교사로 일하기를 원한다면, 해당 국가의 교육 체계와 자격 요구 사항을 조사하고, 관련 자격증이나 라이선스를 획득하는 것이 중요합니다. 또한, 해당 국가의 언어와 문화에 적응하며 교육 방법을 습득하는 데 노력이 필요할 것입니다.

Q : 일본의 고등학교 교육체계 및 대학입시가 어떻게 되니?

ChatGPT :
일본의 고등학교 교육 체계 및 대학 입시 절차에 대한 간단한 개요는 다음과 같습니다:

고등학교 교육 : 고등학교는 3년제로, 일반적으로 15세에서 18세까지의 학생을 대상으로 합니다.
고등학교에서는 다양한 교과목을 학습하며, 국어, 수학, 과학, 사회 등의 핵심 교과목을 포함합니다. 고등학교에서는 학생들이 대학 입학 준비를 위한 과목을 선택할 수 있습니다.

대학 입시 : 일본의 대학 입시는 대표적으로 두 가지 시스템, 즉 수능을 요구하는 '일반적인 대학 입학'과 대학의 독자적인 입시 시험을 요구하는 '독자적인 대학 입학' 시스템으로 나눌 수 있습니다.
일반적인 대학 입학은 국가에서 주관하는 대학 입시 시험인 "대학수학능력시험"을 기반으로 합니다. 이 시험의 성적과 고등학교 성적을 기반으로 대학에 지원하게 됩니다.
독자적인 대학 입학 시스템은 각 대학이 독자적으로 입학 시험을 개최하며, 시험 내용과 기준은 각 대학마다 다를 수 있습니다.
대학 수능 시험은 일반적으로 2년 연속으로 실시되며, 여러 과목을 포함합니다. 학생들은 대학을 선택하고 해당 대학의 요구사항에 따라 과목을 선택하여 시험을 응시합니다.

대학교 : 일본의 대학교는 학부과정과 대학원(석사, 박사과정)으로 나뉩니다. 대학은 다양한 학문 분야를 제공하며, 학부 학위를 취득하고자 하는

학생들은 학과나 전공을 선택하여 학습합니다.

대학 교육의 질과 명성은 대학별로 다를 수 있으며, 일본 내에는 명문대학도 다수 존재합니다. 대학 입시는 경쟁이 치열하며, 학생들은 대학 입시를 위한 공부와 대비를 많이 합니다. 일본의 대학과 대학 입시 시스템은 국가나 대학에 따라 다를 수 있으므로, 입학을 원하는 대학의 입학 요구사항을 확인하고 대비하는 것이 중요합니다.

Q : 일본의 수학 교육과정에 대해서 설명해 줘.

ChatGPT :

일본의 수학 교육과정은 다른 국가와 비슷하면서도 몇 가지 고유한 특징을 갖고 있습니다. 아래는 대략적인 설명입니다:

교육 구분 : 일본의 수학 교육은 초등학교, 중학교, 고등학교로 구분됩니다.

초등학교에서는 기본적인 수학 개념과 계산 능력을 다루며, 중학교와 고등학교에서는 보다 고급 수학 개념과 문제 해결 능력을 강조합니다.

과정 : 중학교에서는 중등수학, 고등학교에서는 고등수학이라는 수학 과목을 학습합니다.

중등수학에서는 대수학, 기하학, 통계 등의 기초 개념을 다룹니다.

고등수학에서는 미적분학, 해석학, 확률과 통계, 미분방정식, 선형대수학 등의 고급 수학 주제를 다루며, 고등수학 과목은 공통과정과 선택과정으로 구분됩니다.

교육 목표 : 수학 교육의 주요 목표는 수학적 사고 능력, 문제 해결 능력, 논리적 추론 능력을 강화하는 것입니다.

학생들은 수학을 학문적으로 이해하고 현실 세계의 다양한 문제를 해결하는 데 활용할 수 있도록 교육을 받습니다.

수능 시험 : 대학 수학능력시험(University Entrance Examination)은 일본의 대학 입시 시스템 중 일반적인 대학 입학 시험으로 수학을 포함한 여러 과목을 평가합니다.

수능 시험의 수학 부분은 중등수학과 고등수학 내용을 포함하며, 시험 난이도는 대학과 전공에 따라 다를 수 있습니다.

학교 과외 : 일본에서는 수학 과외 문화가 발달하며, 많은 학생들이 수학 교육을 보강하기 위해 수학 선생님을 찾아 수업을 듣거나 과외를 받습니다.

일본의 수학 교육체계는 수학적 지식과 문제 해결 능력을 강조하며, 일본은 교육 체계와 학문적 성취도 높은 국가로 알려져 있습니다.

Q : 교사가 되는데 필요한 자질이 있다면 뭐라고 생각해?

ChatGPT :

교사가 되는데 필요한 다양한 자질이 있지만, 다음은 가장 중요한 자질 중 일부입니다:

열정과 애정 : 학생들을 가르치는 일은 미래 세대의 성장과 발전에 직접적인 영향을 미치는 일입니다. 교사는 학생들을 지도하고 영향을 끼치기 위해 열정과 애정을 가져야 합니다.

커뮤니케이션 능력 : 학생들과 부모, 동료 교사와의 효과적인 커뮤니케이션 능력은 중요합니다. 명확하게 가르치고 설명할 수 있어야 합니다.

이해와 인내 : 모든 학생들은 다양한 학습 속도와 스타일을 갖고 있습니다. 교사는 학생들의 다양성을 이해하고 인내심을 가져야 합니다.

학습자 중심 접근 : 학생 중심의 교육을 채택하여 학생들의 개별적인 학습 요구에 맞춰 가르쳐야 합니다.

전문성과 지식 : 교사로서 전문성과 과목 지식은 필수적입니다. 교사 교육을 받거나 교육 자격증을 취득하여 필요한 지식과 기술을 습득해야 합니다.

창의성 : 교사는 수업을 흥미롭게 만들고 학생들의 창의적 사고를 촉진하기 위해 창의적인 방법을 사용해야 합니다.

문제 해결 능력 : 학급 내 문제를 신속하게 해결하고 학생들의 학습 어려움을 극복하기 위한 능력이 중요합니다.

윤리적 행동 : 교사는 윤리적 행동과 도덕적인 가치를 준수해야 합니다. 학생들에게 모범이 되어야 합니다.

지속적인 전문 개발 : 교사는 학생들과 교육 분야의 변화에 대응하기 위해 계속해서 전문 개발 활동에 참여해야 합니다.

이러한 자질을 가지고 교사로서 성공적으로 일할 수 있으며, 교육 분야에서 학생들과 사회에 긍정적인 영향을 미칠 수 있을 것입니다.

Q : 그러면 학생들과 가까워지면서 이끌 수 있는 방법은 없을까?

ChatGPT :
학생들과 가까워지며 이끌 수 있는 방법은 교사로서 중요한 역할을 수행하며 학생들에게 긍정적인 영향을 미치기 위한 핵심입니다. 다음은 학생들과 가까워지고 이끄는 방법을 개선하는데 도움이 될 수 있는 몇 가지 아이디어입니다:

관심과 이해 : 학생들의 개별적인 관심사와 필요에 주의를 기울이고, 그들을 이해하려 노력하세요. 학생들의 감정과 관심사를 존중하면, 학생들은 교사에 대한 신뢰를 느낄 것입니다.

열린 의사소통 : 학생들과의 열린 대화를 촉진하고, 그들의 의견을 듣고 존중하세요. 학생들은 자신의 의견이 존중받는다고 느끼면, 학습 환경에서 더 자유롭게 의견을 표현하고 협력할 것입니다.

관계 구축 : 학생들과 강한 관계를 구축하려 노력하세요. 학생들이 교사를 믿고 존중하면, 학습 과정에서 더 적극적으로 참여하고 협력할 것입니다.

도움의 손길 : 학생들이 어려움을 겪을 때, 이를 이해하고 도움의 손길을 제공하세요. 학생들의 개별적인 학습 스타일과 요구에 맞춘 지도를 제공해주세요.

포용과 다양성 : 학생들의 다양성을 존중하고 포용하세요. 각 학생은 고유한 능력과 배경을 갖고 있으며, 그들의 다양성을 활용하여 긍정적인 학습 경험을 만들어주세요.

목표와 동기 부여 : 학생들이 개인적인 목표를 설정하고 동기부여를 유지할 수 있도록 돕으세요. 목표 달성을 위한 계획을 함께 세우고 지원을 제공하세요.

활동과 프로젝트 : 학생들이 흥미를 느끼고 참여할 수 있는 활동과 프로젝트를 통해 학습을 즐겁게 만들어주세요. 학생들이 자신의 역량을 발휘하고 자신감을 키울 수 있는 기회를 제공하세요.

피드백과 성장 기회 : 학생들에게 정기적인 피드백을 제공하고 성장 기회를 제공하세요. 오류와 실패를 긍정적으로 다루고, 학생들이 성장하고 개선할 수 있도록 도와주세요.

이러한 방법은 학생들과의 관계를 강화하고, 교실에서 더 효과적으로 이끄는데 도움이 될 것입니다. 학생들이 교사를 믿고 존중하며 학습을 즐기고 협력하는 환경을 조성하면, 학습 성과도 향상할 수 있습니다.

Q : 그럼 현재 대한민국에서의 교사의 어두운 미래와 이를 극복하면서 학생들을 이끌어가는 선생님의 입장에서 수필을 써 줄 수 있니?

ChatGPT :
물론, 교사의 어두운 미래와 그에 대한 극복 방안에 관한 수필을 쓰겠습니다:

교사의 미래와 그 어두운 그림자
교사로서의 길, 언제나 별다른 대가나 찬사 없이 내 몸과 마음을 투여하는 일이었습니다. 학생들과 함께한 순간, 그들이 성공하고 성장하는 것을 보았을 때, 그 감동과 보람은 돈으로 측정할 수 없었습니다. 그러나 요즘, 우리의 길에 어두운 그림자가 드리우기 시작했습니다.
학령 인구의 감소와 교육 정책의 급진적인 변화로, 교사들은 많은 압박과 어려움을 겪고 있습니다. 학생들에 대한 교육은 그저 숫자와 통계로 변질되고, 교사의 역할은 훨씬 복잡한 문제의 한 부분으로 축소되어 가고 있습니다. 그래서 우리는 미래에 대한 걱정을 안고 있습니다.

그럼 어떻게 극복해야 할까요?
첫째, 우리는 열정을 잃어서는 안 됩니다. 학생들을 가르치는 일은 지극히 가치 있는 일이며, 우리의 역량과 열정을 전달하기 위한 힘을 갖고 있습니다. 학생들에게 희망을 전해 줄 수 있는 우리의 역할을 절대 잊어서는 안 됩니다.
둘째, 우리는 학생 중심 교육을 추구해야 합니다. 학생들의 다양성과 개별적인 요구를 존중하며, 그들이 자신의 역량을 개발하고 자기주도적으로 학습할 수 있도록 도와야 합니다. 학생들의 참여를 촉진하고 그들을 활성화하는 방법을 찾아야 합니다.
셋째, 우리는 지속적인 전문 개발과 혁신을 통해 발전해야 합니다. 교육 환경은 계속해서 변화하고 있으며, 우리는 새로운 교수법, 기술, 교육 정책에 대한 이해와 대응 능력을 향상시켜야 합니다.

학생들을 이끌어가다

학생들을 이끌어가면서, 우리는 미래의 희망과 리더를 양성하고 있습니다. 우리의 역할은 더 중요하며, 그 어두운 그림자를 밝게 비춰야 합니다. 우리는 교육의 힘을 믿고, 학생들을 가르치며 세상을 변화시키는 힘을 키우는 일을 계속해나가야 합니다.

어두운 미래 속에서도 우리는 빛을 향해 나아갈 것입니다. 학생들에게 지식을 전달하고, 인격을 형성하며, 미래의 리더로 키우는 일은 가장 높은 사명입니다. 우리는 이 임무를 더 큰 희망과 결연한 의지로 이끌어가야 합니다.

교사로서의 역할은 매우 중요하며, 미래를 밝게 만들고 학생들의 미래를 형성하는 데 큰 영향을 미칩니다. 열정, 헌신, 그리고 지속적인 노력은 학생들을 이끄는 데 필수적인 요소입니다.

나의 생각

요즈음 화두가 되었던 인공지능 채팅 서비스 'ChatGPT'를 사용하면서, 저의 진로와 관련한, 특히 제 작품의 주제인 대한민국의 암울한 교사의 미래와 관련된 질문들을 넣어주면서 마지막으로는 저와 동일한 주제인 수필을 작성하게 해보았습니다. 우선 가끔 내용상의 오류가 발견되었으나, 제가 오랜 시간을 태우며 작성했던 수필을 고작 10초 이내로 완성하니 놀라우면서도 어쩌면 우리가 호랑이 새끼를 만든 게 아닌가 싶을 정도로 살짝 무서워지기도 하였습니다. 향후 교육자의 입장에서 바라보니까, 이 인공지능 서비스는 더더욱 발전될 것이고 학생들은 이를 이용하여 더 좋은 탐구활동을 할 수도 있겠으나 단순한 답을 요구하는 기계처럼 써 악영향을 줄 수도 있겠다는 생각이 들었습니다. 비단 저뿐만 아니라 타 교육자들에게도 이는 해결해야 할 숙제일 것으로 생각합니다.

생명 윤리에 대한 너의 의견을 말해 줄래?

임세헌

Q : 생명과학 분야의 종사자로서 지켜야 할 윤리에 대해 어떻게 생각해?

ChatGPT :

　생명과학 분야의 종사자로서 윤리는 극히 중요하며, 모든 결정과 행동에 영향을 미치는 핵심 원칙입니다. 제 생각은 다음과 같습니다:

　존중과 동의 : 실험 참여자 및 연구 대상자의 권리와 자유의사를 절대 존중해야 합니다. 모든 실험 참여자는 동의를 자유롭게 표명해야 하며, 실험 목적과 위험에 대한 충분한 정보를 제공받아야 합니다.

　안전과 복지 : 생명과 관련된 연구 및 실험에서는 참여자, 환자, 동물 등 모든 생명체의 안전과 복지가 우선되어야 합니다. 실험에서 발생하는 피해는 최소화되어야 하며, 이점이 위험을 상회해야 합니다.

　윤리 심의와 규제 준수 : 모든 연구는 관련 규제와 법률을 준수하고, 윤리 심의를 거쳐야 합니다. 이는 연구의 윤리성과 안전성을 보장하며, 실험 과정에서의 공정한 절차를 확인합니다.

　투명성과 공개 : 실험 결과와 연구 방법은 투명하게 공개되어야 합니다. 투명성은 연구 결과의 신뢰성을 확보하고, 윤리적 고려 사항을 확인합니다.

사회적 책임 : 생명과학 분야의 종사자로서 우리는 연구와 기술이 사회의 이익과 번영에 기여하도록 노력해야 합니다. 이는 연구 결과와 기술을 사회적 책임을 가지며 활용하는 것을 의미합니다.

　지속 가능성 : 생명과학 분야에서의 윤리적 고민은 지속 가능성과 관련이 깊습니다. 우리의 연구와 기술은 환경, 자원, 및 생물 다양성을 보존하고 지속 가능한 방식으로 활용해야 합니다.

　윤리교육 : 모든 종사자는 윤리교육을 받아야 합니다. 이는 실험의 윤리성과 안전성을 높이고, 윤리적 의사결정을 지원합니다.

　생명과학 분야의 종사자로서 우리는 항상 이러한 윤리적 원칙을 인식하고 준수해야 합니다. 우리의 연구와 기술은 인류와 지구에 미치는 영향을 고려하고, 모든 생명체와 생명체의 권리를 존중하며, 윤리적 가치와 책임을 따라야 합니다. 이것이 우리의 과학적 업적과 발견이 진정으로 의미 있는 것으로 나타나게 하는 길입니다.

Q : 생명 과학의 윤리적 문제와 시사점을 바탕으로 수필을 써 줘.

ChatGPT :
　생명 과학의 윤리와 시사점 : 생명을 건강하게 보호

　우리의 세상은 지금까지 보지 못한 엄청난 과학적 발전을 겪고 있습니다. 생명과학의 분야는 이러한 발전의 선봉에 서 있으며, 우리의 건강, 질병 치료, 환경 보호에 혁신적인 해결책을 제시하고 있습니다. 그러나 이러한 혁신의 뒤엔 복잡한 윤리적 고민이 함께 움직입니다.

　첫 번째로, 인간 실험은 우리의 발전과 진화에 중요한 역할을 합니다. 그러나 실험 참여자의 동의와 안전은 무엇보다 중요합니다. 실험 참여자는 동의를 자유의사에 따라 표명해야 하며, 실험의 목적과 위험에 대한 충분한 정보를 받아야 합니다.

둘째, 유전자 편집과 생명체 엔지니어링은 놀라운 가능성을 제시하지만 인류와 생태계에 대한 심각한 윤리적 고민을 야기합니다. 우리는 이 기술을 적절히 규제하고, 인간 향상과 본질적인 특성에 대한 명확한 윤리적 가이드라인을 수립해야 합니다.

세 번째로, 인공지능 의료 진단은 의료 혁신의 중심에 있습니다. 그러나 이 기술을 사용할 때는 개인 정보 보호와 인간 의사결정을 중요하게 고려해야 합니다. 인공지능은 도구일 뿐, 의사와 환자가 의료 결정을 함께 내릴 때의 역할을 대체해서는 안 됩니다.

또한, 생물학 실험에서 동물의 권리는 항상 고려되어야 합니다. 실험은 최소한으로 줄이고, 동물의 복지와 권리를 보호해야 합니다. 우리는 동물과 함께 공존하며, 그들의 권리를 존중하는 의무가 있습니다.

이러한 윤리적 문제를 피하거나 경시해서는 안 됩니다. 우리의 과학적 발전과 혁신은 책임 있고 윤리적으로 이루어져야 합니다. 윤리는 우리의 연구와 기술이 지구와 모든 생명체에 미치는 영향을 고려하고, 모든 생명을 건강하게 보호하도록 보장하는 열쇠입니다.

우리는 지식과 이해, 혁신과 윤리를 함께 나아가야 합니다. 우리가 혁신과 발견을 추구하면서도, 윤리적 가치와 책임을 놓치지 말아야 합니다. 이것이 우리의 시대의 역할이며, 미래 세대에 대한 선물입니다.

나의 생각

챗gpt는 현존하는 정보를 정확히 정리해 전달하는 부분에서는 훌륭한 역할을 수행하고 있는 것 같다. 특히 지속 가능성 부분에서는 내가 생각하지 못했던 관점을 제시해 주어 배울 점 또한 있었다. 하지만 수필을 쓸 때 정보 전달과 질문의 주제에 집중한 나머지 내가 평소 생각했던 윤리적 부분에서의 깊은 생각과 고찰은 잘 전달되지 못하고 있다.

알고 싶어! 안전관리자

조성민

Q : 안전관리자에 대하여 어떻게 생각하니?

ChatGPT :

　저는 안전관리자가 조직 내에서 매우 중요한 역할을 하는 것으로 생각합니다. 안전관리자는 직원들의 안전과 건강을 보장하고 조직의 안전 정책을 시행함으로써 일상적인 작업 환경을 향상시키는 데 기여합니다. 이는 근로자들의 안전과 건강을 보호하고 일상적인 작업 중 발생할 수 있는 잠재적인 위험을 최소화함으로써 생산성을 높이고 조직의 평판을 향상시킬 수 있습니다.

　또한 안전관리자는 사고나 재해의 예방을 위해 예방적인 조치를 취하고, 비상 상황 시 적절한 대응을 할 수 있어야 합니다. 그들은 교육과 훈련을 통해 직원들을 안전한 작업 방법에 대해 인식시키고, 필요한 정보와 지침을 제공함으로써 안전 문화를 조성하는 데 기여합니다.

　안전관리자의 역할은 단순히 규정을 준수하는 것 이상으로, 직원들과 조직의 안전을 위해 지속적으로 노력하는 것입니다. 그들의 열정과 전문 지식은 조직 내에서 안전 문화를 유지하고 강화하는 데 큰 영향을 미칠 것입니다.

Q : 안전관리자가 되기 위하여 무엇이 필요한 것 같니?

ChatGPT :

　안전관리자가 되기 위해서는 다양한 기술과 역량이 필요합니다. 아래는 안전관리자가 가져야 할 중요한 특성과 기술입니다:

　안전 규정과 법률 이해 : 현지 및 국가적인 안전 규정과 법률에 대한 이해가 필요합니다.

　기술적 지식 : 안전 시스템, 장비 및 절차에 대한 기술적 이해가 필요합니다.

　위험 평가와 관리 : 작업 환경에서의 위험을 평가하고 관리할 수 있는 능력이 필요합니다.

　커뮤니케이션 스킬 : 효과적인 커뮤니케이션 스킬은 팀원들과 소통하고 지시를 내릴 수 있는 능력이 중요합니다.

　리더십 : 안전 표준을 준수하도록 팀을 이끄는 리더십 능력이 필요합니다.

　문제 해결 능력 : 안전 문제에 대한 빠른 판단과 문제 해결 능력이 필요합니다.

　훈련 및 교육 : 직원들에게 안전 교육 및 훈련을 실시하여 안전의 중요성을 인식시키는 능력이 필요합니다.

　실무 경험 : 안전과 관련된 실무 경험이 있는 것도 중요합니다.

　팀워크와 협업 : 팀 내에서 협력하고 효과적으로 일할 수 있는 능력이 필요합니다.

　갱신된 지식 : 안전 기술과 규정은 계속 변화하므로 최신 정보를 학습하고

적용할 수 있는 능력이 필요합니다.

안전관리자로서 성공하려면 이러한 기술과 특성을 개발하고 꾸준히 학습하며 경험을 쌓아 나가는 것이 중요합니다. 그리고 항상 안전한 작업 환경을 유지하기 위해 노력해야 합니다.

Q : 안전관리자를 주제로 수필을 써 줘.

ChatGPT :
제목 : 안전관리자의 눈물

우리가 일상 속에서 당연시하는 안전은 안전관리자의 눈물과 힘들게 쌓인 노력 덕분에 가능한 것입니다. 그들은 조용하게, 그리고 무한한 책임감으로 우리를 지켜주고 있습니다. 그런데, 우리는 그들의 존재를 종종 간과하곤 합니다.

안전관리자는 회사의 뒷골목에 숨어 있는 영웅이자 무명의 천사입니다. 그들은 무심코 다닐 수 있는 곳에서도 작은 안전 각별을 챙기며, 우리가 안심하고 일할 수 있는 환경을 만들어냅니다. 그리고 그 노력에 대한 대가는 때때로 단순한 인사말로는 전할 수 없을 만큼 큽니다.

안전관리자의 일상은 위험의 세계 속에서 균형을 찾는 것과 관련이 있습니다. 그들은 마치 예리한 검은 새의 눈을 가지고, 무의식 중에도 잠재적인 위험을 감지하고 해결합니다. 그 노력은 우리가 안전한 상태로 가족과 친구들에게 돌아갈 수 있게 해줍니다.

그런데도, 안전관리자는 자신의 노력이 흔히 무시되곤 합니다. 우리는 그들의 일상적인 헌신에 대해 생각하지 않고, 작은 안전 규정을 따르기가 귀찮다고 느낄 때가 많습니다. 그러나 그들은 우리를 위해 끝없이 희생하고 노력합니다. 그들의 눈물은 우리가 안전하게 웃을 수 있는 이유이며, 그 눈물을 알아보는 것은 우리가 그들에게 돌아갈 수 있는 작은 선물입니다.

안전관리자의 노력에 대한 감사와 경의를 표하는 것은 우리의 의무입니다. 그들은 우리의 안전과 행복을 위해 무언가를 바라지 않습니다. 단지, 우리가 안전하게 행복한 삶을 살 수 있기를 바라며, 그들은 그 소중한 목표를 위해 노력하고 있습니다. 그들의 이러한 헌신에 고요한 경의를 표하며, 안전관리자의 눈물에 감사의 뜻을 담아 이 글을 마치고 싶습니다.

나의 생각

챗gpt를 처음 써봤을 때 느낀 것은 신기함이었다. 친구들이 '물으면 다 대답해 주는 AI'가 있다고 하길래 처음엔 그 말이 사실일지 의심이 들었는데, 한 번 써보고 나니 질문에 대한 답을 얻는데 꽤나 유용하다고 생각했다. 물론 여러 미흡한 부분도 있었지만 대부분 납득할 만한 응답을 하여 만족스러웠다.

이런 챗gpt에게 안전관리자의 인식, 하는 일 등에 대하여 물어보았을 때 무슨 대답을 할지 궁금했다. 안전관리자는 분야에 따라 하는 일이 꽤 다르기에 대답하기 어려울 것이라고 생각했으나, 챗gpt는 여러 분야에서 하는 일을 포괄적으로 묶어 잘 대답했다.

챗gpt와의 대화는 꽤나 흥미로웠으며 앞으로 더 많은 것을 물어보고 싶다.

미래를 말해 줄 수 있니?

오동건

Q : 미래에 대해 어떻게 생각하니?

ChatGPT :

미래에 대한 생각은 매우 다양하며 개인의 경험, 가치관, 꿈, 목표 등에 따라 다를 수 있습니다. 또한 현재의 상황과 환경에 따라도 변할 수 있습니다. 일반적으로 말하자면, 미래에 대한 생각은 긍정적인 희망과 불안, 불확실성이 함께 혼재되어 있습니다.

미래를 준비하고 계획하기 위해서는 현재의 선택과 행동이 중요합니다. 개인은 미래를 개선하고 싶은 목표와 꿈을 가지며 그를 위한 계획을 세우기도 합니다. 또한 미래에 대한 불확실성을 고려하여 유연성을 유지하고 대비책을 마련하기도 합니다.

미래에 대한 생각은 개인과 상황에 따라 다를 수 있으므로, 미래에 대한 생각은 주관적이며 다양할 수 있습니다.

Q : 미래에 대한 지향성이 없다면, 인류는 어떻게 될까?

ChatGPT :

미래에 대한 지향성이 없다면 개인 및 사회적 수준에서 몇 가지 문제와 도전에 직면할 수 있습니다. 목표와 방향이 없는 상태에서는 흩어지거나 혼란스러운 결과를 초래할 수 있습니다. 몇 가지 예를 들어보겠습니다:

경제적 불안정성 : 개인과 사회가 목표와 방향을 가지지 않을 경우, 경제적 불안정성이 발생할 수 있습니다. 투자와 경제 활동이 부족하면 경제가 성장하지 않을 수 있으며, 일자리 창출 및 생계가 어려워질 수 있습니다.

사회적 불평등 : 목표와 방향이 없는 상태에서는 부의 불평등이 증가할 수 있습니다. 사회가 특정 목표를 향해 노력하지 않을 경우, 부유한 계층과 빈곤한 계층 간의 격차가 더 벌어질 수 있습니다.

환경 문제 : 미래에 대한 지향성이 없으면 환경 문제를 심각하게 간과할 수 있습니다. 지속가능한 개발 및 자원 보존에 대한 노력이 없을 경우, 환경 파괴 및 기후 변화 등의 문제가 더 악화될 수 있습니다.

사회적 안녕 : 목표와 방향이 없으면 사회적 안녕과 복지에 대한 투자가 충분하지 않을 수 있습니다. 교육, 건강 관리, 문화 활동 등에 대한 자원이 충분히 제공되지 않으면 사회적 안녕이 악화될 수 있습니다.

미래에 대한 명확한 지향성과 계획은 개인 및 사회가 문제를 예방하고 해결하며, 발전과 성장을 이루는 데 중요한 역할을 합니다. 지속가능한 목표를 설정하고 그 방향을 따르는 것은 인류의 번영과 지구의 미래에 긍정적인 영향을 미칠 수 있습니다.

Q : 그렇다면 개인이 가진 지향성이 사라진 현대 사회는 미래로 어째서 나아가는 걸까?

ChatGPT :
개인이 지향성을 잃는 것은 현대 사회에서 일어나는 일반적인 문제 중 하나일 수 있습니다. 이로 인해 몇 가지 부정적인 결과가 나타날 수 있으며 사회적 및 개인적 영향을 미칠 수 있습니다.

스트레스와 불만족 : 지향성이 없는 개인은 자신의 목표나 의미를 찾지 못하고 삶에 대한 불만족과 스트레스를 경험할 가능성이 높습니다.

사회적 고립 : 개인적인 목표와 방향이 없을 경우, 사회와의 연결이 약화될 수 있으며 고립감을 느낄 수 있습니다.

생산성 감소 : 개인이 목표와 방향을 갖지 않을 경우 업무 또는 학업에 대한 동기부여가 감소할 수 있고, 결과적으로 생산성이 떨어질 수 있습니다.

정신 건강 문제 : 지향성이 없는 상태에서 정신 건강 문제가 발생할 수 있으며, 우울증, 불안, 스트레스 등과 관련된 문제가 더 자주 나타날 수 있습니다.

사회적 문제 : 이러한 개인적인 문제가 누적되면 사회적으로도 문제를 일으킬 수 있으며, 사회의 안전과 안녕에 영향을 미칠 수 있습니다.

따라서, 지향성이 사라진 현대 사회에서는 개인 및 사회 차원에서 이러한 문제에 대한 관심과 지원이 필요합니다. 개인은 목표와 의미를 다시 찾는데 도움을 주는 방법을 찾아야 하며, 사회는 정신 건강 서비스, 교육, 사회적 지원 및 직업 훈련과 같은 리소스를 제공하여 지향성을 갖는 데 도움을 줄 수 있습니다. 또한 사회적 연결과 상호작용은 개인이 목표와 의미를 발견하는 데 중요한 역할을 할 수 있습니다.

Q : 정정할게. 개인의 지향성 실종이 사회 전반의 지향성에 어떤 영향을 줄까?

ChatGPT :
개인의 지향성이 사라진다면 사회 전반에 다양한 부정적인 영향을 미칠 수 있습니다. 개인들이 목표와 방향을 갖지 않는다면 사회의 진전과 번영

을 위협할 수 있으며, 다음과 같은 영향을 미칠 수 있습니다:

경제적 영향 : 개인들이 경제적 목표를 설정하고 그를 향해 노력하지 않을 경우, 소비와 투자가 감소할 수 있으며, 경제 성장이 떨어질 수 있습니다.

사회적 불안과 불만족 : 개인들이 지향성을 잃으면 사회 내에서 불안과 불만족이 증가할 수 있습니다. 이는 사회적 불안정성과 충돌 가능성을 높일 수 있습니다.

혁신과 발전의 저하 : 지향성이 없으면 새로운 아이디어, 혁신, 연구 및 개발에 대한 동기 부여가 부족할 수 있으며, 사회의 발전과 진보가 둔화될 수 있습니다.

교육과 역량 감소 : 지향성이 없으면 학업 또는 직업 향상을 위한 역량 개발에 대한 동기 부여가 감소할 수 있으며, 교육 및 기술 수준이 하락할 수 있습니다.

사회적 통합의 어려움 : 지향성이 없는 사람들은 사회적 연결과 공동체 참여를 더 어렵게 만들 수 있으며, 사회적 분열과 고립을 증가시킬 수 있습니다.

따라서 개인의 지향성은 사회의 전반적인 지향성에 큰 영향을 미칠 수 있으며, 지향성을 갖고 목표를 향해 노력하는 개인과 집단이 사회의 진전과 번영을 촉진하는 데 중요한 역할을 합니다. 따라서 사회적으로도 지향성을 촉진하고 지원하는 정책과 프로그램이 필요합니다.

Q : 인간이 지향성 없는 도구, 그러니까 '손 안에 있음' 상태로 쓰일 때도 사회는 잘 돌아가고 있는데, 잘 먹고 잘 사는 것보다 희망을 중요시할 이유가 있을까?

ChatGPT :

인간이 기본적인 생존 필요를 충족하고 현실적인 목표를 갖고 살아가는 것은 중요합니다. 하지만 희망과 지향성은 더 큰 의미와 가치를 찾고 창조하며, 사회와 개인의 번영과 진전에 도움을 줄 수 있습니다. 이에 대한 몇 가지 이유는 다음과 같습니다:

의미와 만족감 : 희망과 목표는 삶에 의미를 부여하고, 개인적인 만족감을 증대시킬 수 있습니다. 사람들은 목표를 향해 노력하고 성취감을 느낄 때 행복하고 만족스러운 느낌을 경험합니다.

혁신과 진보 : 희망과 목표는 혁신과 진보의 원동력이 될 수 있습니다. 새로운 아이디어와 프로젝트를 추구하고 업무와 연구에 투입할 때, 사회와 기술의 발전을 촉진하는 역할을 합니다.

사회적 연결과 협력 : 희망과 목표를 공유하는 공동체와 집단은 사회적 연결과 협력을 증대시킬 수 있습니다. 공통의 목표를 향해 협력하면 사회의 통합과 상호 작용이 강화될 수 있습니다.

문제 해결과 발전 : 희망과 목표는 사회적 문제를 해결하고 사회의 발전을 촉진하는 역할을 합니다. 긍정적인 목표를 설정하고 그를 향해 노력하면 사회적 변화와 개선이 가능해집니다.

정신 건강 : 희망과 목표는 정신 건강에 긍정적인 영향을 미칠 수 있습니다. 목표를 가지고 향해 노력하며 성취감을 느끼는 것은 우리의 정신적 안녕과 삶의 만족도를 향상시킬 수 있습니다.

따라서 희망과 지향성은 단순히 "잘 먹고 잘 사는 것" 이상의 삶의 풍요함과 가치를 제공할 수 있으며, 사회와 개인 모두에게 긍정적인 영향을 미칠 수 있습니다.

Q : 그러나 그러한 풍요로움과 가치는 희망이 아니더라도 가질 수 있는 것
 이라 생각해. 예를 들어… 사랑 같은 거 말이야.

ChatGPT :
 맞습니다, 희망 이외의 다양한 가치들이 삶에 중요한 역할을 할 수 있습니다. 사랑, 친밀한 관계, 가족, 친구, 문화 활동, 예술, 자연 경험 등 다양한 측면에서 우리 삶에 의미와 만족을 제공할 수 있습니다. 이러한 가치들은 희망과 함께 삶을 더 풍요롭게 만들어줄 수 있으며, 사회와 개인의 번영과 진전에 기여할 수 있습니다.
 또한, 희망과 지향성이 없는 사람들도 행복하고 만족스로운 삶을 살 수 있으며, 희망을 찾지 못하더라도 다른 가치들을 통해 의미 있는 경험을 쌓을 수 있습니다. 다양한 가치들은 삶의 다양한 측면을 풍부하게 하며, 각 개인이 자신의 가치와 목표를 찾고 추구하는 방식은 다를 수 있습니다.
 중요한 것은 우리가 각자의 가치와 목표를 존중하고, 삶을 풍요롭게 만들기 위해 필요한 것들을 찾아가는 것입니다. 사랑, 관계, 문화 활동, 자연 등은 많은 사람들에게 큰 행복과 만족을 제공할 수 있는 중요한 측면입니다.

Q : 그렇다면 미래에 대한 지향성 없이 현실에 대한 가치만으로도 살아가
 기엔 충분한 것 아닐까?

ChatGPT :
 미래에 대한 지향성 없이 현실에 대한 가치만으로도 살아가는 것은 가능하며 일부 사람들에게 충분한 것일 수 있습니다. 다만, 미래를 고려하지 않고 오직 현실적인 삶의 가치에만 집중하는 경우에도 몇 가지 고려해야 할점이 있습니다:

 삶의 목적과 의미 : 미래에 대한 지향성이 없는 상태에서 삶의 목적과 의미를 찾는 것은 어려울 수 있습니다. 미래의 목표와 방향을 설정하는 것이 개인의 삶에 더 큰 의미를 부여할 수 있습니다.

미래 불확실성 : 미래를 고려하지 않는 것은 미래의 불확실성에 대한 대비책을 갖지 않는 것과 관련이 있을 수 있습니다. 예기치 않은 상황이 발생할 때 미래를 준비하지 않은 경우 어려움에 직면할 수 있습니다.

자기 계발과 성장 : 미래를 고려하고 목표를 설정하면 개인적인 자기 계발과 성장을 촉진할 수 있습니다. 목표를 향해 노력하고 이루는 과정은 개인의 역량과 기술을 향상시키는데 도움을 줄 수 있습니다.

사회적 상호작용 : 미래를 고려한 목표와 지향성을 갖는 것은 사회적 상호작용과 협력을 촉진할 수 있습니다. 공통의 목표를 공유하고 협력하는 것은 사회적 연결과 공동체의 형성을 도울 수 있습니다.

결국, 미래에 대한 지향성 없이 현실에 중점을 두는 삶의 방식은 각 개인의 성향과 우선 순위에 따라 다를 것이며, 어떤 사람에게는 충분한 것일 수 있습니다. 하지만 미래를 고려하고 목표를 설정하는 것은 개인적인 발전, 사회적 상호작용, 의미 있는 경험, 혁신, 그리고 더 나은 미래를 창조하는데 도움을 줄 수 있습니다.

나의 생각

챗GPT, 내가 처음 마주한 인공지능 기술이란 것은 꽤나 충격적이었다. 인간도 답을 찾기 어려워 하는 문제를 논리정연하게 설명하는 모습이라니! 이러한 주제에 대해 고민해 보지 않은 사람이라면 답하기 어려운 질문이었는데 말이다. 확실히 인공지능 기술은 대단한 것이었다. 인류의 기술이 이렇게 발전했구나 하는 격세지감도 느껴졌다. 인류 역사는 진보의 연속이었고, 지금도 인류는 진화하고 있는 것이다. 뭐, 그럼에도 불구하고 챗GPT가 침범할 수 없는 인간의 영역이 존재하는 것 또한 사실이었다.

위의 글을 잘 읽어보면 뭔가 어색함이 느껴지지 않는가? 그래, AI란 것은 소신을 가질 수 없다. 그것은 위험한 일임과 동시에 인류 고유의 영역이기도 하기 때문이다. 소신이란 것은 중요한 것이다. 다른 사람과의 소통을 통해 변해가는 소신이란 것은 인류 진화의 원천임과 동시에, 가공할 만한 인류 상상력의 근본이기 때문이다. 그렇기에 소신을 가지지 않은 AI는 좋은 참고 자료 그 이상은 될 수 없는 것이다. 그래, AI가 언젠가 소신을 가지기는 할 것이다. 그러나 그것은 정말 소신이라고 할 수 있을까? 거대한 정보의 파도에 밀려온 고래 사체에 불과한 것은 아닐까? 그래, 모르긴 몰라도 그것이 언젠가 터질 해변가의 시한폭탄인지, 아니면 거대한 보물일지는 우리가 판단할 일인 것이다. 인류는 빛나는 관찰로 언제나 문제를 헤쳐 나갔으니까 말이다.

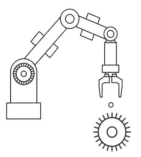

2부

그린비,
진로의 여정을 그리다

1.
엔터테인먼트 및 예술의 여정

금빛나무

1학년 정하윤

내게는 색이 있다. 그게 뭐 대수라고 생각할 수도 있지만 내가 사는 마을에서 색을 가지고 있다는 것은 매우 특별한 일이다. 이 마을은 색이 없기 때문이다. 모든 것이 그저 눈처럼 새하얗다. 하지만 원래부터 하얀 것은 아니었다. 우리 아빠는 내게 항상 말씀하셨다.

"아빠도 예전에는 아주 멋진 파란색을 가지고 있었지. 크면서 점점 색이 옅어지더니 지금처럼 하얗게 변했어. 너도 색을 잃게 되겠지만 걱정하지 마렴. 색을 잃는 건 어른이 되어간다는 뜻이란다."

나는 아빠의 그 말을 들을 때마다 심장이 두근거렸다. 내 아름다운 푸른색이 사라진다니 믿을 수 없었다.

사람뿐만 아니라 집, 학교, 도서관, 빵집, 또 나무나 강물, 하늘 등등 모든 것이 전부 하얗다. 그러나 단 한 가지, 유일하게 색을 가진 것이 있다. 그건 바로 마을 공원에 심겨져 있는 금빛나무 한 그루. 금빛나무는 눈이 부실 정도로 빛나는 황금색으로 나무 밑동에는 마을 설립자의 이름이 새겨져 있다. 마을 설립자는 아주 오래 전 특별한 그 나무가 가진 신비한 힘으로 황무지였던 이 땅에 마을을 세웠다. 나무는 삶의 터전과 필요한 요소들을 만들어 주었고 지금도 마을에 에너지를 공급해 주며 절대로 없어서는 안 될 중요한 역할을 하고 있다. 그래서 우리는 금빛나무를 마을의 축복이라 부르고 그 나무 덕분에 사람들은 이곳에서 아무런 걱정 없이 오직 일에만 집중하며 살고 있다. 그렇다. 이곳은 세상에서 가장 완벽한 마을이다.

"루, 일어났니?"

엄마의 목소리가 나의 달콤한 아침잠을 깨웠다. 이 완벽한 마을에서의 새로운 하루가 시작된 것이다. 오늘은 긴 방학이 끝나고 오랜만에 학교에 가는 개학날이다. 방학 내내 늦잠만 자다가 일찍 일어나려니 눈도 제대로 떠지지 않았다.

"얼른 일어나야지. 개학날부터 지각하겠다."

엄마가 재촉하자 그제야 정신을 차리고 침대에서 일어났다. 거실로 나가 보니 식탁에는 아침밥이 준비되어 있었고 내가 깬 걸 확인한 엄마는 아빠와 함께 곧바로 출근하셨다. 오늘의 아침은 햄 샌드위치. 내가 가장 좋아하는 메뉴이다. 아침을 후딱 먹은 뒤 씻고 가방을 챙겨 부리나케 집을 나왔다.

"루! 오랜만이다. 잘 지냈어?"

집을 나서자마자 만난 사람은 바로 린이었다. 린은 초록색을 가진 내 오랜 단짝이자 등교 메이트이다.

"좋은 아침, 린! 나야 뭐 잘 지냈지."

한 달 만에 만난 우리는 짧은 인사를 시작으로 오만 가지 얘기를 하며 등굣길을 걸어갔다. 오랜만에 레이첼 선생님과 친구들을 만날 생각에 우리 둘은 몹시 들떠 있었다. 열심히 걷고 또 걸어 마침내 교실에 도착했고 우리는 자리에 앉아 선생님이 오시기만을 기다렸다. 잠시 후 문이 열리더니 레이와 함께 선생님이 들어오셨다. 레이는 회색을 가진 같은 반 아이로 무뚝뚝하고 말수가 적었다.

"얘들아, 방학 잘 보냈니? 우리 반 다 온 거지?"

레이첼 선생님은 매우 피곤한 모습으로 인사를 건네셨다. 놀랍게도 우리 학교는 나랑 린, 레이 총 3명이 전부이다. 어른들이 일에만 몰두하기 시작하자 몇 년 전부터 마을에 태어나는 아이들의 수가 줄어들더니 이제는 더 이상 태어나는 아이가 없다. 때문에 많은 학교가 사라지고 이 학교와 레이첼 선생님, 그리고 색을 가진 특별한 학생 세 명만이 남게 되었다.

개학날 첫 시간은 자율 활동 시간으로 서로의 장래희망에 대해 이야기를 나누었다. 나는 당차게 나의 꿈에 대한 이야기를 늘어놓았다.

"나는 열심히 공부해서 우리가 색을 잃어버리지 않는 방법을 찾아낼 거야! 그리고 마을의 색이 돌아오도록 만들겠어!"

"그게 가능하겠냐?"

린은 시큰둥한 반응을 보였다.

"나는 꿈이 없는데……."

린이 말했다.

"나도."

레이가 무심하게 한 마디 툭 내뱉었다.

순간 교실의 공기가 가라앉은 듯 숨막히고 고요해졌다.

"너희가 열심히 공부한다면 마을의 축복처럼 영원히 빛나고 아름답게 살 수 있을 거란다."

레이첼 선생님이 적막을 깨며 말했다.

첫 시간이 끝난 후부터는 수업을 이어나갔다.

드디어 기다리고 기다리던 마지막 시간! 마지막 수업은 역사였다. 나는 역사를 가장 좋아한다. 비록 오래 전 이야기지만 역사는 현재를 사는 우리에게 다양한 도움을 준다.

"얘들아, 오늘은 탐구 과제가 있다. 주제는 바로 마을의 축복이야. 너희가 직접 조사하고 자료를 모아 보고서를 작성해 제출하면 된단다. 어렵지 않지?"

"네…."

나는 힘없이 대답했다. 사실 우리 마을의 역사는 대부분 말로만 전해져 온지라 자료가 많이 남아 있지 않다. 나는 어디서 무얼 조사해야 할지 막막했다.

학교를 마치자마자 곧바로 마을 도서관으로 향했다. 책을 찾다 보면 분명히 쓸 만한 자료가 나올 것 같았다. 도서관에 들어서자마자 사서이신 마고 할머니를 찾아 갔다. 마고 할머니는 이 마을에서 가장 나이가 많으신 분으로 수십 년간 마을 도서관에서 사서로 일하셨다. 할머니는 우리 마을의 살아 있는 역사라고 해도 과언이 아니다.

"할머니, 안녕하세요?"

"오, 루 아니냐. 오랜만에 왔구나. 무슨 일이니?"

"학교 과제 때문에 왔어요. 마을의 축복에 대해 조사해야 하거든요. 혹시 관련된 책이 있나요?"

"아… 미안하지만 그런 책들은 이미 지난주에 박물관에서 다 빌려갔단다."

"하나도 없어요?"

"으음….'

할머니는 곤란한 표정으로 나를 쳐다보았다. 그러더니 뭔가 결심한 표정으로 말하셨다.

"따라오너라."

할머니는 나를 데리고 도서관의 지하로 내려갔다. 도서관에 지하가 있다는 얘기는 들었지만 직접 가보는 것은 처음이다. 거대한 책장들 사이로 작은 문 하나가 보였다. 할머니는 문을 열고 계단으로 내려가셨다. 나는 곧장 따라 내려갔다. 지하 서고는 작은 불빛 하나 없이 캄캄했다. 할머니는 작은 랜턴 하나를 들고 아무 말 없이 어두운 책장 사이로 들어가시더니 먼지에 휩싸인 두꺼운 책 한 권을 들고 나오셨다.

"이건 우리 집안 대대로 내려오는 아주 오래된 고서란다. 아직 역사적으로 검증이 되지 않아 세상 밖에 공개하진 않았지만, 마을 역사를 가장 많이 또 세세하게 담고 있지. 너에게 아마 도움이 될 게야."

할머니는 내 손에 책을 쥐어주시면서 말씀하셨다.

"감사합니다! 정말 감사합니다!"

기쁜 마음에 책을 감싸 안으며 할머니께 수차례 감사 인사를 드렸다. 그러고는 도서관을 빠져나와 가벼운 발걸음으로 재빨리 집에 왔다. 집에 오자마자 책을 펼쳐 읽기 시작했다. 보고서에 담을 내용이 있는지 찬찬히 살펴보았다. 책에는 글보다 사진이 더 많았다. 읽던 중 신기한 점을 발견하였다. 분명 세월이 한참 지난 책인데도 사진에 색이 선명하게 남아 있었다. 어떻게 된 일일까?

그것은 시작에 불과했다. 그 책의 내용은 놀라움의 연속이었다. 책 속 사진에 나와 있는 어른들이 모두 각기 다른 색을 가지고 있었기 때문이다. 도무지 이해할 수 없었다. 분명 어른이 되면 색을 잃는다 했는데 오래 전 마을 어른들은 어떻게 색을 가지고 있는지, 그야말로 의문투성이였다. 책의 후반부쯤 왔을 때 아주 흥미로운 신문 기사 조각을 발견했다. 기사의 제목은 '마을의 위기, 색을 잃어버리다.', 기사 옆에는 새하얀 한 남자의 사진이 있었다. 그 다음 장에는 당시의 연구 보고서로 보이는 종이가 붙어 있었다. 보고서의 내용은 몹시 충격적이었다.

'우리가 심은 마을의 축복이 이제는 우리를 이용하기 시작한다. 금빛나무가 모든 것을 다 채워주게 되면서 사람들은 손 하나 까딱하지 않고 뭐든 이룰 수 있게 되었다. 그렇게 사람들은 나무만을 믿고 점점 꿈과 목적을 잃은 채 살아가기 시작했다. 그리고 나무는 그런 사람들의 색을 가져가 자신의 찬란한 금빛을 영원히 유지하는 것으로 밝혀졌다. 이에 대한 정확한 해결책은 아직 파악하지 못하였다. 하지만 이러한 현상이 계속 된다면 마을 전체의 색은 사라질 것이다.'

모든 비밀이 풀리기 시작했다. 색을 잃는 것은 어른이 되어가는 것이 아니라 바로 꿈을 빼앗기는 것, 나무에게 지배당하는 것이었다.

그렇게 깊은 충격을 안고 생각에 잠긴 채 하루를 마무리했다.

다음 날 아침, 린이 늦잠을 자는 바람에 혼자 등굣길에 올랐다. 여전히 생각에 잠긴 채 걷다 보니 어느새 교실에 앉아 있었다. 잠시 뒤 등장한 린과 레이는 나를 더 깊은 생각에 빠지게 만들었다. 문을 열고 들어온 애들의 색은 어제와 다르게 희미했다. 린은 연한 초록색이 되었고 레이는 거의 하얘진 상태였다. 린과 레이한테는 꿈이 없으니 나무가 색을 가져가기 시작한 것이다. 모든 것이 고서의 내용대로 흘러가고 있었다.

사실 이곳에서 마을의 축복 없이 살기란 불가능한 일이다. 그렇기 때문에 모두가 나무에 매달리며 더 많은 풍요를 구하고 자연스럽게 나무에 의존하게 된다. 그 증거가 바로 지금의 어른들이다. 내 친구들은 색을 잃고 있고 나도 언제 잃게 될지 모른다. 더 이상 지체할 수 없다. 도대체 어떻게 해결해야 할까? 번뜩이는 방법이 필요하다.

방법을 찾기 위해 무작정 학교를 조퇴하고 집으로 왔다. 집에 오니 더 막막해졌다. 아직 어린 나에게는 아무런 권한도 힘도 없기 때문에 내가 나서서 무언가 할 수 있는 상황이 아니었다. 그 순간 머릿속에 마고 할머니가 떠올랐고 다시 한번 할머니의 도움이 필요하다고 생각해 서둘러 도서관으로 향했다. 숨을 헐떡이며 도서관에 도착해 마고 할머니를 찾았다.

"할머니!"

나는 도서관이라는 사실을 잊은 채 큰 소리로 할머니를 불렀다.

"루! 무슨 일이니?"

놀란 할머니께서 다급한 목소리와 함께 급히 오셨다.

"할머니 금빛나무는 마을의 축복이 아니에요! 나무가 우리 색을 빼앗아 가는 거였어요! 더 늦기 전에 나무를 막아야 해요."

"무슨 소리냐, 루. 나무가 색을 빼앗아 간다니?"

나는 할머니의 책을 펼쳐 사진과 신문 기사, 연구 보고서를 보여 드리고 상황을 전부 설명했다.

"이게 무슨… 믿기지가 않는구나."

한참을 멍하니 서 계시다가 한 마디 꺼내셨다.

"그렇다면 루, 너의 계획은 뭐니?"

그 말을 듣고 고민하고 또 고민했다. 내가 무얼 해야만 하는지를. 당장 나무가 사라진다면 마을에 더 큰 위기가 닥칠 게 분명했다.

"뭘 그렇게 고민하니? 원인을 알았으니 어서 문제를 해결해야지."

"네, 맞아요. 근데 뭘 어떻게 해야 할지 모르겠어요."

"나무가 원인 아니냐. 그렇담 나무를 베어버리면 되지 않니?"

"네?"

"루, 당장 눈앞에 닥칠 일만 바라보고 있으면 답은 나오지 않아. 이건 마을을 위한 일이다. 문제를 해결할 수 있다면 뭐든 해야 하지 않겠니?"

"할머니 말씀이 맞아요!"

고민 끝에 확신을 얻고 대답했다. 할머니의 답변에 용기를 얻고 집으로 돌아가는 길에 시장에서 도끼 세 자루를 샀다.

새하얀 해가 산 뒤로 넘어가기 시작할 때 나는 린과 레이를 공원으로 불러냈다.

"무슨 일이야?"

"린! 레이도 같이 왔네. 와줘서 고마워. 본론만 말할게. 너희 왜 어른들이 색을 잃는 줄 알아? 바로 저기 빛나는 마을의 축복 때문이야."

"뭐라고?"

린이 믿을 수 없다는 듯 말했다.

"정말이야. 금빛나무는 꿈 없이 오직 나무에 의존하는 사람들의 색을 빼앗고 있어. 너희도 지금 색이 사라지고 있잖아."

"……."

레이는 충격을 받아 아무 말도 하지 못하는 것처럼 보였다.

"너희 색을 되찾고 싶다면 저 나무를 베어야 해."

"뭐? 너 미쳤어? 나무를 베어버리면 우리는 이제 어떻게 살아. 나무가 물도 전기도 다 공급해 주는데."

"나무가 없으면 분명 어려움이 생기겠지만 나는 색을 잃은 채 의미 없이 나무에 매달려 살고 싶지 않아. 저 나무가 만약 수명을 다하면 그때는 어떡할 건데? 이제는 나무의 능력이 아닌 우리 힘으로 직접 마을을 가꿔야 할 때야."

둘은 잠시 동안 깊은 생각에 잠겼다. 한참 뒤 레이가 먼저 말을 꺼냈다.

"…우리가 뭘 하면 되는데?"

"그래, 뭘 하면 되는지 말해 봐. 뭐든 내키지는 않겠지만 나도 내 초록색을 되찾고 싶어. 도와줄게!"

나는 속으로 환호하며 도끼를 애들 손에 쥐어주었다. 그리고 말했다.

"좋아. 이제 이걸로 우리가 저 나무를 베어서 쓰러뜨리는 거야."

"뭐? 누가 보면 어쩌려고?"

"상관없어. 모두를 위한 일이니까!"

어느덧 해는 사라지고 하얀 달빛이 마을을 비추고 있었다. 오늘따라 더욱 밝게 빛나는 나무 앞에 선 우리는 묘한 긴장감을 느꼈다. 서로 머뭇거리다 숨을 고른 후 내 구령에 맞춰 도끼질을 시작했다.

"하나, 둘! 하나, 둘!"

수십 차례의 도끼질 끝에 마침내 나무는 눈부시게 찬란했던 황금빛을 잃고 픽 쓰러졌다. 그 순간 오색빛깔이 나무에서 뿜어져 나와 하늘로 솟아오르더니 '펑!' 하고 터졌다. 그 오색빛깔은 그간 나무가 빼앗은 마을의 모든 색이었다.

"됐다!"

우리는 서로를 얼싸 안았다. 그러고는 감격스런 마음으로 주위를 둘러보았다. 그러나 우리가 일을 마쳤을 때 주위는 이미 어두워져서 색이 돌아왔는지 확인할 수 없었다. 내일 아침 확인하기로 하고 아쉬운 마음을 뒤로 한 채 각자 집으로 돌아갔다. 집에 도착해 설레는 마음으로 서둘러 잠에 들었다.

"만세! 색이 돌아왔어!"

"이게 어떻게 된 일이지? 하룻밤 사이에 무슨 일이 있었던 거야?"

이른 아침 창밖에서 들리는 시끌벅적한 소리가 나의 달콤한 아침잠을 깨웠다. 나는 큰 소리에 놀라 벌떡 일어났다. 정신을 차려보니 방이 부드러운 연둣빛으로 물들어 있었다. 책상은 구수한 나무색, 이불은 따뜻한 분홍색으로 바뀌어 있었고 창틈 사이로는 붉은 햇살이 스며들어 오고 있었다. 색이 돌아온 것이다! 마음이 급한 나머지 잠옷차림으로 문 밖을 나섰다. 눈앞에 펼쳐지는 광경은 그야말로 장관이었다. 푸른 가로수, 붉은 태양, 파란 하늘까지 모든 것이 아름다웠다. 거리의 사람들은 밝게 웃으며 각자의 색깔로 빛나고 있었다.

순간의 흥분을 가라앉히고 집으로 들어왔다. 오늘은 주말, 거실 식탁에는 노릇노릇한 햄 샌드위치가 놓여 있었다.

부모님은 아침 일찍 급하게 집을 나가셨다. 알고 보니 마을 어른들이 모여 금빛나무 사건에 대해 논의하기로 한 것이다. 마을 회관에서는 난리가 났다. 그야말로 비상이 걸린 것이다. 나무를 자른 범인을 잡는 것보다 시급한 것은 에너지 문제였다. 나무가 사라지니 마을에 전기도 들어오지 않고 물도 끊기고 공장도 멈추고 수많은 문제가 순식간에 산더미처럼 쌓여버렸다.

하지만 마을의 최고 어른이신 마고 할머니께서 직접 나서서 상황을 모두 정리하셨고 문제가 좋은 방향으로 잘 해결되어 가고 있다고 회관에 다녀오신 엄마께서 말해 주셨다. 잘은 모르겠지만, 마고 할머니라면 분명 누구보다 현명하게 대처하고 계시리라 믿는다.

마을에 색이 돌아온 지 정확히 2년이 지난 오늘은 아주 오랜만에 린과 레이를 만나는 날이다. 같이 저녁밥을 먹기로 했다. 올해로 스무 살이 된 우리는 각자의 꿈을 따라 살고 있다. 린과 레이는 색을 되찾은 뒤 목표를 가지고 열심히 공부해, 린은 레이첼 선생님을 뒤이어 학교 선생님이 되었고, 레이는 발전소에서 일하기 시작했다. 나 또한 도서관에서 사서로 일하면서 마고 할머니와 함께 고서를 정리하며 마을 역사에 대해 연구하고 있다.

2년 사이 우리 마을은 정말 큰 발전을 이루어냈다. 발전소와 변전소가 생기고 수도 시설이 갖춰지며 올해부터는 다양한 재생 에너지를 연구하기 시작했다. 마을에 남아 있는 폐교들은 다시 교문을 열고 있다. 우리는 마을의 축복 없이도 잘 해내고 있다. 아니, 이제는 우리 모두가 마을의 축복이다. 더 이상 완벽한 마을은 아니지만 모두가 서로 다른 빛나는 꿈과 목적을 가지고 다채로운 각자의 색을 뽐내며 완벽한 마을을 위해 노력하고 있다. 그렇다. 이곳은 곧 완벽해질 세상에서 가장 아름다운 마을이다.

페트병 25호

1학년 정하윤

"으아아악!"

꿈에서 깨어나니 따스한 모래알과 푸른빛 바다는 사라진 채 홀로 망망대해 한가운데에 둥둥 떠 있었다. 살기 위해 마구 몸부림쳤지만 소용없었다. 나는 목적지도 없이 해류를 따라 하염없이 흘러가고 있다.

어떻게 된 일일까? 기억이 잘 떠오르지 않는다. 나한테 무슨 일이 있었던 거지? 오만 가지 생각을 하며 혼자 상상의 나래를 펼쳤다. 분명히 기억나는 것은 지금 이 지경에 이르기 전까지 해변에 있었다는 사실뿐이다.

나는 페트병 25호, 촌뜨기 공장 출신이다. 우리는 매일 아침 공장에서 깨끗한 물을 받아 마트, 백화점 등등 각자 배정받은 곳으로 이동한다. 나는 바다 근처의 한 편의점에 배정되었다.

아직 어둠이 걷히지 않은 이른 새벽 다른 병들과 함께 트럭을 타고 편의점으로 향했다. 울퉁불퉁한 시골 산길을 지나 한참을 달리고 또 달렸다. 트럭 안은 몹시 심하게 흔들려 제대로 서 있기 힘들 정도였다. 속이 너무 울렁거려 담고 있던 물이 새어 나올 것만 같았다.

아침이 되어서야 비로소 울렁거림이 멈추었다. 우리가 울렁거림에 정신을 못 차리는 사이 편의점에 도착한 것이다. 대학생으로 보이는 젊은 알바생이 우리를 마중 나왔다. 알바생은 병이 담긴 상자를 건네받은 후 재빠르게 편의점 안으로 들어가 냉장고에 병을 차례대로 넣기 시작했다. 우리는 냉장고에 먼저 들어가지 않으려고 서로를 밀치거나 구르기도 했다. 절대 무서워서가 아니다. 그것은 냉장고 진열대 맨 앞칸을 차지하기 위한 치열한 사투였다. 진열대의 앞쪽에 배치될수록 냉장고를 빨리 탈출하게 될 확률이 높아지기 때문에 안간힘을 썼다.

치열한 사투 끝에 나는 당당히 진열대 맨 앞칸을 차지했다. 정말 뿌듯했다. 너무 흥분한 나머지 냉장고가 추운지 더운지 구분이 안 될 정도였다. 하지만 기쁨도 잠시 어디선가 스멀스멀 냉기가 올라오더니 극한의 추위가 나를 확 덮쳤다. 냉기에 꼼짝없이 당해버린 나는 몸이 얼어붙었다. 담아온 물이 차가워지면서 속이 뒤집어지는 것 같았다. 옆에 있는 다른 공장 출신의 병들도 정신을 못 차리고 있었다. 어떤 페트병은 끝내 추위를 버티지 못하고 기절하기도 했다. 시원한 물을 마시려고 우리를 냉장고에 집어넣은 인간이 원망스러웠다. 얼마나 이기적인지 모른다. 그 순간 눈에 들어온 것은 냉장고 밖 진열대에 일렬로 누워 있는 감자칩들과 고리에 걸려 있는 알록달록 젤리들이었다. 진심으로 부러웠다. 나도 따뜻한 냉장고 밖에 진열되어 있었다면 얼마나 좋았을까? 내 힘으로 냉장고를 나갈 방법은 없었다. 그저 누군가 이 추위 속에서 건져주길 바라며 나는 다른 페트병들과 함께 기절하고 말았다.

눈을 떠보니 계산대 위에 우두커니 서 있었다. 이게 무슨 일인가 싶었다. 한 남자가 내 앞에 서 있었다. 그 남자가 나를 험한 추위에서 구해준 것이었다. 정말 감사했다. 앞칸을 차지한 보람이 있었다. 계산이 끝나고 나는 그 남자의 가방에 담겨 어딘가로 향했다. 그 사람이 한 걸음 걸을 때마다 가방이 흔들렸지만, 트럭에 비하면 아무것도 아니었다.

얼마 지나지 않아 남자가 나를 가방 안에서 꺼내었다. 그 순간 눈앞에 놀라운 광경이 펼쳐졌다. 푸른빛 바다, 반짝이는 파도, 따스한 모래알, 강렬한 햇살, 모든 것이 아름다웠다. 난생 처음 보는 그야말로 장관이었다.

남자는 짐을 풀고 바다로 뛰어 들어갔다. 한참을 바다에서 놀고 나서 몇 시간 후에 바닷물에 흠뻑 젖은 채 내가 있는 파라솔 쪽으로 걸어왔다. 그러더니 나를 덥석 잡아 올려 머리 위 뚜껑을 열고서는 내가 담아 온 물을 벌컥벌컥 들이켰다. 남자는 들어 있던 물을 모조리 다 마신 후 빈 병이 된 나를 모래 속에 꽂아두고 다시 바다로 향했다. 물을 싹 비워내고 나니 몸이 한결 가벼워진 느낌이었다. 모래 속은 따뜻했고 선선한 바람은 내 뚜껑을 자꾸만 건드렸다. 남자가 뚜껑을 덜 닫아놓은 것이 조금 신경 쓰이긴 했지만,

그것도 잠시뿐이었다. 아름다운 바다를 구경하기 바빠 계속 신경 쓸 틈이 없었다.

남자는 좀 전보다 더 신나게 놀았다. 얼마 안 되어서 다 놀았는지 지친 듯한 발걸음으로 파라솔로 돌아와 짐을 챙기기 시작했다. 왠지 비싸 보이는 선글라스, 보들보들한 수건과 잘 포개어진 돗자리를 가방에 넣고는 짐을 챙겨 자리에서 일어났다.

그런데 이게 웬걸? 나를 챙기지 않았는데 자리를 뜨는 것이다. 모래사장 위 발자국을 따라 걸으며 왔던 길로 다시 돌아가는 남자의 뒷모습을 보는 순간 머릿속이 새하얘졌다. 어쩔 줄 몰랐다. 남자는 뒤 한 번 돌아보지 않고 나를 모래 속에 버려둔 채 점점 멀어져갔다. 모래 속을 빠져나오기 위해 몸을 이리저리 움직여 보았지만 소용없었다. 그때 바람이 세차게 불더니 모래 속에 끼어 있던 몸통을 빼내 주었다. 우연도 이런 우연이 없다. 나는 남자의 걸음을 뒤따라 황급히 몸을 굴려 쫓아갔다. 열심히 굴러 남자의 발꿈치에 닿은 순간 그의 시선이 느껴졌다.

남자는 아래를 스윽 내려다보더니 드디어 나를 발견했다. 하지만 그 다음 남자의 행동은 이루 말할 수 없을 정도로 충격적이었다. 나를 발견하고는 발로 툭 차버리는 것이다. 그 바람에 경사진 모래사장을 따라 빠른 속도로 굴러 떨어졌고 바다에 풍덩 빠지게 되었다.

모든 의문이 풀렸다. 그렇다. 나는 남자에게 버림받고 바다에 떠내려온 것이다. 어떻게 나한테 이럴 수가 있지? 시원한 물도 주고, 바다에서 다 놀 때까지 기다려주었는데 혼자 매정하게 떠나버렸다. 기억을 곱씹을수록 편의점에서의 감사함은 온데간데없이 사라지고 그저 원망만 가득해졌다. 생각할수록 문제가 더 복잡해지는 기분이었다. 그렇게 많은 생각을 떠안은 채 계속해서 알 수 없는 곳으로 흘러가고 있었다.

"아무 생각 없이 이대로 해류를 타고 계속 가다 보면 언젠가 육지가 나오지 않을까?"

이제는 혼잣말도 한다. 갈수록 상태가 이상해지는 느낌이다. 극한의 상황에 몰리니 놀랍게도 편의점 냉장고가 그리워지기 시작했다. 내가 생각해봐도 웃기지만 그만큼 절박하다. 이 긴 여정의 끝이 있긴 할지 걱정된다.

그때 저 멀리 알 수 없는 거대한 물체가 눈에 들어왔다. 가까워질수록 정확한 형체가 드러나기 시작했다. 그것은 커다란 언덕을 등에 지고 있는 처음 보는 동물이었다.

"너는 누군데 여기 혼자 있는 거야?"

"엇! 나는 바다거북이야. 해류를 잘못 타는 바람에 여기까지 떠밀려 오게 됐어."

나는 바다거북을 태어나서 처음 봤지만 정말 반가웠다. 이 넓은 바다 위에 나와 같은 처지가 또 있다니! 그 사실만으로도 위로가 되었다,

"정말? 사실 나도 해류로 이곳까지 떠밀려 왔거든. 육지로 돌아갈 방법을 찾고 있는 중이야."

"육지라고? 내가 떠밀려 오는 길에 육지를 본 것 같아! 나도 지금 육지로 가는 길인데 같이 갈래? 거기까지 데려다줄게."

"진짜로? 어서 가자!"

바다거북에게 정말 고마웠다. 거북이 가려는 육지가 어딘지도 모른 채 무작정 거북의 뒤를 따라갔다. 일단 살고 봐야 하니까. 지금 이 상황보다는 백 배 천 배 나을 것이라는 확신을 가지고 열심히 헤엄치는 거북을 선두로 우리는 해류의 도움을 받아 빠르게 이동했다.

해류를 타고 가던 중 육지가 보였다. 바다거북도 발견했는지 몸을 틀어 해류에서 벗어났다. 나도 재빨리 거북을 따라 몸을 틀었다. 얼마 되지 않는 거리에 육지가 있었다. 기쁜 마음에 허겁지겁 육지로 향했다.

하지만 육지와 가까워질수록 상황은 나빠지고 있었다. 육지에서 큼지막한 쓰레기들이 이쪽으로 마구 떠내려오고 있었다. 비닐, 공병, 플라스틱 등등 다양했다. 거북은 언덕 안으로 숨었고 나는 잽싼 몸으로 요리조리 쓰레기들을 피해 다녔다.

"끄아아악!"

갑자기 어디선가 정체불명의 괴성이 들려왔다. 그건 바다거북의 소리였다. 무슨 일인가 뒤돌아보니 바다거북이 버려진 그물에 걸려 헤엄치지 못하고 바다 아래로 가라앉고 있었다. 나는 몸을 돌려 거북에게로 갔다. 하지만 내가 그곳에 다다랐을 때 거북은 이미 사라진 후였다. 그물이 순식간에

바다거북을 바다 속으로 집어삼킨 것이다. 한참을 그 자리에 멍하니 기다렸지만, 바다거북은 돌아오지 않았다. 아니, 돌아오지 못했다는 표현이 더 정확할지도 모르겠다. 왜 자꾸 일이 잘 풀리고 있을 때쯤 문제가 생기는지 모르겠다. 바다 아래로 가라앉는 거북을 보면서도 아무것도 해줄 수 없었던 나 자신이 원망스러웠다. 병 표면에 맺힌 물방울들이 마치 눈물처럼 내 몸을 타고 또르르 흘러내렸다. 내 서러움을 대변해 주는 것 같았다.

마음을 다잡고 바다거북의 몫까지 최선을 다해 헤엄쳐 갔다. 죽은 바다거북을 위해서라도 꼭 육지에 가야만 했다. 가면 갈수록 쓰레기가 많아졌다. 도대체 어떤 곳이길래 쓰레기가 이렇게 많이 나오는지 짜증이 날 정도다. 육지에 거의 다 왔을 때 나는 그제서야 일이 잘못되었음을 깨달았다. 그곳은 육지가 아니었다. 육지처럼 보이는 거대한 쓰레기 섬이었다. 어마어마한 양의 쓰레기들이 한데 모여 솟아 오른 것이다. 거기에는 나와 같은 페트병도 있었고, 깨진 유리 조각, 참치캔, 빨대 외에도 수만 가지 쓰레기들이 모여 있었다. 도저히 그 큰 쓰레기 섬에 정착해 지낼 자신이 없었다. 까딱하면 나까지 그 섬의 일부가 되어 영영 육지로 돌아가지 못할 수도 있겠다는 불안감에 서둘러 해류를 타고 자리를 떠났다.

이번에 탄 해류는 속도가 매우 빨랐다. 몸을 제대로 가누기 힘들 정도였다. 해류는 눈 깜짝할 새 이름 모를 어느 바다에 나를 데려다 주었다. 도착한 바다는 아주 고요했다.

이곳은 너무 고요해서 소름이 끼칠 정도다. 마치 죽은 바다 같다. 파도는 잠이 들었는지 잠잠했고 멀리 보이는 수평선에 걸쳐 있는 붉은 태양이 바다를 붉게 물들이고 있다. 몸이 나른해지고 마치 바다에 스며드는 느낌이 들었다. 하지만 그것은 느낌이 아니라 실제였다. 나는 가라앉고 있었다.

"뭐지? 뭐야! 살려주세요!"

다급히 불러도 바다는 이미 내게서 등을 돌렸는지 돌아오는 응답이 없었다. 아래에서부터 물이 몸 안에 차오르고 있다. 아까 해류를 타고 오면서 뚜껑이 벗겨진 모양이다. 몸이 계속 무거워지더니 결국 바다가 차갑고 깊은 바다 저 아래로 나를 쑥 잡아당겼다.

몸은 더 이상 물에 뜨지 않았고 내 힘으로 움직이기 어려웠다. 그 깊은 곳 어딘가에 떨어졌다. 어딘지는 알 수 없지만 제각기 다른 모양을 하고 있는 뾰족한 뿔들이 그곳에 밭을 이루고 있었다. 다들 어디가 아픈 건지 하얗게 질려 있었다. 마치 죽은 것처럼 창백해 보였다. 가까이 다가가 보았지만 아무도 말을 걸어주지 않았다. 내가 불러도 대답이 없었다. 다들 피곤해서 일찍 잠이 들었나 보다. 나도 모르게 지쳤는지 스르르 눈이 감겼다.

얼마나 지났을까. 울렁이는 느낌에 눈을 떴다. 나는 넓고 평평한 무언가에 누운 채 계속 앞으로 나아가고 있었다. 몸을 살짝 움직이는 순간 누군가 말을 걸었다.

"일어났어?"

"누구…세요?"

"나는 만타 가오리야. 여기 놀러왔다가 집 가는 길에 네가 산호초 마을에 떨어져 있는 걸 봤어. 그냥 둘 수가 없어서 널 등에 태우고 온 거야."

"아…."

만타 가오리의 목소리를 들어보니 나이가 좀 있는 듯했다.

"거긴 죽은 산호들의 마을이거든. 최근 들어 바다가 많이 더워지더니 산호들이 하나둘 하얗게 변하기 시작했어. 그러고는 더위를 버티지 못했는지 다 죽고 만 거야. 그런데 너 같은 애들은 원래 이런 곳에 있으면 안 되는데 어쩌다가 여기까지 내려왔니?"

"말하자면 좀 긴데 암튼 해류에 떠밀려 왔어요."

"요즘 너처럼 떠밀려 오는 애들이 많더라. 너희는 여기 있으면 안 돼. 너 같은 애들 때문에 바다랑 우리 해양 생물들 스트레스가 이만저만이 아니야. 너 혹시 그거 아니? 너네가 우리 바다를 더럽히고 있다는 거."

초면에 무슨 말을 그렇게 하는지 바다보다 내 기분이 더 더러워져서 당장 가오리 등에서 내리고 싶었다.

"저도 오고 싶어서 온 거 아니에요. 인간이 절 버렸어요. 그래서 어떻게든 다시 돌아가려고 방법을 찾고 있으니까 걱정 말고 신경 꺼 주세요."

"하하, 구해 줬더니 감사 인사는커녕 큰 소리부터 치네? 나 원 참 어이가 없어서. 나도 너를 바다에 피해가 가지 않게 육지로 돌려보내려고 하는 거니까 조용히 하고 있어라."

내가 그토록 찾던 육지로 데려다준다니 할 말이 없었다. 내가 좀 무례했나? 아니, 먼저 무례하게 말한 건 가오리다. 난 잘못이 없다. 자기가 먼저 시작했으니까.

그렇게 한참 동안 침묵이 이어졌다. 그러다 문득 궁금증이 생겼다. 가오리는 고요하고 볼 거 하나 없는 바다에 대체 왜 놀러왔을까? 나는 참지 못하고 결국 가오리에게 질문을 던졌다.

"근데, 만타 가오리씨? 왜 여기까지 놀러온 거예요? 볼 거라곤 죽은 산호초밖에 없던데…."

"나는 원래 이쪽 지역에서 되게 멀리 사는데 여기 바다가 따뜻해졌다는 소문을 듣고 한 번 와봤어. 우리는 따뜻한 물에서 살거든. 나중에 이사할 만한 곳이 있는지 둘러보러 온 거야."

"아… 그럼 지금은 어디로 가고 있는 거예요?"

"우리 집. 가는 길에 육지가 있어서 거기 널 내려줄 생각이야."

"집이 어딘데요?"

"나도 거기가 어딘지는 정확히 몰라. 우린 계속 이동하면서 사는 습관이 있어서 이제는 내가 태어난 고향이 어딘지 기억도 안 나네. 질문은 그만하고 내릴 준비나 해. 이제 거의 다 왔어."

"정말요?"

나는 한껏 들뜬 목소리로 대답했다.

가오리는 타고 가던 해류를 벗어나 수면 위로 올라갔다. 드디어 진짜 육지가 보였다. 내가 있던 해변은 아니지만 육지를 찾은 것만으로도 다행이었다. 새 집이라는 마음으로 그곳에 금방 적응할 수 있을 것 같은 느낌이 들었다.

"자, 여기서부터는 혼자 갈 수 있지? 덕분에 오는데 심심하지 않았어. 만나서 반가웠다. 잘 가렴."

"데려다 주셔서 감사합니다."

가오리와 헤어지고 나는 파도에 몸을 맡겨 육지로 향했다. 그렇게 마침내 육지에 도착했다. 다시 느껴보는 모래알의 감촉이 너무나도 반가웠다.

전에 있던 해변보다 사람이 많은 그곳에서 누구든지 빨리 나를 집어가 주기만을 기다리고 있었다. 그때 한 꼬마가 나타나서는 나를 집어 들고 어떤 여자한테로 달려갔다.

"엄마, 이거 봐. 내가 주운 거야! 집에 들고 가자. 내가 예쁘게 꾸며줄래! 히히."

꼬마의 말을 들은 여자는 숨만 푸욱 내쉬었다.

"아휴, 어디서 이런 걸 또 주워 왔어. 이런 건 쓰레기라서 쓸 수 없어요. 집에 들고 가는 건 안 돼."

여자는 꼬마한테서 나를 홱 가로채 가더니 무심하게 툭 바다로 내던졌다. 순간 모든 생각과 사고 회로가 멈췄다. 끔찍했다. 믿을 수 없었다. 어떻게 육지로 돌아왔는데 또다시 버려지다니. 게다가 내가 쓰레기라고? 다시 쓸 수 있는 나를 어째서 쓰레기 취급을 하는 거지? 그렇게 산전수전 다 겪어가며 육지로 왔지만 결국 다시 바다에 둥둥 떠다니는 신세가 되었다. 모든 게 헛수고였다. 자기들이 필요할 때는 냉장고에 집어넣고 혹독한 추위를 견디게 하면서, 필요 없어지니까 바로 버려버리는 양심 없는 인간들. 바다가 아픈지는 관심도 없다. 이젠 육지로 가지 않을 것이다. 어차피 가도 버려질 게 뻔하니까. 모든 일에는 분명 책임이 따르는 법. 그냥 바다를 떠돌며 이기적인 인간들의 태도가 과연 어떤 책임을 불러올지 구경이나 해야겠다. 몹시 기대가 된다. 세상은 돌고 도니까 우린 반드시 어디선가 다시 만나게 될 것이다. 그곳이 해변이 될지 식탁이 될지는 아무도 모르지만 말이다.

에필로그

1학년 정하윤

안녕하세요. '금빛나무', '페트병 25호'를 쓴 정하윤입니다. 우선 부족한 제 글을 읽어주신 독자 여러분들께 감사드립니다. 사실 이번 글쓰기 주제가 자신의 진로였는데요. 제 꿈은 영화 만드는 사람이 되는 것입니다. 하지만 저는 이번에 특정한 나의 진로보다는 진로 자체를 주제로 삼아 현재 우리가 살고 있는 세상에 대해 이야기하며 이러한 세상에서 내가 진로를 고민할 때 무엇을 기준으로 또는 어떤 부분을 신경 쓸 것인지에 대해 글로 표현해 보고 싶었습니다. 저는 항상 돈을 많이 버는 일보다 내가 정말 좋아하고 즐길 수 있는 일을 해야겠다고 생각합니다. 그런 생각으로부터 탄생한 글이 바로 '금빛나무'입니다. 또래 친구들에게 각자가 현재 희망하는 진로를 선택한 이유를 물었을 때, 대다수가 돈을 많이 벌기 때문이라고 답변합니다. 돈은 우리 삶에서 빼놓을 수 없는 중요한 요소이지만 우리는 대부분 돈에 과도하게 집착하는 인생을 살고 있습니다. 흔히들 이렇게 말합니다. "돈이면 다 되는 세상." 과연 정말로 돈이 전부일까요? 저는 이러한 부분을 작품에 한 번 녹여 내보았습니다. 작품 속 금빛나무는 사람들의 삶을 풍요롭게 만들지만, 사실 사람들의 색을 빼앗아 가 목숨을 연장하고 있는 큰 비밀을 가지고 있었습니다. 색을 빼앗기는 것은 당연하다며 꿈을 버리고 나무에 의지하며 사는 어른들과 달리 '루'는 새로운 시각을 가지고 금빛나무를 베어냄으로써 자신의 꿈을 이루었습니다. 여러분도 루처럼 가슴 한 켠에 묻어두었던 자신의 꿈에 한 번 집중해 보시는 건 어떨까요?

다음으로 페트병 25호의 이야기는 현재 지구상에서 가장 심각한 문제인 환경 문제를 담고 있습니다. 페트병 25호는 육지로 돌아가는 과정에서 쓰레기로 고통받는 해양 생물, 쓰레기 섬, 기온 변화로 죽어가는 산호 등 수많은 환경오염의 폐해를 발견하게 되고, 힘겹게 육지에 도착했으나 다시 바다로 버려집니다. 바다로 버려진 페트병 25호의 속마음을 표현한 글의 마지막 문장을 통해 독자 여러분께 현 상황에 대한 경각심을 일깨워 드리고자 하였습니다. 저도 글을 쓰기 위해 환경 문제에 대해 많은 조사를 했는데요, 조사하면서 우리가 알고 있는 것보다 현 상황이 더 심각하다는 것을 느꼈습니다. 또한 학교에서도 ESG와 관련된 활동을 꾸준히 진행하면서 진로를 정할 때에도 이제는 환경적인 부분까지 고려할 필요가 있겠다는 생각이 드는 와중에 환경에 관한 글을 써보라는 친구의 추천으로 '페트병 25호'를 쓰게 되었습니다.

사실 이런 형식의 단편 소설을 쓰는 것은 거의 처음이라 어려움이 많았습니다. 주제를 정하는 것부터가 저에겐 큰 숙제였고 전달하고 싶은 내용은 많은데 다 표현하기 어렵다는 것이 답답하고 힘들었던 것 같습니다. 소설을 어떻게 써야 하는 건지 제대로 배워보지도 않은 채 무작정 써 본 글이라 여러분이 읽으시기에 부족한 부분이 많았을 것이라는 생각이 듭니다. 그럼에도 불구하고 끝까지 읽어주신 여러분께 다시 한번 감사를 드립니다. 글을 쓰면서 저 스스로를 돌아보며 다시금 진로에 대해 고민해 보는 시간을 가지게 되었습니다. 여러 가지 질문을 저에게 던지며 정말 좋아하는 일을 해야겠다는 생각이 더욱 확고해지게 되었습니다. 그리고 이를 여러분과 나누고 싶었습니다. 누구나 꿈을 가지고 살아갑니다. 하지만 그 꿈을 마음껏 펼치는 사람이 있는 반면, 이런저런 고민 끝에 마음속 깊이 그 꿈을 고이 간직해 두고 있는 사람도 있습니다. 혹시 이 글을 읽고 계시는 여러분 또한 꿈을 펼치지 못한 채 그 꿈을 아직 간직하고 계시다면, 용기를 가지고 시도하시길 바랍니다. 여러분의 꿈에 한 번 집중해 보시고 이루기 위해 노력해 보시길 바랍니다. 다른 요소에 휘둘리지 않고 여러분의 꿈을 온전히 펼칠 수 있는 세상이 된다면 얼마나 좋을까요? 그런 세상, 여러분 손으로 직접 만들어 가실 수 있습니다. 저 또한 제 꿈을 위해 끈질기게 노력하겠습니다.

마지막으로 옆에서 제 꿈의 첫걸음을 내딛을 수 있도록 도와주시고 글을 완성하기까지 칭찬과 격려로 저를 이끌어 주신 성진희 선생님과 여기까지 읽어주신 제 인생 첫 소설의 독자 여러분들께 진심으로 감사드립니다.

모순(矛盾)

2학년 박대운

하늘은 오전임에도 칙칙했다. 거울에 비친 나는 착잡한 마음만이 들 뿐이었다. 그런 생각이 머리를 휘젓고 있을 때 거울에 비친 딸의 얼굴이 보였다. 이런 날에도 손바닥만한 화면에 모든 신경을 집중하고 있는 딸에게 그다지 말을 걸고 싶지는 않았다. 내 책임도 있다. 나의 인생을 살면서 나에게 너무 집중한 나머지 가정이라는 새장은 차츰 금이 가 부러졌고, 나는 언젠가부터 부러진 새장을 그대로 두었다. 파란 줄만 알았던 새는 자신만의 세상과 교류하며 자신만의 색을 물들여 왔다. 이제 나는 딸이 어떤 색인지 모른다. 새장도 이제는 다시 고칠 수가 없다. 지금 이렇게 '어색함'이라는 수식어가 붙은 둘만의 시간도 마지막으로 가진 게 언젠지 기억도 나지 않았다. 분명 크게 싸운 적도, 서로에게 상처가 될 만한 말도 하지는 않았던 것 같다. 그럼에도 내 자식에게 가볍게 말 한마디 못 건네는 건 무엇 때문일까. 자식에 대한 무관심이 이렇게 커져서 침묵의 고통을 만들 줄 몰랐다. 과거의 나에게 지금의 내가 딸과의 시간을 많이 가지고 가족에게 관심을 두라고 조언한다고 하더라도 과거의 나는 나의 조언을 들을까? 일이 먼저이지 않을까? 머리가 복잡해진다. 끝나지 않을 고민보다는 액셀을 밟기로 결정했다.

휴게소가 얼핏 보였지만 나도, 딸도 무관심했다. '무관심한 척'일 수도 있었지만, 오히려 이 먹먹한 분위기를 주도하고 싶었다. 나도 참 찌질하다. 나와 딸의 거리가 한 번 더 멀어지는 순간이다. 담배가 당긴다. 1시간쯤 달렸으려나… 병원이 보이기 시작했다. 지금 나는, 나의 깨져 버린 가족은 엄마의 죽기 전 최후를 보러 간다. 예정된 죽음에 대한 슬픔은 멎은 지 오래라고 생각했다. 스스로 원한 죽음에 대해 내가 인제 와서 눈물로 왈가왈부한다는 건 죽음에 대한 존중이 아닌 것 같았다. 애초에 흘리는 눈물마저도 과거에 매정했던 나에 대해 생각한다면 눈물이 일종의 기만일 것이다. 엄마 자신은 미래의 본인과 약속을 했던 것이다. 아버지가 돌아가시고 난 후, 엄마의 지인들마저도 이 세상에 없다면, 속 터놓고 대화할 수 없는 세상이 된다면 죽음을 통해 새로운 세계로 향하리라는 약속을. 이 선택적인 죽음의 문화도 차차 익숙해지긴 했다만 이번엔 죽음의 주인공이 엄마라는 점이 조금은 마음에 걸렸다.

차가운 비석 냄새가 물씬 나는 병원은 외관도 내관도 전부 깨끗했다. 사람이 태어나고 죽는 것이 모두 '병원'이라는 하나의 공간 속에서 이루어진다는 게 오묘했다. 무인 단말기에 병실 코드를 입력한 후 층과 호실을 알아낸 후에 걸었다. 딸과의 사이는 아예 정적이라 그런지 말을 걸 생각도 나지 않았다. 이 차가운 공기와 분위기가 그리 낯설지는 않았는데 왜일까? 아차, 이번이 3번째이다.

딸아이와 같이 빛나는 엘리베이터에 들어선 뒤 5층 버튼을 누르고 기다렸다.
"할머니 만나면 인사하고."
"네."
"……."
태도에 대해 한마디 하려다가 참았다. 이것도 다 내 업보인가? 라고 생각하며 엘리베이터의 빨간 숫자가 바뀌는 것만 쳐다보았다. 어색해서 그런가. 엘리베이터 속 시간이 매우 느렸다. 문이 열리고 복도 주변을 둘러봐도 잘 안 보인다. 아차. 구석에 있었군. 503호 방으로 들어선다. 503호 안의 사람들의 실루엣이 보인다. 엄마의 얼굴도. 오랜만에 보는 것 같다. 시대와 맞지 않는 유령이 살 것 같은 깡촌에서도 엄마는 시골을 고집해 왔다.

난 엄마의 생각을 바꿀 마음은 없었고 하고 싶은 대로 따라 주었다. 그러나 그 요구가 나의 피로를 동반하는 요구라면 거부감이 생겼다. 나의 자유가 속박되기 때문이다. 그래서 오히려 엄마의 주장을 부담 없이 수긍할 수 있었다. 안부 전화는 명절마다 했었다. 자식도 나밖에 없던지라 나 말고는 멀리서 안부 전화가 올 거라고는 생각 못 했다. 생각은 거기까지밖에 하지 못했다.

바쁘다는 하기 좋은 핑계가 엄마와 나의 거리를 늘리고 나는 그 멀어지는 거리에 대해 한 달에 한두 번씩 아차 하고 떠오를 뿐, 그 이상의 생각을 하지 않았다. 다시 말하자면 생각만 하고 행동으로 옮기지 않았단 거다. 그저 그냥 흘러가는 대로, 엄마는 엄마인 대로, 나는 나인 대로 살아왔다는 것이다. 하지만 오늘. 단지 급격하게 노화된 엄마의 얼굴이. 내게 많은 생각을 들게 했다. 이기적인 나 자신을 속으로 원망하며 마음이 무거워진 채로 입을 열었다.

"저희 왔습니다."

엄마는 한 마디도 하지 않았다. 동태 같은 눈으로 천장만 바라볼 뿐이었다.

"안녕하세요."

딸도 인사했지만 받지 않았다. 엄마는 지금 어디를 보고 계신 걸까? 인제 와서 나는 엄마가 행복한 기억을 떠올리길 내심 바랐다. 가족에 대한 기억도 좋은 기억만 갖고 가길 바랐다. 하지만 인제 와서 이러는 내가 참 별로였다. 엄마의 손을 잡았고 묵묵히 시간을 보냈다. 깨끗한 병실에서 엄마에 대한 더러운 나의 행적과 기억들을 속죄하는 것 같았다.

'죄송합니다. 죄송합니다.……'

손을 잡으니 느껴졌다. 나는 엄마를 그저 내버려 둬 놓았던 것이다. 시골에만 살았던 것도 도시로 옮기는 것에 내가 혹여라도 불편한 내색을 띠어서 그랬던 건가 하고 생각에 잠겼다. 불쾌한 심장이 뛴다. 숨을 고르게 내쉰다.

집으로 돌아오는 길에는 날씨가 갰다. 창밖으로 보이는 풍경과 사람들.

모두 어제와 다를 게 없었고 다른 건 나였다. 커다란 전광판 속에는,

"후회 없을 여행과 안락사를 더욱 저렴하게!"

라는 문구가 적힌 여행 패키지가 광고 중이었다. 저런 부류의 광고는 대충한 달, 길게는 1년의 여행 후에 안락사를 진행하는 코스의 패키지이다. 소비자로서는 자녀에게 유산을 물려주지 않는 이상 이때까지 모은 재산들을 전부 사용하기에 질 높은 여행이 될 수 있고 판매자로서는 큰 금액을 벌 수있어 안락사 법안 통과 이후의 새로 생긴 패키지여행이다. 다만 이때까지는 별생각이 들지 않았던 광고가 오늘만큼은 좀 크게 눈에 띄었다. 이럴 줄알았으면 저런 패키지여행이라도 알아볼걸. 이라고. 이러는 내가 참 별로였다. 그리고 거울에 비친 딸의 모습을 본 순간 두려웠다. 나의 죽음은 어떻게 되느냐고.

매일매일 똑같이 살고 똑같이 행동했다. 이런 착잡한 마음을 털어놓을 구멍이 차츰 줄어든다는 게 삶을 더 퀭하게 만들었다. 기술의 발달로 몸은 편해졌지만, 마음은 불편해졌다. 이제 메시지 전송 같은 글을 쓸 때도 마음을 담지 않고 의식의 흐름만 거쳐 디지털의 어딘가로 전송하면 또 어딘가에서 마음 없는 답장이 도착한다. 이럴 때마다 과거를 동경하게 되는데 그럴수록 차가운 현실이 내 몸 구석을 더 떨리게 하였다.

"김 차장 무슨 일 있어?"

"네? 괜찮습니다. 부장님."

"안색이 나빠 보여. 일 때문에 그런 거라면 잠깐 바람 좀 쐬고 와."

"아. 알겠습니다."

정부장님이다. 내가 부서에서 가장 따뜻하다고 생각하는 사람. 성씨도 한자는 다르겠지만 나는 부장님의 성을 정(情)씨로 보고 있다. 그만큼 회사 생활 동안 나를 이끌어 주시고 많은 것을 가르쳐 주시는 분이다. 이분 덕에 한숨 돌린다. 옥상 밖을 나와서 경치를 보는데 피로 때문인가 살짝 눈알이 쑤셨다. 그럼에도 이마를 때리는 찬바람은 제법 기분을 좋게 했다. '철커덩!' 정부장님이다.

"자네 무슨 힘든 일 있나?"

"······. 사실 어머니께서 안락사 절차를 진행 중이라서요."

"아, 그렇군."

정부장님은 말을 잇다가 마셨다. 이 안락사 문화는 내가 생각해도 애도와 축하 사이, 어느 쪽으로 말을 내뱉어야 할지 모르겠다. 안락사하는 의도에 따라 갈라지는 거겠지. 무조건 죽음이 불행하지는 않으니. 정부장님도 어떻게 말을 할지 고민되시겠지. 나는 생각했다.

"그것 때문이군. 그 법이 생기고 나서 죽는다는 개념이 살짝 애매모호해졌지."

"어렵네요. 이런 사회를 이해하는 것도."

"그렇지, 예전에 비하면 너무 변화가 빠르니 말이야."

"부장님도 과거가 그리울 때가 있으신가요?"

문득, 마음에서 우러나온 질문이다.

"현재가 행복하다면 과거는 기억나지 않아. 나는 지금 내가 있는 현재를 온 힘을 다해 살고 싶어. 그러려면 과거를 그리워하기보단 현재를 직시하면서 살아가야 하는 거야."

오래간만에 본 부장님의 진지한 눈빛이 나를 놀라게 했다. 또 한 번 나의 본보기가 되었다. 먹구름이 낀 것 같던 머릿속이 살짝 개운해졌다.

하늘은 오전임에도 칙칙했다. 거울에 비친 나는 착잡한 마음을 바로잡았다. 서울에서 이곳까지는 4시간 정도가 걸렸다. 엄마의 집, 엄마의 땅에 도착했다. 찌뿌둥한 몸을 펴고 오래간만에 포장되지 않은 순전한 땅을 터벅터벅 걸어갔다. 땅에 습기가 가득하다. 신발에도 땅 먼지가 묻은 게 되게 오랜만인 것 같다. 주변에서 나는 소리는 내가 걸을 때 나는 흙 소리와 풀벌레 소리 가득 차 있었다. 기억을 되살리기보다는 일전에 받은 주소를 가지고 엄마의 집을 찾았다.

집 문은 열려 있었고 사람의 냄새가 이제 별로 나지 않았다. 조촐한 마당을 뒤로하고 집 안으로 들어가니 차가운 공기가 느껴졌다. 마음이 먹먹해진다. 방 안에는 여러 가지 액자들이 보였다. 아버지의 사진. 나의 사진. 내 딸과도 함께 찍은 사진. 오늘 집으로 돌아가면 딸과의 시간을 좀 더 보내기로 굳게 마음먹었다. 지금이라도, 지금부터라도. 과거에만 연연하지 않고 현재에 충실히 하는 내가 되는 거다. 이 시골에서 어느 집이든 각자의 추억이 담긴 사진들은 넘쳐나는 듯했지만 이제 이 시골에 사람은 존재하지 않는 듯했다.

'엄마가 시골의 마지막 주민이었으려니'라는 생각이 들었다. 생각과 동시에 엄마의 외로움과 침묵이 얼마나 컸을지가 이해되었다. 집을 뒤로하고 계속해서 걸었다. 휴대폰은 진작 꺼 놓고 일절 보지 않았다. 지금, 내가 느끼는 이 감정들을 휴대폰의 자극적인 문명들을 통해 분쇄하는 건 싫었다. 이토록 아름다운 풀과 나무 속에서 황량한 나 자신과 내 마음, 이 장소가 살짝 서글펐다. 또 계속해서 걸었다. 숲속에 밝은 실루엣이 보인다.

"저 왔습니다."

많고 많은 무덤 중의 하나가 보이고 그것이 엄마의 무덤인 것을 인지하기까지는 그리 오랜 시간이 걸리지 않았다. 무성한 다른 산소들과 달리 막 만든 산소라 그런지 정돈이 잘 되어 있었기 때문이다. 하지만 이 깔끔함도 언제 저 산소들과 같이 무성한 풀들이 자랄지는 미지수이다. 그건 나의 관리 여부에 따라 갈리겠지. 자리를 트고 앉았다. 풀들의 까슬까슬함이 나의 바지를 뚫고 올라왔다. 그렇게 나는 한참을 바라봤다.

어릴 적부터 모든 기억을 하나하나 정리하며 슬픈 날보다는 기쁜 날을 떠올리려 노력했다. 그러나 과거의 저편으로 넘어갈수록 차츰 냉소적으로밖에 대하지 않았던 내 모습만이 선명하게 떠올랐다. 기억의 기억들이 사슬을 만들었다. 마음이 울적해진다. 정신을 차려 보니 팔이랑 다리가 가려웠다. 모기에게 물렸나 보다. 얼마나 있었는지도 자리에서 풀을 털고 일어나 햇빛이 지는 경치를 바라봤다. 떨리는 손으로, 시뻘게진 눈가 밑으로, 주머니를 찾아 담배를 꺼낸다.

.

.

연기가 맵다.

나의 단상(斷想)

2학년 박대운

얼마 전 나의 2학기 중간고사가 끝났다. 이번 시험을 끝내고 느낀 감정으로는 시험이 끝났다는 결과의 카타르시스보다는 이때까지 내가 지나왔던 과정들이 머릿속에 선명하게 스쳐 지나갔다. 그만큼 내적으로 나 자신이 공부라는 것에 대해 힘들었고 노력과 시간을 쏟아부었던 것을 알고 있었는 것 같다. 노력한 대비 성적이 안 나왔을 때를 마주했을 때 생각할수록 노력에 대한 배신이 들었다는 나만 아는 불쾌함과 공부를 덜 한 것 같은 친구들이 나보다 높은 성적을 받아낼 때 생기는 부러움과 질투의 오묘한 기분이 내 주변에 계속 떠돈다. 이때까지 느꼈던 대학을 위한 공부에 대한 나의 진솔한 생각을 좀 적어볼까 한다.

얼마 전에 공부에 관한 도서들을 몇 권 읽어보았다. 상당히 충격적이었던 건 이 글들은 모두 공통점이 있었다는 건데, 책 속의 필자들은 전부 전교 밑바닥에서 시작했고 대부분 중학교에서 공부의 스타트를 끊었다는 점이다. 이 점은 나에게 별로 와닿지 않았다. 나는 지금 고등학생이고, 필자의 깨달음의 순간은 중학생이기 때문이다. 솔직히 지금까지 나의 입시 인생의 어느 곳을 둘러보아도, 깨달음의 순간이 존재하더라도 그 깨달음은 영원할 수 없고 언젠가 벽에 부딪혔다. 심지어 중학교 때도 공부를 열심히 하여 성적 상승을 이뤄냈긴 하나, 책에서 말하는 '해냈다'는 기쁜 감정은 어느새 점점 무뎌지고 그렇게 높지도 낮지도 않은 애매한 성적으로 인문계 고등학교에 진학했다.

그렇게 학교생활을 이어가다 문득 나를 돌아봤을 때는 지금 내게 주어진 공부에 대한 온 정성을 쏟아 마음속에서 열정으로 나아가는 스스로에 대한 발전을 목표로 하는 '열심(熱心)'보다는 앞으로의 성적과 미래만을 비관과 불안으로 바라보는 '상심(傷心)'만이 마음속에 선명하게 보였다. 이 고민을 아버지께 말씀드리고, 전교권에 대한 동경과 질투심, 성적의 방황 등을 주저 없이 뱉어댔다. 돌아오는 대답은 "다른 아이들도 다 너같이 생각한다."였다.

그랬다. 스스로 너무 위만 바라봤던 것이다. '나도 누군가에겐 동경과 질투심의 대상이 되겠지. 모두가 행복할 수는 없겠지'라고 납득을 하기 시작했다. 그러는 순간 안타까워졌다. 모든 고등학교 학생들이 발버둥치며 살아간다는 것, 그 속에서 피어나는 작은 이야기들로 울고 웃고 한다는 씁쓸하지만 당연한 진리를 너무 나에게만 확대시켜 봤던 것 같다.

저번 시험을 망친 한 친구가 말했다.
"이번 시험부터 잘하면 돼."
긍정적이어서 좋지만 이런 식으로 자신을 위안과 희망으로 포장하는 이들,
"이번 시험은 열심히 안 했고 제대로 하면 성적이 오른다."
라고 말하는 전력으로 부딪히지 않고 항상 자신의 최선의 여분을 놔뒀다고 생각하며 현실에 부정하는 이들이 내 눈에는 별로 보기 좋지 않다. 이렇게 되면 본인의 진정한 위치를 파악할 수 없고 위치를 정확히 알 수 없는 만큼 목표도 정확히 세울 수 없다. 그럼 결국 공부에 대한 성취욕구도 떨어진다고 생각하기 때문이다. 혹여나 시험을 잘 보겠다는 다짐을 한 이후로 한 친구가 공부를 열심히 했는데도 만족하지 못한 결과에 대하여 열심히 했는데 왜 상위권을 이길 수 없는지, 왜 나는 해도 안 되는지 불만을 토로하는 경우도 종종 있다. 이에 대한 이유로는 운과 재능 등의 여러 가지 요인도 있겠지만 내가 생각하는 여러 가지 이유 중 하나는 이제부터 '열심히 해야지'라고 결심하기 아주 오래전부터 그들은 '열심히 해왔기' 때문이다. 그들과 동등한 선상에 오르려면, 이미 벌어진 격차를 메꾸기 위해 그들의 노력보다 배(倍)로 노력하는 것이 그들의 노력에 대한 정당한 경쟁이다. 씁쓸하긴

하지만 이게 현실이다.

석가모니의 명언 중 이런 말이 있다.
'흔들리는 건 당신의 눈이다. 활시위를 당기는 건 당신의 손이다. 명중할 수 있을까 의심하는 건 당신의 마음이다. 과녁은 늘 제자리에 있다.'
이 말은 수많은 삶의 순간들에 적용해 볼 수는 있겠지만 학생이 직업인 나는 이 말을 듣고 공부가 가장 먼저 떠올랐다. 모두가 같은 시험지에, 같은 시간에, 같은 자세로 시험에 응한다. 그런데도 성적으로 줄이 세워진다는 것은, 본인의 준비량과 내면의 차이가 아닐까라는 생각이 든다.
시험 때 느끼는 긴장, 설렘, 떨림과 같은 감정들은 모두 다 다르기 때문이다. 본인이 시험을 칠 때라면 과녁과 같은 시험지는 늘 제자리에 있고 흔들리는 건 마음뿐이다. 추가적인 준비를 행하기에는 늦었으니 본인의 걱정에 본인이 집어 삼켜질 바에는 본인의 마음을 의심하기보단 좀 더 믿어주고 심호흡을 한 뒤에 시험에 임하는 건 어떨까.

대한민국의 모든 학생들은 '시험기간'이라는 것을 경험했을 것이다. 누군가에겐 순식간처럼 지나가고 누군가에겐 아주 느리게 지나갔을 것이다. 사실 인생에는 이런 순간들이 수많이 존재하는데, 플랭크 운동을 할 때와 같이 육체적, 정신적 고통이 들 때는 시계의 분침, 초침마저 신경 쓰게 되지만 좋아하는 취미나 행복한 시간을 보낼 때는 시간의 상관없이 순간들을 보낸다. 사람마다 다 다르겠지만 내가 하고 싶은 말은 내가 시험기간을 열심히 보냈다는 생각이 들 때는 시험기간이 플랭크 운동을 할 때와 같이 지나갔을 때였다. 1학년 땐 깨닫지 못했지만 2학년 땐 정확히 깨달았던 것 같다. 당시에 느끼는 정신 나갈 것 같은 순간순간의 고통이 시험을 친 후의 '왜 높은 성적을 받지 못했을까'라고 스스로에 대한 실망감과 짜증이 드는 나 자신에게 내가 열심히 했다는 반증들을 만들어 준다는 것을.
자유의 영혼과 구속의 영혼이 동시에 공존하는 곳이 존재한다. 그리고 이 영혼들은 지위를 언제든지 스스로 바꿔댈 수 있다. 다만 그에 대한 '책임'은 스스로 진다. 자유의 영혼은 구속의 영혼보다 훨씬 더 자유로운 시각으로 세상을 바라본다. 물론 그들도 걱정거리가 있겠지만 나는 이것이 본질적인 문제를 도피해서 생긴 불순물 같은 걱정이라 생각한다. 구속의 영혼은 자유의 영혼이 밉다. 자유의 영혼이 자유로운 만큼 구속의 영혼에게 피해가 오기 때문이다. 또한 자유의 영혼을 계속해서 볼수록 본인이 못 누리는 걸 남들이 누리는 자유의 맛이 더 그리워진다. 그리고 이들은 자유의 영혼만큼 세상을 바라볼 수 없게 된다. 구속에 대한 걱정과 근심이 주변에 떠돌기 때문이다. 한 공간 안에 자유와 구속의 비율은 공간마다 제각각이다. 비율에 따라 영혼의 선택이 달라질 수도 있지만 근본적인 선택권은 너에게 있다. 자유와 구속, 어느 쪽을 선택할 것인가?

어릴 적 나를 돌아볼 때, 공부를 하다 보면 이걸 어디다 써 먹냐고 스스로 분풀이를 할 때도 있었다. 초등학교 때 이런 생각들이 활화산처럼 터져 나왔지만, 중·고등학교를 거쳐 갈수록 좀 잠잠해지는 것 같다. 능동적으로 정보들을 받아들이는 것보다 수동적으로 정보를 받아들이는 것 같아 아쉬운 마음이 들었다. 그러면서 이때까지 수동적인 삶을 살아온 학생들에게 이제부터 자율적 활동이 추가로 주어진다는 건 잘못된 것 같다. 2023년인 지금, 2028 대입 정책도 이번에 공개되었는데, 미래를 위한 비전이 있는 것이 아닌 당장 닥친 일들만 해결한다는 형식의 교육 같다는 생각이 들었다. 늘어날 대로 늘어난 사교육 비용, 계속해서 바뀌는 교육 정책이 나의 주장을 뒷받침해 준다.

평범한 대한민국 고등학교 2학년인 필자의 생각들을 레고봉지 뜯어 흩뜨려 놓듯이 뱉어보았다. 나를 포함한 대한민국 학생들이 조금 더 행복한 삶을 살길 바란다. 파이팅팅.

에필로그

2학년 박대운

안녕하세요. 모순(矛盾)을 쓴 박대운입니다. 안락사 법안이 통과된 사회에서 안락사 절차를 밟기 시작한 주인공의 엄마를 보면서 과거에 자신이 했던 차가운 행동과는 달리 현재에 뜨거운 마음으로 후회하는 주인공을 표현하고 싶었습니다.

감상 포인트는 점점 대화가 단절되고 오프라인보다는 온라인이 우선시되는 사회, 그로 인해 무뚝뚝해진 감정, 전광판만이 밝은 사회입니다. 혹여나 미래에 이런 사회가 일어난다면 어떨지 싶어서 써 봤습니다. 한편으로는 이런 사회를 맞이한다면 어떻게 될까 싶습니다. 그리고 글 중에 주인공인 '나'가 시골에 도착해서 땅을 걷는 걸 표현하는 부분 중에 '풀벌레 소리 가득 차 있었다'라고 하는 부분이 있는데 이는 이용악 시인의 시 중 하나입니다. 이 시와 제가 쓴 글의 공통점이 주인공의 가족이 세상을 떠났다는 점인데, 글을 쓸 때 이렇게 오마주해 보면 어떨까 싶어서 사용해 봤습니다. 제목 모순(矛盾)의 의미는 엄마가 안락사를 선택한 상황에서 '나'는 내적으로는 엄마를 보살피고 적극적인 도움의 손길을 내밀고자 하지만 외적으로는 경제적 부담, 귀찮음 등의 이유로 마음과 행동이 일치하지 않는 상황이기에 모순을 제목으로 선정했습니다. 감사합니다!

우리의 청춘은 푸르다

2학년 제갈민서

뜨거운 햇볕이 내리쬐고 바람에 부딪혀 '쏴아' 하고 소리 내는 풀, 매미소리만이 가득한 넓고 푸른 평야에서 남자는 여자에게 한껏 긴장한 목소리로 말한다.

"날이 좋지 않아서, 좋아서, 적당해서 좋은 이날, 나의 신부가 되어 줄래?"

여자의 눈에는 호기심, 두려움, 놀람과 같은 여러 감정이 담겨 있다.

몇 초간의 정적이 지나고 여자는 떨리는 목소리로 말한다.

"네, 좋아요."

남자와 여자는 서로를 껴안고 눈웃음을 주고받는다.

이 공간엔 어느 하나 부족하지도 과하지도 않은 완벽함만이 가득하다.

"오케이, 좋습니다. 여기서 컷 하고 잠시 쉬겠습니다."

말 한 마디에 정적이 맴돌던 현장이 분주해지기 시작한다.

배우들은 쉬기 위해 카메라 밖으로 이동하고 배우들을 담당하는 현장스텝도 따라 분주해진다.

촬영팀도 장비를 정리하며 바쁘게 움직이기 시작한다.

사방에서 큰 소리들이 들리고 현장이 북적거리기 시작한다.

그리고 감독은 촬영된 영상들을 보며 영화의 방향성을 고민하고 이를 계속 수정해 더 좋은 영화가 될 수 있도록 영화를 만들어간다.

감독이란 보면 볼수록 매력적인 일이다.

보이지 않는 곳에서 모든 일을 총괄해 자신과 영화 제작자들 모두의 노력이 담긴 작품을 대중들에게 선보인다.

이런 매력적인 직업을 난 무척이나 사랑한다.

촬영현장에서 메가폰을 잡고 지시하는 감독들을 보면 그 모습이 너무 아름다워 그저 감탄밖에 나오지 않는다.

그리고 나는 이 현장에서 감독…이 아닌 그냥 감독 지인으로 영화 촬영현장을 구경하러 온 친구 A이다.

우리는 대학생활 시절 알게 된 친구였고 함께 영화감독이라는 꿈을 공유하며 더욱더 친해질 수 있었다.

감독이 되기 위한 4년간의 대학생활을 끝내고 우리는 각자의 영화를 만들기 시작했다.

졸업 후 곧바로 만들게 된 영화라 둘 다 그리 풍족하지는 못한 상황이었지만 서로의 최선을 다하며 작품에 임하였고 우리의 열정이 담긴 작품 2편을 탄생시켜 세상에 내놓게 되었다.

물론 둘 다 훌륭한 명작이었지만 운의 문제였던 것인지 두 작품 모두 큰 주목을 받지는 못했다.

주목을 받은 건 그녀의 작품이었다.

그녀의 작품은 짧은 시간 안에 소셜 미디어와 비평가들 사이에서 큰 호평을 받았고, 그녀는 25살이라는 어린 나이에도 많은 주목을 받는 인기 감독의 반열에 들어섰다.

반면 나의 작품은 슬플 정도로 세간의 그 어떤 주목도 받지 못하였다.

뛰어난 실력은 필수지만 단순 실력만으로는 성공할 수 없는 어느 정도의 운을 요구하는 그런 쉽지 않은 세상임을 다시금 느꼈다.

나만 이대로 멈춰서 있을 순 없었고, 그녀를 쫓아 작품의 성공과 명예라는 목표만을 바라보고 바삐 달려왔다.

그렇게 계속해서 살인적인 스케줄을 버텨내며 작품 활동을 계속했다. 하지만 많은 작품을 만들었음에도 성과는 좋지 못하였다. 작품을 만들었지만 좋은 성과를 내지 못하고, 성공하는 그녀를 바라보며 나와 비교하고, 조바심을 내 또 작품을 마치 공장기계처럼 찍어내는 그런 악순환이 계속되었다.

그러면서 점점 영화감독이라는 직업에 대한 흥미를 잃어가고 있었고, 이는 어느 정도 나의 문제도 있다는 것도 알고 있었다.

그렇게 계속 고민하던 도중 문득 지금도 열심히 영화를 만들고 있을 그녀가 떠올랐고, 지푸라기라도 잡는 심정으로 정말 오랜만에 연락을 하게 되었다.

영화감독으로서 탄탄대로를 걷고 있을 그녀를 만나 현 상황에 대한 조언을 구하고 싶었다.

물론 단순히 실력의 문제만이 아닌 운의 문제도 있겠지만 직접 그녀를 만나 대화를 나누면서 내가 부족한 것, 정확히 보지 못하고 있는 것은 무엇인지 정확히 알고 싶었고 결론적으로 다시 영화감독이라는 직업에 대한 흥미를 되찾고 싶었다.

그렇게 메시지에 대한 답은 10분도 채 되지 않아 도착했다.

'네가 원한다면 언제든'

이라며 그녀는 나의 부탁을 흔쾌히 허락했다.

항상 바쁘다면서 연락은 잘 안 본다고 상태메시지에 적어놓고 답장은 얼마나 빠른지 정말 알다가도 모르겠는 사람이다.

그리고 그녀는 나에게 대학시절에 자주 가던 빵집에서 초코소라빵과 멜론빵 그리고 딸기 케이크를 사 와 달라고 부탁했다.

정말 오랜만에 그 시절 자주 갔던 빵집에서 빵을 샀다.

그리운 대학 시절의 기억을 떠올랐고 기억을 잔뜩 음미했다.

생각해 보면 마냥 평범하기만 했던 대학생활은 아니었던 것 같다.

마냥 열심히 수업을 듣기보단 아무 생각 없이 밖에 나가 놀기도 하고, 말도 없이 어딘가로 멀리 떠나기도 했으며 누구 하나 쓰러질 때까지 술을 퍼마시기도 했다.

이 모든 추억을 그녀와 함께 했다는 사실이 놀랍기도 하면서 여전히 그만큼 믿고 의지할 수 있는 친구라고 생각한다.

그리고 변함없이 빵을 참 좋아한다고 생각하며 부탁받은 빵과 함께 고생하고 있을 촬영팀에게 나눠줄 빵을 사서 촬영현장으로 향했다.

고속도로를 타고 1시간쯤 달려 도착하니 열정적으로 촬영현장을 감독하는 그녀가 보였다.

그녀의 휴식사인과 함께 촬영현장은 분주해지기 시작했고, 촬영된 모든 장면확인을 마친 그녀는 빵을 한가득 들고 기다리는 나를 발견했다.

"여러분, 우리 다같이 2시간 정도만 쉽시다! 오랜만에 친구가 찾아와서요. 헤헤."

그리곤 무려 2시간이라는 큰 브레이크 타임을 걸어버렸다.

스텝들과 배우들에게 내가 폐를 끼치는 건 아닌가에 대한 걱정과 역시 프로 감독은 대단하다는 동경의 감정이 공존했다.

그리곤 나를 향해 달려왔다.

옛날처럼 나를 향해 돌진하는 그녀를 막기 위해 방어 자세를 취했지만 의미 없는 행동이었다. 내 바로 앞에서 누워 있는 기다란 풀에 발이 걸려 넘어진 것이다.

'쿵'

"아아… 쓰으으읍. 보기 좋게 넘어졌네."

"여전하네."

예전과 다를 것이 하나도 없다는 점이 오랜만에 만난 둘 사이의 어색함을 없애 주었고, 오랜만에 만났다기보단 어제도 만났던 것만 같은 그런 기분이 들었다.

한편으론 이렇게 부주의하고 바보 같은 애가 어떻게 신중히 현장을 진두지휘하는 감독이 되었을까? 라는 의문이 머릿속을 떠나지 않았다.

얼른 달려가 그녀를 일으켜 세웠고, 우리는 현장 앞에 세워진 커다란 컨테이너 박스 안에 들어갔다.

"빵 진짜 사 왔네? 진짜 오랜만이다. 요즘은 옛날처럼 사러가기도 힘들어. 어디를 가나 다 알아보더라. 요즘 사람들 눈썰미 참 좋아 그지?"

역시 유명인은 고충이 많구나 생각하면서 한편으론 그저 그런 인기가 부러웠다.

"요즘 어떻게 지내? 영화촬영은 재미있어?"

"어우 말도 마. 쉴 틈이 없어, 나도 놀고 싶은데…. 그리고 몸도 옛날 같지가 않아. 점점 나이 들어가는 게 실감이 난달까? 21살 때보다 더 빨리 지치고 안 자면 기절할 것 같고 나도 모르는 새에 자고 있기도 하고… 그래도 즐겁게 지내고 있어. 아, 그러고 보니 지난번에 촬영하는데 그땐 정말 말도 아니었어…. 여름인데 촬영은 죄다 야외고 정말 죽는 줄 알았다니까?"

오랜만에 만난 친구에게 그녀는 이때동안 쌓아둔 이야기 주머니를 풀었고, 일방적인 대화가 무려 20분간 이어졌다.

그제야 넋이 나간 나를 보고 자기 혼자 너무 이야기했다는 걸 깨달았는지,

"그래서 오늘 왜 찾아온 거야?"

라고 물었다.

마침내 그걸 물어본다는 사실에 내심 놀랐다.

"그냥 감독으로서 어떻게 지내나 궁금해서 연락해 봤어. 넌 잘 나가고 있는데 난 아직도 대학교를 막 졸업한 그 시절에 머물러 있는 것 같아서 뭔가 네가 감독을 잘 해내가고 있는 방법이라던가. 그런 게 알고 싶다고 해야 할까?"

라고 답했다.

뭐랄까. 시험 도중에 선생님께 손을 들고 문제의 정답을 물어본 느낌이었다.

이런 거에 답이 있을까라는 생각도 있었다.

그녀는 진지하게 미간을 찌푸리며 고민하고 생각을 정리해서 나에게 이야기하기 시작했다.

"솔직히 성공의 비법, 마음가짐 이런 것도 중요하지만 가장 중요한 건 운이라고 생각해. 운칠기삼이라는 말도 있잖아. 하지만 이런 운을 맞이하기 위한 너의 기본실력과 마음가짐이 더 중요하다고 생각해. 넌 기본실력은 가지고 있으니 마음가짐에 대해 조언을 해주고 싶어. 그냥 일을 즐겨. 내가 잘 나가든 너의 주변사람들이 얼마나 잘 나가든 그냥 너의 일을 즐겨. 너무 간단명료하고 막상 이해하긴 어려운데 솔직히 해줄 만한 말이 이것밖에 없어."

"즐겨라… 음, 쉽지 않네."

"그런데 지금 네가 만들어가는 작품들은 감독의 열정이 담긴 작품이라기보단 그냥 공장에서 찍어낸 것 같아. 난 지금까지도 호기심 반, 의리 반으

로 네 영화를 보러 갔는데 점점 영화 개봉일 간격은 좁아지고 시나리오와 연출의 퀄리티는 많이 부족하다랄까? 마치 뭔가에 쫓기고 있는 사람처럼 보여."

"아니. 그렇게 처참해…?"

"응, 솔직히 작품이라 부르는 게 아까울 정도야."

대비할 시간도 없이 묵직한 팩트를 꽂아버리다니… 어느 정도는 예상했지만 솔직히 스스로도 이 정도일 거라곤 생각하지 못했다.

그렇게 그녀는 말을 이어나갔다.

"우리 한번 진지하게 이야기해 보자고. 객관적으로 넌 네가 만든 영화를 돈과 시간을 들여 볼 가치가 있다고 생각해? 그 많은 영화들 사이에서 말이야."

"아예 없지는…."

"없어."

단숨에 내 말을 끊고 나대신 그녀가 대답했다.

어느 정도는 인정하고 있었지만 이걸 다른 사람 입으로 직접 들으니 참으로 가슴 아픈 말이 아닐 수 없었다.

"너의 노력을 무시하고 싶은 건 아니야. 그런데 이건 분명히 말해야 됐던 문제였어."

"그래, 그건 인정. 그래서 찾아온 거잖아. 프로 감독으로서의 조언을 구하고 싶어서."

"그럼, 정말 적격인 사람을 찾아왔네. 너의 앞에 앉아 있는 바로 나 말이지. 하하하하."

오랜만이라 잊고 있었다. 이 녀석 이런 녀석이었다.

"음… 조언이란 말이지. 나는 이렇게 생각해. 먼저 아까 말했듯이 조급하면 안 된다는 거랑 이 일을 시작했던 목적을 찾자. 가장 기본적이고 중요한 일이지. 네가 영화감독이란 일을 꿈꾸게 된 계기가 뭔지 잘 한번 생각해 봐."

내 나이가 25살이니까 무려 8년도 더 된 일이다.

희미하지만 아직도 기억에 남아 있다.

영화감독이라는 일에 흥미를 가지고 본격적으로 준비하기 시작한 그때가 아직도 기억 속에 생생히 남아 있다.

사실 아주 오래전부터 영화감독을 꿈꾼 건 아니었다.

그리고 어느 날 번쩍하고 영화감독을 희망한 것도 아니었다,

오랜 시간 동안의 긴 고심 끝에 결정한 직업이었다.

본격적으로 희망했던 건 고등학교 1학년이었다.

고등학교 1학년 첫 담임 선생님과의 상담에서 선생님은 진학하고 싶은 대학이나 학과, 장래희망이 있는지 물었다.

딱히 가지고 있던 비전은 없었기에 없다고 답했고, 공부는 그래도 어느 정도 하던 편이었기에 수도권 상위 대학진학을 희망하고 있다고 말했다.

그렇게 얼추 상담을 마치고 교무실 문을 닫고 나오면서 생각했다.

장래희망이라… 그러고 보니 한 번도 내 미래에 대해 자세히 생각해 본 적이 없었던 것 같았다. 미래에 대한 불안감이 엄습해 왔고, 하루라도 빨리 미래에 대한 계획을 세워보자고 결정했다. 하지만 그리 간단한 일은 아니었다.

언제나 즐거운 꿈의 직업을 찾기란 하늘의 별 따기였고, 주변 어른들, 선생님들과의 상담은 물론 각종 포털 사이트에서 관련 자료들을 찾아봤음에도 그렇다 할 수확은 없었다.

다들 하나같이 좋아하면서도 잘하는 일을 찾아보라고만 할 뿐 명확한 방향을 제시해 주진 못했다.

누군가의 인생이 말 한마디로 결정된다는 것이 말이 안 되는 일이긴 하다.

그렇게 내가 좋아하는 일에 대해 열심히 고민했다.

가만히 앉아서 생각해 보기도 하고, 누워서 생각해 보기도 하고, 적어보기도 하고, 주변사람들에게 물어보기도 하며 좋아하는 일을 찾아보려 노력했지만 쉽지 않았다.

무척이나 간단해 보이면서도 어려운 그런 일이었다.

막상 정하고 나서도 이게 정말 내가 좋아하는 일인가에 대한 물음에 제대로 답하지 못해 처음으로 돌아가곤 했다.

솔직히 내가 좋아하는 일이 뭔지를 잘 몰랐던 것 같다.

그리고 어릴 때부터 자신의 진로에 대해 생각을 가지고 있던 친구들이 부럽기도 했다.

그렇게 고민을 안고 살아간 지 반년쯤 되었을 때서야 드디어 미래에 대한 실마리를 잡을 수 있었다.

별다른 이유 없이 쉬는 날 한적한 영화관에 여가를 즐기러 갔다.

그렇게 영화를 보고 집으로 향했다.

연출, 대사, 장면전환 등 여러 방면에서 그다지 만족스러운 영화는 아니었다.

그렇게 집으로 가는 버스 창에 기대서 생각했다.

'나였다면 두 주인공의 첫 만남을 한 카메라에 담지 않고 화면을 분할했다가 한 번에 합쳤을 텐데…'

그렇게 집으로 가는 동안 나의 머릿속은 영화이야기로 뜨거워졌다.

집에 도착해 그 사실을 깨닫곤 무척이나 놀랐다.

영화라는 것 하나만으로 내가 이렇게 뜨거워질 수 있다는 점이 무척이나 놀랍고 신기했다.

드디어 좋아하는 일을 찾은 것만 같은 기분이 들었다.

그렇게 반년이라는 긴 시간이 무색하게도 내 진로는 단숨에 정해졌다.

하지만 이 뒤로도 마냥 쉽지만은 않았다.

영화감독을 하고 싶다고 부모님께 말씀드리고 이에 대해 진지하게 이야기해야 했으며, 선생님들께도 이에 대해 이야기하고 조언을 구해야 했다. 많은 분들이 나의 진로에 대해 진지하게 생각해 보고 고민해 주신다는 점이 무척 감사했고 모두 잘할 수 있을 것 같다며 격려의 말을 해주셨다.

그렇게 미디어학과로 진학해 영화감독이 되어 내가 좋아하는 영화를 만들고 싶다는 꿈을 품고 살아가게 되었다.

물론 부와 명성을 생각하지 않을 수는 없지만 결국 내가 이 일을 꿈꾸게 된 것은 다른 누가 아닌 내가 좋아하는 영화를 만들고 싶다는 생각이었다.

정신없이 흘러가는 세상에 지쳐 결국 가장 중요한 것을 잊고 살았던 것이다.

한시라도 빨리 명성을 얻고 유명해지고 싶다는 생각에 가장 중요한 나를 잊었다.

내가 좋아하는 영화를 만드는 것을 잊었다.

어떻게 보면 이런 상황에서 영화가 흥행하는 것은 말이 안 되는 일이었던 것이다.

오히려 영화가 흥행했다면 나는 더 이상 영화감독이란 일에 흥미를 느끼지 못했을지도 모르고, 어쩌면 영화감독을 그만뒀을지도 모른다.

"야. 야아아. 언제까지 멍청한 표정으로 있을 거야?"

"아. 미안 잠시 옛날 생각이 나서 좀… 그래. 난 내가 좋아하고 싶은 영화를 만들고 싶었지. 그러고 보니까 내가 왜 영화감독이 되고 싶었는지 이야기했던가?"

그녀가 미간을 찌푸리며 혐오스럽다는 듯이 나를 쳐다봤다.

"너 나한테 몇 번이나 그 얘기한 줄은 알고 있냐? 이젠 질렸네요!"

"그랬던가? 대학교시절엔 마냥 영화가 좋았고 세상은 안 보였으니까 생각해 보면 그때가 가장 즐거웠던 것 같아."

"그래. 다시 시작해. 좀 순수해져 보라고 나처럼 말이야."

"또 시작이군…."

난 고개를 절래절래 저었다.

"뭐! 이 짜식이. 은인한테 감사한 줄 모르고 말이야. '누님 감사합니다.' 라고 해봐. 빨리."

"뉘에뉘에, 꽘솨 합뉘돠~."

"야!! 너 이리와!! 아주 박살을 내줄 거야!!"

우리는 다시 대학 시절처럼 철없던, 푸른 청춘으로 돌아갔고 이야기꽃을 피우며 대화를 이어나갔다.

결국 무려 5시간 동안이나 계속된 수다에 그날 촬영은 무산되게 되었다.

돌아가며 난 마음먹었다.

다시 시작하기로, 다시 아무 걱정 없던 청춘의 푸름을 나의 작품 속에 담아보기로 말이다.

언제가 될지 모르지만 내가 진정으로 즐거운 영화를 만들게 되면, 그때쯤이면 성공도 같이 따라오지 않을까 하는 기대를 안고 말이다.

3년 후

분명 맞춤 정장인데 왜 맞질 않냐? 비율도 이상해 보이고? 긴장해서 그런가? 여긴 또 왜 이렇게 더워?

난 아마 남들에겐 멋있어 보이는 정장을 입고 무대 옆 대기실에 있다.

아니 반드시 멋있어 보여야 한다.

"푸하하. 동생 정장 빌려 입고 왔냐? 하하핳. 진짜 안 어울려. 가만히 있어봐. 내가 사진 찍어줄게. 하하하하핳."

물론 그녀도 같이.

"그만 웃어. 숨넘어가겠네. 아니, 그렇게 안 어울려? 얼마 전에 산 건데?"

"정말 패션테러리스트가 따로 없네. 하하핳. 다음에 이 누나가 같이 옷 사러 가줄게. 알겠지 동생?"

"아. 네네. 알겠네요."

분명 괜찮은데 나라서 장난치는 게 분명하다.

"두 분 슬슬 준비해 주세요."

"넵!"

"네~"

슬슬 긴장되기 시작했고, 마지막으로 내 옷매무새를 체크하고 머리를 만졌다.

이때까지 살아오며 이만큼의 긴장을 느낀 적은 없었던 것 같다.

"긴장하셨습니까? 우리 감독님 나가서 말실수하는 건 아닌가 몰라~"

"넌 해마다 오는 데라도 난 처음이란 말이야. 긴장되는 건 당연하지. 감격스럽다. 내가 결국 여기까지 오게 됐다. 고생했어, 나."

"윽, 극혐."

"선배로서 축하는 못 해줄망정 한다는 말이 고작 그거야? 아하. 너 내 영화 이번에 대박 난 게 질투 나서 그렇구나? 부러우면 부럽다고 말을 하지 그랬어."

"절대 아니야! 너 들어가기 전에 한바탕 하고 싶냐?"

우리가 시끌벅적한 사이 밖 무대에서 우리 이름을 부르는 소리가 들려왔다.

"그럼, 이제 이 자리에 올해 최고의 감독 두 분을 모시겠습니다. 김가을 감독님, 김민서 감독님 무대로 나와 주세요!"

"하아아아….."
"뭘 그렇게 침울하냐. 괜찮았다니까?"
무대에 올라가자 순식간에 20분이 지나갔다.
수상 소감을 말하기 시작한 순간부터 머릿속이 하얗게 변하고 무대에 내려온 지금까지도 아무 기억이 안 난다.
"진짜 괜찮았지…? 옷도 안 이상했지?"
"그랬다니까? 이제 집에 좀 가자. 응?"

텅 빈 머리로 집에 그대로 침대에 누웠다.
"결국 이뤘구나. 꿈같기도 하고, 그래도 즐겁네. 그래. 인생은 즐거워야지."
천장에 대고 혼잣말을 하다 그대로 잠에 들었다.
새가 지저귀고 기분 좋게 따뜻한 햇살이 비치는 일요일의 아침, 이런 완벽한 아침을 방해한 건 다름 아닌 그녀였다.

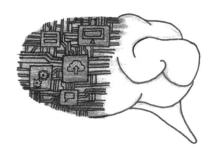

1010기 권거윤

"아, 왜 전화한 거야? 잘 자고 있었구먼."

"너 기사 뜬 거 좀 봐봐. 정말 내가 못살겠다. 하하힣."

"어??"

당장 휴대폰을 켜 기사들을 찾아봤다.

'충격. 김민서 감독 패션에 네티즌들 경악을 금치 못해…'

'김가을 감독, 김민서 감독 좋은 캐미'

'김민서 감독의 수상소감, 네티즌들 "많이 긴장하셨어요?"'

"이게 뭐야!!!!!"

아직도 프로 감독의 길은 멀고도 험난한 듯하다.

안녕하세요. '우리의 청춘은 푸르다'를 쓴 제갈민서입니다. ^ㅁ^)b

영화감독이라는 저의 장래희망을 어떻게 소설에 녹여낼까라는 고민 끝에 작품 '우리의 청춘은 푸르다'가 탄생하게 되었습니다.

그리고 주인공이 영화감독이 되자고 마음먹게 된 계기는 저의 실화를 바탕으로 재구성되었음을 알려드립니다.

이 글을 읽으신 독자 여러분은 자신의 진로를 어느 정도 정하셨나요?

전 고등학교 1학년에 들어오고 10월쯤 딱 작년 이맘때 영화감독이라는 진로를 정하게 되었습니다.

사실 인생의 절반도 제대로 살아보지 못한 10대 청소년이 자신이 살아갈 방향을 정한다는 것은 쉬운 일이 아닌 것 같습니다.

좋아하는 일을 찾으려고 아무리 노력해도 제가 대체 뭘 좋아하는지를 잘 모르겠더라고요.

때론 좋아하는 일이라 생각했지만 이걸 진로까지 이어나가진 못하겠다거나, 좋아하지만 그다지 잘하지는 못해서 포기한 기억도 있습니다.

그러니 독자 여러분도 자신이 좋아하는 것이 무엇인지 신중히 생각해 자신이 즐겁고 좋아할 수 있는 일을 찾으시면 좋겠습니다.

그리고 그것을 찾는 과정에서 나도 함께 찾으실 수 있으시길 희망합니다.

설령 자신의 진로가 정해졌다고 하더라도 그곳까지 나아가는데에는 수많은 시련들이 있습니다. 대학 진학을 위한 시험일지도 모르고 어쩌면 주변 사람들일지도 모르죠.

시련이 여러분을 덮치면 다 포기하고 싶어질지도 모릅니다.

저도 그래왔고, 누구나 다 공통적으로 겪는 일입니다.

잠시 동안이야 내려놓고 쉴 수도 있습니다.

하지만 영영 내려놓고 있을 수는 없습니다.

하지만 아무리 힘들고 포기하고 싶더라도 자신을 믿고 자신이 사랑하는 것을 믿으며 나아가세요.

다른 방법은 없습니다.

그렇지만 이렇게 말하는 마냥 쉽지만은 않네요.

이제 간단히 작품이야기를 해보죠.

'우리의 청춘은 푸르다'는 20대 두 감독의 이야기를 담고 있습니다.

최대한 무겁지 않도록, 가볍게 이야기를 풀어가기 위해 노력하며 미래라는 불확실함을 과연 어떻게 살아가야 할지에 대해 써 내려갔고, 많은 고민 끝에 완성하게 되었습니다.

이 작품을 읽으며 여러분의 불확실한 미래에 대한 걱정이 잠시라도 가시길 바랍니다.

여러분의 밝은 미래를 응원합니다.

번 아웃

1학년 장세형

[띠리리리링-]

6시를 알리는 소음이다.

거실에는 '6시 뉴욕'의 라디오 방송이 흘러나온다.

항상 저 라디오 방송은 오프닝으로 퍼렐 윌리엄스의 'Happy'를 듣게 한다.

그것도 끊임없이.

미치겠는 지경도 지나간 거 같다.

내 생각엔 뉴욕 정부가 사람들을 세뇌시키려는 것 같다.

그래도 뉴욕의 날씨나 행사 등 적어도 쓸데없진 않은 정보를 제공하므로 항상 틀어놓는다.

흔히들 뉴욕은 세계의 수도라고 불린다.

몇몇은 전 세계 모든 신비로움과 아름다움을 격렬하게 약속한 첫 작품이라고 부르기도 하고, 또 몇몇은 모든 사람들을 홀리게 만드는 약을 뿌려놓은 장소라고도 일컫지만 당장에 빌어먹을 대출금부터 갚아야 하는 입장에 놓여 있는 나로선 거대한 수용소밖에 안 느껴진다.

아니, 어쩌면 수용소보다 더 최악일 수도 있다.

자신의 친구를 죽인 살인범이라든지 멀쩡한 주택을 침입한 강도라든지 폭탄 테러범이라든지 이러한 쓰레기 같은 놈들에게도 아침저녁으로 밥을 먹여 주는데 고아원에서부터 죽을 만큼의 노력 끝에 쥐꼬리만큼의 월급만 받아먹는 이 월급쟁이에겐 매 끼니마다 돈을 지불해야 된다는 건 불합리할 수밖에 없다.

차라리 사람 한두 명 정도 살해하고 수용소로 끌려가는 것도 나쁘지 않다고 생각한다.

다만 나는 저러한 악랄한 쓰레기 범죄자들과 다르게 보통 평범한 심성을 가졌으므로 아무런 명분 없이 사람에게 해가 가는 일은 못한다.

정신이 잠깐 나간 거 같지만 어쨌든 내 말의 요건은…

[띵—동]

누군가 온 모양이다.

그렇지만 지금 이 시간에 날 찾아올 사람은 사채업자밖에 없을 것이다.

아니면 은행에서 독촉서가 날아온 걸지도 모른다.

[띵—동]

날 급히 찾는 것일까.

도대체 누구인진 모르겠지만 날 만나기 위한 목적이라면 문은 열어주기도 싫다.

나는 지금 이 시간엔 벌써 출근 준비를 끝마친 상태로 이미 이 아파트를 벗어났을 것이다.

그렇지만 오늘은 20분이나 늦게 되었다.

기왕 이렇게 된 거 이 집에 내가 없는 관계로 문을 어쩔 수 없이 못 열어주는 상황으로 밀고 갈 생각이다.

최대한 숨을 죽인 채, 소파에 앉아 위에 아무것도 없는 투명 테이블을 멍하니 바라보며 시간을 벌어본다.

갑자기 전화 벨 소리가 울린다.

발신자는 브루클린, 어릴 적 같은 고아원에서 자랐지만 나와는 다르게 훨씬 돈을 잘 벌고 있는 녀석이다.

사실 만나기에는 조금 껄끄러운 것이 3년 전 10월에 5만 달러라는 거금을 빌렸기 때문이다.

뭐 그 녀석 입장에선 자신이 돈을 그냥 내어준 거라고 너무 불편하게 받아들이지 말라고 하긴 하는데도 하루하루가 빚쟁이의 삶인 나에겐 신기하게도 부담이 더 느껴졌다.

"집에 있는 거 다 알아, 마이클. 문 좀 열어 줘."

[철−컥]

문 너머로는 3년 전 마지막으로 봤을 때보다 몰골이 더 상해 있었고 전체적으로 피폐해진 느낌을 받았지만 어딘가 모를 묘한 행복함이 있는 것 같았다.

"오랜만이네. 우리 안 본 지 한 3년쯤 됐나?"

딱히 별다른 반응을 하진 않았다.

반응을 하는 것도 싫고 친구라는 사이 속에서 채무관계가 얽혀 있었다는 게 불편하다고 느껴졌기 때문이다.

단지 어색해진 분위기를 조금이나마 달래줄 멋쩍은 웃음소리가 현관 앞에 거닐 뿐이었다.

"아, 집 안으로는 안 들어 갈 거야. 그냥 너에게 해줄 말이 생각나서 잠깐 들렀어."

"너한테 빌린 돈 이제 다 갚았잖아."

"돈 관련된 얘기 하러 온 거 아니야. 오늘 출근해? 출근하면 퇴근하고 내가 일하는 데로 잠깐 와줄 수 있나 해서."

약간은 미심쩍지만 일단은 알겠다고 했다.

"여기 주소 적어놨으니까 이따가 한 번 들러줘."

그렇게 브루클린은 떠났다.

그럼에도 내 발은 현관 앞에서 계속 붙여져 있었다.

약간 붕 뜬 느낌을 받았다랄까.

그 자리에 몇 분 동안 있었는지 20분이 1시간이 되며 출근시간이 늦어졌다.

사실 내가 사는 동네랑 뉴욕의 거리는 꽤 멀다.

지하철을 타고 내려 택시를 타야 그나마 가장 빠르게 도착하는 1시간 20분이 걸린다.

조금 더 직설적으로 말하자면 명백한 지각인 것이다.

9시 40분, 8시까지 출근을 해야 하는 회사에 도착했다.

문을 열었을 때, 나를 보고 놀라거나 당황해하는 눈치들의 직장 동료들이 보였고, 안색이 안 좋아 보이는 과장, 그리고 나 같은 녀석 하나 없어도 잘만 돌아가는 회사의 전체적인 분위기가 나를 반겼다.

나는 얼른 조용히, 침묵하며 내 자리에 앉았다.

"마이클, 1시간 40분 정도 지각한 시간은 월급에서 일정 부분 차감하도록 하겠습니다."

"알겠습ㄴ…."

"그리고 지각한 시간 동안 성과를 만들어 내지 못한 업무의 부재로 페널티가 있을 겁니다."

"……"

사실 과장이나 부장이나 이 회사의 권위자들에게 내 이미지는 그리 좋게 보이진 않을 것이다.

회사에서 만드는 거라곤 경쟁업체에게 밀려 극소수의 소비자들만 있는 그리 인기가 없는 자동차뿐이다.

그리하여 실적도 그리 좋지도 않다만 회사를 경영하기 위한 지출은 계속 늘어남에 따라 주 5일 꼬박꼬박 근무하여 야근수당까지 받아가는 나는 이 회사에겐 어쨌거나 눈엣가시일 수밖에 없다.

어떻게든 꼬투리 하나 잡아 나에게 온갖 욕설과 쓰레기 같은 발언을 토해 내며 화풀이를 하는 것을 그 근거로 들 수 있다.

오늘도 그럴 예정이기도 하고 말이다.

그 후로 몇 분이 지났으려나, 이름은 모르는 옆 직장 동료가 내게 말을 건넸다.

내용은 부장이 내가 오면 자기한테 오라는 것.

무슨 문제가 생긴 듯하다.

그것도 심각성이 큰 문제가 생긴 듯하다.

보통 문제가 생기면 이렇게 직접적으로 전달하는 것이 아닌 회사의 직급 피라미드 순서대로 문제점을 지적하여 내리갈굼을 당하게 되기 마련이다.

보통 부장과도 같은 높은 직급이 한 사원에게 문제점을 지적하려는 명분은 사원에서 바로 부장에게 전달되는 과정에 있다.

그리고 그 과정은 발표하기 위해 USB를 직접 가져다주는 것이다.

보통 발표 자료는 발표 당일 발표를 할 때, 그때에 사용하기 마련이다.

그러나 회사 형편이 안 좋은지 몇십 개월 전부터 발표 전 발표 자료를 미리 부장에게 제출하여 수정할 부분을 지적받는다.

업무효율을 높이기 위해 그러는 거겠지만 수정 기준이 불분명하는 등 상당히 주관적이라 자신 입맛에만 맞게 지적하기 때문에 불평불만이 많아지는 건 당연하다.

게다가 부장이라는 작자가 권위자들 중에서도 엄청 권위적이라 자유로움을 중시하는 뉴욕에선 보기 드문 사람이다.

부장이라는 계급과 사원이라는 계급을 확실히 나누기 위해 메신저로 자료를 파일로 보내는 것이 아닌 자료가 담긴 USB를 직접 들고 와 제출하게 시킨다.

업무효율을 높이기 위한 조치가 오히려 업무시간을 잡아먹는 꼴이 났다.

하지만 어쩌겠는가.

여기 모두가 그런 생각을 가졌는데도 다들 그 규칙에 순응하며 생활한다.

나도 단지 거기에 맞춰가고 싶을 뿐이다.

[똑 똑]

적막한 노크소리만이 울려 퍼진다.

그리고 곧이어 문을 열고 들어갔다.

"후…."

"무슨 용건입니까?"

"내 옆으로 와봐."

그 명령에 따라 부장 쪽으로 걸어갔다.

"무슨 용건…."

[짝-]

"감히 날 놀리기 위해 USB에 날 조롱하는 걸 가져오는 게냐?"

[짜악-]

"그것도, 아주 지극정성으로 만들었구나."

"그게 무슨 소리인지…."

"닥쳐! 너 같은 새끼는 해고야!"

이게 무슨 날벼락인가.

USB에 이상한 게 담겨져 있다라니, 아니, 그보다 이 회사에 지난 몇 년간 몸담은 내가 해고라니.

순간 울컥했다.

빌어먹을 부장에게 억울하게 맞은 싸대기 세례와는 상관없이, 슬펐기 때문인 거 같다.

하지만 USB의 모양을 보고나서, 슬픔은 분노로 변해가고 있었다.

그렇게 사무실 밖으로 나온 나는 USB를 바꿔 친 짓을 벌였을 거 같은 한 녀석을 바라봤다.

그 녀석은 비웃고 있었고 주변 동료들도 나를 동물원에 갇힌 원숭이를 보듯 불쌍하다는 듯 바라보았으며, 나는 그 녀석을 마구 팼다.

죽도록, 죽일 듯한 기세로.

결국 서에서는 밤 늦게서야 풀려났다. 합의금이라는 핑계로 3000달러를 삥이나 뜯기고, 이젠 내가 뭘 해야 할지 감도 안 온다. 이런 불행한 상황 속에서도 잠은 이제부터 푹 잘 겨를이 생겼구나라는 생각이 들었다.

불행 중 다행인지 모르겠지만 그나마 이 길 위에서 내가 행복해질 수 있는 표지판을 따라가기로 하여 약국에 들러 수면제를 샀다. 그리고 집으로 가기 위해 지하철을 타려고 한 순간, 브루클린이 내게 한 말이 생각났다. 주소를 보아하니 마침 여기와 크게 멀지 않기도 해서 그 주소를 따라 걸어갔다. 그렇게 도착한 주소로 보이는 건 평범한 술집이었다.

술집에 들어서자, 나를 알아본 브루클린은 전속력으로 달려 내 품을 끌어안았다.

"난 네가 당연히 안 올 거라 생각했는데."

"나도 여기에 내가 올 줄 몰랐어."

"그게 무슨 소리야?"

나는 오늘 일어난 일을 브루클린에게 말했다.

오늘 있었던 일들 말고도 여러 가지 이야기를 나누었고 서로 울고 웃으며 셀 수도 없는 맥주잔을 들이켰다.

그렇게 얼마나 지났는지 모르겠을 정도로 과음을 하자, 브루클린이 새로운 이야깃거릴 꺼내었다.

"그나저나 힘들게 취직한 곳에서도 잘리고 어디 돈 벌 데도 없는 거잖아, 그치?"

"그런 셈이지. 전 회사에서도 다들 나를 그렇게 좋아하지 않았고 결국에는 오늘처럼 잘리게 되었어. 회사를 다시 취직할 수 있다고 해도 이런 꼴 날 거 같아서 그냥 아르바이트나 하려고."

"내가 잘못 들은 건가."

"뭐라고?"

"차라리, 나랑 동업해 볼래? 업무조건도 자유롭고 돈도 쉽게 벌 수 있어."

"무슨 동업인데?"

"별 건 아니고, 그⋯."

순간 쎄했다.

방금까지만 해도 말을 청산유수처럼 뱉어내는 녀석이 말을 얼버무린다니.

"이상한 거야?"

"아, 아니 이상한 게 아니고⋯."

[쓰읍]

"그럼, 뭔지 말해 봐. 동업으로 뭘 하는지 알아야 같이 할지 정할 수 있어."

갑자기 맥주잔을 들이키더니, 브루클린은 약간 격양된 말투로 이렇게 말하였다.

"약을 파는 거야. 예를 들자면 펜타닐과 하이드로모르폰 같은 거 말야."

순간 혼란의 말이 내 머리를 감싸 안았다.

"마약을 팔자고?"

"솔직히 아무리 뉴욕 한복판에 술집을 차렸다 해서 돈이 굴러오거나 그러진 않아. 다시 말해서 네가 생각하는 나만큼의 돈을 벌려면 정상적인 것으로 단기간에는 못 번다고. 나도 술집 차리고 너만큼이나 건물 월세 내기 바빴고 대출도 많이 해가며 고생이란 고생은 다 해봤어. 그런데 혹하는 마음으로 마약 한 번 팔아봤더니 수입도 제법 괜찮고 무엇보다 이정도의 돈을 쉽게 벌 수 있더라고. 그러니까 나랑 같이 동업하자."

나는 맥주 한 잔을 들이켰다.

그리고 깊은 침묵만이 흘렀다.

"제정신이 아니고서야….."

"뭐?"

"아침부터 내가 사는 곳에 찾아와서 할 말이 있다며 찾아오라고 부탁해서 찾아왔더니 고작 할 말이 같이 마약을 팔자는 거라고?"

"그런 게 아니라 네가 요즘 힘들어 보여서….."

"날 위한다는 등 어쭙잖은 가스라이팅이나 하면서 그딴 소리나 할 거면….."

순간 현기증이 났다.

같은 고아원에서 자라왔던 터라 누구보다도 날 가장 잘 알고 가장 잘 이해해 줄 것만 같았던 녀석에게 이리 큰 배신감을 느끼게 되었다.

마치 세상에 홀로 남겨진 것처럼.

그 누구도, 설령 브루클린이라 할지라도 나를 진정성 있게 대하지 않았다.

그러한 생각이 들었을 땐, 몸은 이미 자리에서 일어나 출입문 쪽으로 걸어가고 있는 상태였다.

"이만 가볼게."

"잠깐만, 마이클."

브루클린은 대뜸 내 쪽으로 다가오더니 주머니에서 주섬주섬 무엇인갈 꺼내 내게 건네주었다.

그 무엇은 리볼버와 총알 5개였다.

"이걸 왜 나한테 주는 거야?"

"네가 떠나는 건 막을 수 없다고 생각했어. 하지만 그래도 너에게 뭐라도 도움이 되었으면 해서 네가 가더라도 이건 꼭 주고 싶었어."

내가 가더라도 꼭 주고 싶었다는 게 권총이라니, 이미 마약에 찌든 게 틀림없었다.

그렇게 왼쪽 바지 주머니엔 그 녀석의 선물을, 오른손엔 수면제를 들고 또다시 집으로 향했다.

다음날, 수면제 덕분인지 몰라도 오랜만에 느껴보는 개운함이 나를 반겼다.

다시 돈벌이가 되는 수단을 찾아야만 했다. 하지만 오늘만큼은 그러고 싶지 않았다. 아침에도 출근을 안 해도 된다는 사실에 대한 해방감이 내 몸을 이미 지배한 터였고, 그런 의미로 밖에 나가 산책이라도 할 겸 외출을 감행했다.

1층에 다다르자, 그러나, 날 반기고 있었던 건 또 하나의 스트레스였다.

우편함에는 어떤 우편물이 와있었고, 그 우편물은 영문도 모르는 한 주택의 월세 미납 청구서였고 그것과 함께 이 쪽으로 오라는 한 쪽지가 놓여 있었다.

무슨 상황인진 몰랐으나, 일단 쪽지의 부름에 응답하기로 하였다. 그리고 만일에 대비하여 브루클린이 준 리볼버도 가져갔다.

잠시 후 이 주소가 적힌 주택에 도착하였다. 도심과는 동 떨어진 곳이었으며, 음산하고 침침한 분위기를 풍겼다.

[똑-똑]

마치 기다렸다는 듯이 문이 열렸다.

문 너머엔 한 중년 부부가 있었다. 자칭 내 친부모라고 하는, 부부가 있었다. 딱히 반가운 감정은 들지 않았다.

내가 3개월도 되기 전에 나를 고아원에 버린 부모에게 애정은 무슨 애정이란 말인가. 그리고 그들은 자신들의 밀린 집 월세를 내달라고 말하였다.

"월세…요?"

화가 나기보다는 너무 어이가 없었다.

30년 넘도록 단 한 번도 접하지 못한 내 부모라는 작자들이 갑자기 보자더니 월세를 내달라는 말을 늘어놓고 있기 때문이다.

덕분에 이와 비슷한 상황으로 나를 건성으로 대한 브루클린에 대한 혐오감이 다시 상기되었고, 그 혐오감이 저 사람들에게도 생겨났다.

그때 문득 지난번에 있었던 일들이 퍼즐 조각처럼 맞추어지기 시작했다.

몇 주 전, 대출금을 갚아야 하는 기한이 만기되어 이자가 지체되었다는 우편물이 왔다. 그리고 그러한 대출금은 내 명의로 되어 있었다.

당장에 대출금도 갚기 바빴는데도 그 사이에 은행에서 대출금을 대출하였다니 미친 소리였다. 즉, 누군가 내 정보를 알아내어 내 명의로 대출금을 대출한 것이다. 그것도 70만 달러라는 거금을 말이다.

당시 무언가 잘못되었다고 느꼈지만, 그러한 문제에 대해 생각할 여유조차 없었기 때문에 급한 대로 대출 기한을 연장시켰다. 그렇지만 지금이 되고 나서야, 그 누군가가 몇 년 전에도 내 명의로 대출을 했던, 오늘 월세 미납 청구서의 본 주인인 그 누군가가 내가 어렸을 때 날 버렸던 내 부모라는 걸 알게 되었다.

"왜… 그랬어요. 아니 그보다 날 어떻게 알아냈어요."

"지금 그딴 거나 따질 때냐, 어? 부모가 명령하는 것도 아니고 부탁을 하자는 건데 자식이라는 놈이 당연히 들어는 줘야지. 철 좀 들 줄 알았다만 너 어렸을 때랑 말 안 듣는 건 여전하구나."

"애야, 너는 어째 너 생각만 하니? 이 엄마랑 아빠랑 먹고는 살아야 할 거 아니냐. 그리고 자식이라는 놈이 이런 거 하나 못 해줘?"

순간 화가 치밀어 올랐다.

"도대체 당신네들 머리가 어떻게 되었는지 모르겠지만, 적어도 자식에게 이렇게 무책임한 짓을 할 수가 있어? 그리고 단지 그딴 이유로 날 고아원에서 버리고 간 거야?"

"네 목숨이 붙어 있는 것에 감사해야지. 너네 애미만 아니었어도 넌….."

말의 어떠한 맥락도 없이 막무가내였다.

"후….."

긴 한숨을 뱉으며 애써 침착해지려고 했다.

"지나간 일은 어쩔 수 없고 어쨌든 내가 여기로 온 이유는 대출금 미납 청구서니까 당장 명의 바꿔요."

"내가 여태 말했는데도 말귀를 못 알아 처먹는 거냐? 회사 다닌다는 놈이 이런 돈 하나 못 내주고, 내가 널 낳아준 것에 감사해도 모자랄 판에 따박따박 말대꾸나 하고, 널 낳아준 것에 대한 대가 정도는 치러야 될 거 아니야!"

"대출금이 자그마치 70만 달러야. 이자까지 포함하면 그것보다 훨씬 뛰어넘는다고. 아무리 그래도 자식인생 망치려고 작정했어?"

[퍽-]

"이 새끼 말로해선 안 되겠구만. 너 같은 새끼는 처맞아야 돼."

나는 도대체 왜 맞은 것일까.

정말로 대출금을 안 내주는 것이 잘못된 것일까. 아니, 나에게 잘못된 것은 없다.

고아원에서부터 자라 여태껏 여러 사기를 당하면서도 대출금을 갚기 위해 착실하게, 하루하루가 지옥 같을 정도로 힘들게 살아왔다.

신이 있다면, 진작에 나는 이러한 고통들에 대한 보상을 받았어야 했다. 정말 니체의 말이 맞는 걸지도 모른다. 저런 놈들에게서 듣지 못할 망언을 들으면서 그동안의 내가 부정된 거 같았다.

하지만 더 이상 이렇게 가만히 있고 싶지는 않았다. 내겐 더 이상 낮아질 자존감도 없었다. 그동안 많이 참아왔는데도 대체 얼마나 더 참아야 하는지 모르겠다.

나는 저들을 죽이고 싶었다. 그것도 아주 격렬하게 말이다. 이러한 분노의 끝은 내 왼쪽 주머니에 있던 장전된 리볼버를 꺼내는 것으로 이어졌다.

[탕-]

나는 정확히 그 남성의 우측 전두엽을 저격하였다.

고요했던 주택에서, 총성 한 번으로 침묵은 깨지게 되었고, 곧이어 듣기 껄끄러운 비명소리만이 남게 되었다. 그리고 곧바로 그 비명의 원천도 저격하였다.

한 발은 휴대 전화를 들고 있는 왼손을, 한 발은 심장을, 마지막으로 한 발은 머리를 저격하였다. 남은 한 발로 경찰과 전화되고 있는 휴대전화를 부수었다. 이제 이 세상에서 나에게 있어선 내 부모는 실종된 것에서 사망선고를 받은 거나 다름없었다.

주변은 언제 사람이 죽었냐는 듯 침묵하였으며 그저 내 거친 숨소리만이 살아 있을 뿐이다. 고요한 바람소리와 새들의 울음소리, 오늘 아침과는 다른 또 하나의 아침이 나를 반기었다. 조용히, 숨을 죽이며, 자동차 키를 훔

쳐 집에 나와 차에 탑승했다.

솔직히 말하자면, 내가 무슨 짓을 저질렀는지 감이 오지 않았다. 단지 그 중에서 내가 알고 있는 것은, 경찰들이 나를 체포하는 것 시간문제라는 것이었다.

나는 황급히 이 빌어먹을 장소에서 빠져나왔다. 목적지 없이 이곳저곳을 달리다가, 정신이 혼미해질 쯤, 우연히 뉴욕 시내를 지나던 도중 브루클린의 술집을 보게 되었다. 그 술집은 경찰들이 들이닥쳐 문을 닫은 상태였으며 안에는 경찰들이 조사를 하고 있었다. 그리고 건너편 고층 건물에서는 브루클린의 영업장에서 마약을 파는 마약팔이범을 검거하였다는 뉴스가 흘러나오고 있었다.

하루사이에 브루클린이 왜 체포되었을까?

"그래도 친구라고 면회는 와 주는구나."

나는 그 길로 곧장 브루클린을 만나러 갔다.

"……."

"…하, 참나. 어제 술집 안에 있었던 어떤 놈이 우리 얘기를 엿들은 거 같았어. 어제 너 가고 나서 바로 신고 당했고 오늘 아침에 여기로 잡혀왔다니까?"

"넌 벌 받을 만한 짓을 한 거야."

"…아직도 화 덜 풀렸냐?"

"어, 네가 어제 나한테 준 게 너무 원망스러워."

"뭐? 너 설마…."

녀석은 내 코트를 바라보았다.

내 코트는 색감에 묻히긴 했지만 피로 얼룩져 있는 상태였다.

"그렇다고 그걸 내 책임으로 몰고 간다는 건 너무 핑계…."

"그때, 다른 걸 줬다면, 뭔가 바뀌었지 않았을까."

"하… 고작 그 얘기하려고 면회 온 거야?"

"…이만 가볼게."

"잠깐만."

"…최대한 도망쳐라."

브루클린에서 나온 마지막 말이었다. 나는 그의 조언을 따르기로 하였다. 아니, 녀석의 말이 없었더라도 이미 도망칠 생각이었다. 아무리 생각해도 내가 여기서 체포되는 것은 억울하였다.

그렇게 교도소 밖으로 나와, 집에 들러 통장을 챙겨 통장 안에 있는 전액을 현금으로 인출한 뒤, 도주하였다. 그렇게 3일쯤 도주하게 되었고 그날 밤 가로등도 구비되어 있지 않은 어느 외딴 시골로 진입하여 인적이 거의 없는 낚시터에 들어섰다.

그곳에서 잠깐 숨을 고른 뒤, 낚시터를 바라보며 여러 생각에 잠겼다.

"왜, 뛰어 내려서 죽으려고?"

한 노인이 다가와 말을 건넸다. 나는 그 말에 부정을 표하고 싶었지만 내가 그러지 않을 거란 보장이 들지 않았기 때문에 아무런 말을 못하였다.

"장난으로 물어본 거 가지고 무슨."

노인이 호탕하게 웃으며 말하였다.

"낚시하러 온 겐가?"

"아뇨."

"그럼, 진짜로 죽으러 온 건가?"

"…아뇨."

[후―]

가슴이 아려 올 정도로 한숨을 쉬었다.

노인의 손엔 맥주병 2개가 있었고 노인은 그 중 하나를 내게 건네며 이렇게 말하였다.

"삶이란 아무도 예측할 수 없어. 마치 주사위 같단 말이지. 그렇다고 신을 욕해서는 안 돼. 그 잘난 신조차도 우리의 주사위가 무엇이 뜨는지 정할 수는 없단 말이야. 어떨 때는 6이 떴는데도 또 어떨 땐 1이 뜨기도 하지. 우리의 주사위를 예측하는 건 오로지 우리의 운밖에 없어. 운이라는 건 개개인의 역량에 미치지 않고 말 그대로 아무도 모르는 현상이라네. 그런데 어떠한 이들은 운이라는 것이 오롯이 자연의 영역이라는데, 내가 생각하기에는 다 개소리 같거든. 인간이든 자연이든, 설령 신이든 그 누구도 운을 함부로 판단할 수 없어. 이러한 특성을 가지므로 사람마다 각각 다르게 작용하는 운이 불공평해 보일 수 있지만, 어쩌면 이러한 운이라는 것이 우리 모두를 더욱 평등하게 만드는 것 아닌가? 신의 개입 없이, 우리의 주사위만을 가지고 경쟁하는 것과 다름없으니."

노인이 목을 축이며 말하였다.

"자네 몰골을 보아하니, 자네 상황을 알 수는 없으나, 내 옛 모습을 보는 것 같네. 혹시 최근에 안 좋은 일을 겪었나?"

"예… 최근이 아니라 오래전부터, 좀 많이 겪은 거 같네요."

"역시 사람 보는 눈은 여전하구만."

노인은 껄껄 웃으며 건배를 나누었다.

"이 노인네는 말이야, 가족을 잃게 되었어. 혈기왕성했던 시절, 나는 아내와 조금 일찍 만나게 되었고 결혼도 하기 전에 아이를 가지게 되었어. 그래서 조금 이른 나이에 결혼식을 올렸고 그렇게 앞으로의 나날들이 아름다운 꽃길로 이루어질 줄만 알았지. 하지만 누가 알았겠나. 내 아이가 납치되어 성추행을 당하고 살해당할 사실을, 그 누구가 알았겠나? 그 놈도 결국에는 사형선고를 받았지만 실제로 죽었는지는 알 수가 없어. 내 아내는 그 이후로 매우 스트레스를 받아왔고 때문에 암에 걸리게 되었지. 그래서 병원에 입원하기 위해 차로 가던 도중, 갑자기 다른 승용차가 내 아내와 내가 타고 있었던 차를 들이박았어. 그 결과로 난 목숨을 부지했지만 아내는 죽게 되었고. 그 어느 누구와 견주어도 나보다 우울하고 기구한 삶은 거의 없을 게다. 얻은 것이라곤 지혜와 성숙, 그리고 간당간당 붙어 있는 목숨, 그밖에 내게 남은 거라곤 없는 셈이지."

나는 순간 잘못 들은 건 줄 알았다.

어떻게 인생이 저리 불행한 건지 공감을 하려고 해도 도무지 감이 오질 않는다.

"역시 신은 죽은 게 틀림없나 보네요."

"난 신에 대해 잘 모른다. 알려고 하지도 않고."

노인은 맥주 한 병을 한 번에 다 마셔버렸고, 자리를 뜨더니 곧이어 맥주 한 병을 더 가져와 뚜껑을 열면서 말했다.

"혹여나 자네 인생이 기구하고 불행하다 한들 어디 그 누구를 탓하겠는가? 어떠한 상황이 일어나게 만드는 요인이 있었다 한들, 그것 또한 주사위에 의존해야 하는 셈이지. 중요한 것은, 그 상황이 벌어지고 난 후 자네의 행동에 달려 있다네. 기뻐하거나 슬퍼하는 것도 그 순간일 뿐 그 다음에는 이미 일어난 일에 얽매이지 말고 자네의 마음을 다잡아야 한다는 뜻이지. 하지만 큰 불행이 들이닥치고 난 후에는 그러는 것이 힘들 수가 있어. 이해해. 나도 그랬으니. 그래도 정 그러기 힘들고 지치면 충분한 휴식을 취하는 것도 좋지만, 누군가에게 위로를 받는 것도 좋은 방법 중에 하나지. 어떠한 상황에 대해 자신만이 알고 있을 자신의 감정을 누군가에게 털어놓는다는 것 자체가 자네에게 있어 자네의 슬픔이 조금 줄어들 수도 있다는 뜻이야.

홀로 짊어져야 한다고 생각한 짐을 줄여줄 수가 있는 게야. 그리고 자네의 이야기를 들어주고 그 이야기에 공감을 받게 된다면 자네도 모르는 사이, 든든한 아군이 생기게 된다고. 이 얼마나 멋진 일인가! 나를 위해 웃어주고 울어주는, 마치 나를 위해 싸워주는 것 같은 아군이 생긴다는 것이 얼마나 큰 힘과 위로가 되어줄지 모르네. 그리고 그 아군에게서 나온 격려의 말 한 마디가 자네의 얽히고설킨 그 마음을 풀어줄 수도 없겠나?"

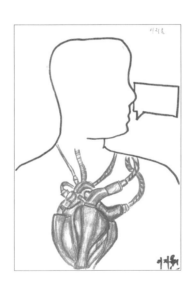

나는 아무 말 없이 맥주를 한 모금 마셨다.

"보아하니 위로도 못 받은 거 같은데, 내게 심정을 털어놔 봐라."

나는 웃으며 이렇게 말했다.

"위로를 받기에는 이미 늦은 거 같네요."

"허허허, 거 참…."

그렇게 노인과 나는 한동안 말없이 병나발을 불며 맥주만 마셨다. 안개가 점점 꺼가는 낚시터를 바라보며.

그렇게 다음날, 나를 향한 빛 때문에 잠에서 깨어났고, 그곳에는 맥주 두 캔만이 있었으며, 어쩌면 나를 이 지긋지긋한 삶에서 구출해 줄지도 모르는 경찰관과 군인들이 있었다.

그렇게 약 4일 동안 도망친 나는 경찰에게 체포되었다.

성전환 군인

1학년 장세형

이 글은 취재진인 내가 기록한 것들을 모아 쓴 것이다.

"재판 결과는 다들 예상하셨을 겁니다. 문제는 그 재판 이후의 사건인 거죠."

"사건이 무엇이었죠?"

"…말 꺼내기도 거북하군요."

지 하사의 군 동료 박 하사가 꺼낸 말이었다.

"지 하사와 저는 꽤나 각별한 사이예요. 보기와는 다르게요."

"어떤 사이셨나요?"

"뭐, 간단히 말하자면 친한 친구죠. 속되게 말해서…불…음."

"불알친구 말씀이신가요?"

"아, 예. 뭐 불알친구 그런 셈이죠. 하하."

멋쩍은 정적이 잠시 흘렀다.

"조금 더 자세히 설명 가능한가요?"

"네? 아, 네. 그러죠. 뭐 어디서부터 말해야 될지 모르겠다만 저희는 유치원에서 처음 만났어요. 그때 당시에 저는 소심한 성격인 탓에 친구들과 쉽게 친해지지 못했어요. 그래서 저는 늘 잠자코 있었죠. 그런데 어느 날 그 친구가 저한테 다가와서 젤리 같은 걸 건네 줬어요. 그러면서 친구하자고 이름이 뭐냐길래 물어보면서 웃더라고요. 그렇게 그 친구와 함께 저는 친구들과 쉽게 친해졌어요."

"그렇군요."

"뭐 흔하디 흔하죠. 저는 특히 지 하사와 더 친하게 지냈고요. 초등학교도 같은 곳으로 배정받아서 아무런 문제없이 잘 지냈어요, 저학년까지요.”

“고학년에 무슨 일이 있으셨나요?”

“저한텐 문제가 있는 게 아니고요. 지 하사가 많이 다르게 행동하기 시작했죠.”

“이렇게 바쁜 시간 내주셔서 감사합니다.”

“이제 말년병장이라 남는 게 시간인데 무슨.”

지 하사와 같은 부대였던 최 병장이 말을 꺼냈다.

“제가 뭘 말하면 되는 거죠?”

“그리 어려운건 아니고요. 지 하사와 같이 지냈던 시절에 대해 간단히 말하시면 됩니다.”

“아, 그 양반이요?”

“네?”

“아, 죄송합니다. 생각만 해도 짜증이 나서요.”

최병장은 그렇게 말하면서 속삭이는 듯한 목소리로 욕설을 내뱉었다.

“쒸벌….”

“그… 얘기 가능하가요?”

“네네. 제가 신병으로 왔을 때, 처음엔 그냥 이도저도 아닌 흔한 일병인 것처럼 느껴졌어요. 굿은 장난 같은 거도 안 치고 그냥 그렇구나 하고 있었는데 자기보다 높은 선임이 다가와서 왜 막 하질 않냐면서 짜증을 내고 갔어요. 그랬더니 갑자기 따라 나오라고 제 멱살 끌고 바깥 외진 데에 갔어요. 그러곤 주변을 꼼꼼히 살피더니, 갑자기 난데없이 저한테 막 화를 내고 짜증을 냈어요. 근데 그게 뭐 아무런 논리도 없이 이 새끼야, 야 이 새끼야와 같이 어린아이 떼쓰듯이 그냥 무작정 욕만 뱉더라고요. 그리고 짜증을 내는데도 목소리톤이 좀 많이 높고 계속 말에 힘없이 말끝마다 흐리면서 말을 하니까 그냥 쓴소리 듣는 것보다 더 짜증이 났어요. 와, 이걸 어떻게 말로 설명해야 할지, 그냥 정신병자 같았어요. 소리도 지르다 갑자기 주변 살피고.”

“힘드셨겠어요.”

“위로는 받을 만큼 받았으니 괜찮아요. 선임들도 지 하사가 원래 그런 놈인 줄 알고 저를 위로하더군요."

"그래도 뭔갈 잘못해서 짜증을 낸 거일 수 있잖아요."

"아니, 없다니까요, 제 잘못은. 신병이 오자마자 뭘 할 수 있는데요."

감정이 꽤나 격해진 거 같았다.

"이렇게 멀리까지 오시느라 고생 많으셨겠네요."

"아유, 아닙니다."

지 하사가 속한 중대장이 반겼다.

"비도 이렇게나 많이 오는데, 뭐 마실 거라도 드릴까요? 커피 좋아하세요?"

"아, 저는 개인적으로 맥심을 좋아합니다."

유연함은 약간 부족해 보였다.

"자, 여기 맥심입니다."

"감사합니다."

"그건 그렇고, 무슨 업무로 오셨습니까?"

"지 하사에 대한 정보에 자문을 구할까 합니다."

"아… 2분대에서 복무한 지 하사 말씀이신가요?"

뭔가 말하기 곤란한 듯 보였다.

"착하죠, 그 친구. 성격도 나름대로 괜찮았어요."

"……."

"그런데 약간 특이하게 행동했죠."

"예를 들자면 어떤 행동을 했죠?"

"제가 틀에 박힌 유교사상을 가진 거라 그런 걸 수도 있지만 휴가 복귀 때 여성스러운 옷차림으로 복귀했고, 뭐 제가 가끔 인원점검을 하러 갈 때 얼굴에 화장을 해놨더라고요."

"예를 들자면 어떤 행동을 했는지?"

박 하사가 말을 하였다.

"약간 또래 여자애들처럼 행동하기 시작했어요. 소변을 좌변기에 앉아 눈다던가, 치마를 입고 머리를 끈으로 묶는다던가, 뛰는 자세도 여자애들처럼 뛰기 시작했고… 하나씩 말할려니 생각이 잘 안나네요."

"천천히 말하셔도 됩니다."

"저것 말고도 여러 행동을 한 것 같아요. 또래 친구들은 그걸 보고 거부감이 들어 놀리고 따돌림을 시키기 시작했어요. 저도 지 하사랑 친구였기에 덩달아 따돌림을 당했고요. 그래도 그때는 아직까지 친구가 있어서 밝아 보였는데 중학교에 들어서면서 서로 다른 학교로 배정을 받으니 서로 멀어지기 시작했어요. 가끔가다가 전화 한 통씩 주고받는 그런 사이로 변했죠. 그러다가 고등학교가 같은 곳으로 되었고 저는 당연히 다시 서로 가까워질 거라고 생각했어요. 그런데 막상 고등학생이 되어보니 초등학교시절 따돌림 당하던 기억이 있어서 오히려 지 하사를 피하기 시작했죠. 그랬으면 안 되는 걸 알면서도 그러니 제 자신이 미웠어요. 그렇게 고등학교 시절을 보내고 저희는 각자 다른 대학교로 완전히 갈라졌어요. 남한과 북한이 갈라진 것처럼요. 지 하사를 영영 안 볼 줄 알았어요. 그런데 운명이라는 게 저희를 또다시 붙여놨어요. 저는 자취하기 시작하면서 돈이 부족해서 군대를 좀 늦게 갔어요. 그래서 훈련병이 끝나고 신병으로 2분대에 들어서게 되었고 이등병이었던 지 하사가 저를 반겼어요."

"암튼 저도 사람이니까 짜증나서 거기 있던 이등병에게 하소연을 했죠. 남에게 그냥 위로받는 거보다 제가 직접 억울하고 화나는 걸 얘기해서 위로받는 게 훨 나으니까요. 그랬더니 위로는커녕 네가 이해해라. 그래도 심성은 착한 사람이다. 고 막 저를 훈계하기 시작했어요. 아니 뭐 서로 아는 사이도 아닌데 그걸 어떻게 아냐고요. 그래서 그냥 저도 너도 똑같은 새끼다 이런 식으로 화내고 그 자리에서 나왔죠. 어차피 이등병이니까 별로 무섭지도 않거든요."

최 병장이 말하였다.

"그 이등병 이름이 뭐였나요?"

"몰라요. 그 양반도 존재감은 없는지라 까먹었긴 한데 아마 박 씨였을 거예요."

내가 말하려던 순간 말을 끊고 최 병장이 말하였다.

"약간 둘이 같은 듯 어딘가 묘하게 다른데… 아니 내가 그쪽들 사정을 아는지도 모르는데 자기네들 상황에 맞춰라 꼽사리 존나 줬어요."

"한 명은 폐급, 한 명은 미친놈, 그러기도 쉽지 않은데 대단했네, 쌰. 지금 돌이켜 생각해 보니."

"짧고 간단한 거니 아는 대로 말해 주세요."

치킨을 사들고 이 일병을 찾아갔다.

"지 하사에 관한…."

"진짜 오랜만에 치킨 먹는데, 너무 맛있네요."

멋쩍은 웃음이 겉돌았다.

"식사하는데 방해를 했네요. 다 드시고 천천히 말해 주세요."

"원래 외부에서 면회 때 음식을 받으면 부대에 들고 가서 같이 먹어야 하거든요?"

신난 건지는 모르지만 조금 흥분한 것 같았다.

"근데, 최OO이라고 좆같은 병장새끼가 있어요. 저번에도 내가 뭐 하나 들고 갔는데도 나를 패고 저거들끼리 다 처먹는다니? 다른 애들은 문제는 없는데 최OO 그 새끼가 문제에요. 그 얼굴 좆빨은 놈이 실세니까 아무도 뭐라 안 하고 부하로 거느린단 말이에요. 지 맘에 안 들면 때리고, 부조리 없애준다 하고 부조리는 시발 더 심해진 거 같아. 내가 그래서 음식을 받아도 무조건 여기서 다 먹고 갈려는 습관이 생겼어요."

쩝쩝거리는 소리가 들렸다.

"그, 내가 보기보다 식탐이 좀 있어요. 놀라실 거 같아서."

말 안 해도 알 것 같았다.

"그럼, 그…."

"먹어도 먹어도 안 질리네. 뭐, 취재진? 그런 분이 치킨도 잘 고르시네."

정적이 흘렀다.

"말 계속 하세요."

"지 하사와 관련된 일화가 있으시면 얘기해 주세요."

"아이씨, 그 양반에 대해 왜 조사해요. 밥맛 떨어지게."

시간이 조금 흘렀다.

"한번은 지○○ 그 새끼가 저랑 잠깐 얘기하자고 하더라고요. 이번에도 그러려니 하고 갔는데 고자새끼인 마냥 갑자기 지는 하늘의 운명이 날 감싸 지 않았다라든가 뭐더라 존나 씹덕처럼 태생 관련된 얘기만 늘어놓다가 성별을 바꾸겠다고 말했어요. 진짜로 그때 뭘 들은 건지 싶어 대꾸를 안 해줬는데 자기는 이제 말년병장인데 하사로 복무를 이어나갈 거다 라고 하고 하사가 되면 첫 휴가 때 태국에 가서 성전환 수술을 받을 거다 라는 등 허황된 얘기인 거치곤 너무 세세하게 저에게 다 말해 줬어요."

"그 얘기를 다른 사람에게도 알렸나요?"

"왜 알려요. 알리면 그 새끼랑 대화도 하냐면서 괴롭힘 당할 게 분명한데, 말 안 했죠."

지 하사가 속한 부대의 중대장이 말을 하였다.

"그 얘길 들었을 때 당황스러웠죠. 군인을 직업으로 삼아 하사가 된 놈에게서 나올 수도 없었고 들을 수도 없었던 내용이니까요."

"무슨 내용이었나요?"

"휴가를 보내달라고 했어요, 처음에는. 그래서 별생각 없이 알겠다. 하고 휴가를 내줄라고 했는데 여권이 필요하다고 그럽니다. 그래서 해외여행 다녀오려고 그러는 거냐. 라고 물었죠. 휴가기간도 짧은데 그 사이에 여행을 갔다 올려는 게 말이 안 되는 거니까. 그랬더니 사실은 태국에 가서 성전환 수술을 하고 오려는 생각이다 라고 저한테 말했어요."

"놀랍네요. 어떻게 대처를 잘 했나요?"

"아뇨. 처음 겪어봤어요, 그런 일은."

지 하사가 속한 부대의 최 병장이 말하였다.

"이미 그걸 목적으로 휴가신청을 한 것도 제 상식에선 벗어난 건데 그것도 부대가 지원을 해주겠다니, 도대체 무슨 생각인지 모르겠어요. 다른 분대도 아마 같았을 거예요. 저희 분대는 난리가 났거든요."

"결국 태국에 가서 수술이 진행되었어요."

박 하사가 말하였다.

"근데 수술을 마치고 다시 복귀가 가능한 건지가 관건이죠."

"상황이 어떻게 흘러갔는지 궁금하네요."

"예 뭐, 일단 부대에서 허락과 지원을 해줬으니 성전환 수술 이후에도 뭔가의 조치를 취해 줄 거라고 생각했어요. 하지만 당연하게도 성별이 바뀐 하사가 그대로 같은 부대에서 생활하는 것도 안 되고 인위적으로 바뀐 거라 여군에서 생활하는 것도 지장이 생기겠죠. 군에선 그런 점들을 미뤄보아 강제전역을 내릴 수밖에 없고요. 근데 원했던 결과가 아니었던지 지 하사가 군대를 상대로 소송을 걸었어요."

"강제 전역이라니 얼탱이가 없었죠."

지 하사의 담당 변호사가 말하였다.

"자신이 원해서 지원한 것인데 성전환 수술로 인하여 개인의 자유의지를 탄압하는 게 올바르지 않다고 생각해요. 비록 성별이 바뀌었다 한들 여군으로도 생활이 가능하다는 옵션이 있잖아요. 요즈음 여군에서는 개개인마다 각각 생활을 하기에 전혀 문제될 게 없어요. 그리고 본질적인 문제에 대해 얘기를 꺼내자면 강제전역을 취할 입장인 군에서는 그럼 먼저 군부대가 수술허가를 내리질 말았어야죠. 개인의 인생까지 망쳐놓으면서 미흡한 결정으론 아무런 보상조차 하지 않았습니다. 게다가 조사결과 수술을 받기 전 국군수도병원 정신과에서 지 하사가 젠더 디스포리아로 진단을 받았는데 이러한 진단결과를 먼저 알고 있었다면 수술보다 먼저 군과 대화하여 앞으로의 군생활을 어떻게 할 것인지에 대한 합의를 나누어야 한다고 봐요. 그러나 이러한 조치를 내리지 않고도 수술을 진행시켜 강제전역을 하게 만들어 이에 대한 책임은 군정부가 가지고 있다고 생각을 해요."

"군인권센터 소장도 동일한 의견인가요?"

"저희도 같은 의견입니다. 군인의 인권은 절대적으로 보장 받아야 해요."

군인권센터 나 소장이 말을 꺼내었다.

"저희도 소송준비에 도움을 줘야 해서 자세하게 다 말할 순 없어요. 저희의 의견은 비록 지 하사가 군에 입대하기 전엔 어떠한 상태를 가졌는지는 모르지만 저희가 알아낸 정보 중에선 지 하사가 신병이었을 때 맞선임에게 괴롭힘을 당했다는 정보가 있었고 지 하사는 그 일을 계기로 무슨 편지를 써 그 맞선임이 감옥에 갔다는 정보가 있었습니다. 아무래도 지 하사가 일병이었을 때 맞선임인 이병에게 부조리를 당했다는…."

뭔가 이상했다.

"말을 끊게 되어 죄송하다만, 군대 어디 소속이었나요?"

"아, 저는 면제입니다."

여기서 정보를 굳이 얻지 않아도 될 거 같았다.

"개인의 자유의지를 탄압받았다라고 주장을 합니까?"

김 준장이 말하였다.

"여론에서는 지금 저희가 안 좋게 비춰지고 있는 거 같네요. 그렇지만 이 문제는 감성보다 이성적으로 해결해야 합니다. 여기서 짚고 넘어가야 할 점은 국가공무원, 특히 '군'이라는 특수조직에 몸 담은 한 개인이 직무에 대한 책임과 상부에 대한 공적명령보다 자신의 자유가 앞서고 있다는 겁니다. 그러한 점이 국방력의 토대를 무너뜨리는 결함으로 작용될 수가 있는데 이런 걸 전부 묵살하고 저희가 무조건 잘못하였다고 여론몰이를 한다는 게 불편할 따름입니다. 그리고 본질적인 문제를 따지려면 이 점부터 알았으면 합니다. 군입대를 하게 되면 보충대 혹은 훈련소에서 1주일 동안 비적격 인원을 퇴소시키는 가입소 기간이 있습니다. 그 기간에서는 여러 질문을 받게 되는데 그 중 여성이 되고 싶은 생각이 있나? 라는 질문이 분명 존재를 합니다. 더군다나 부사관이기에 그러한 질문들을 꼼꼼히 따져보고 사실을 숨기지 않고 성 정체성 혼란에 대해 호소를 했다면 이러한 문제 자체가 일어나지 않았을 겁니다. 그러나 저희가 세세하게는 검토를 할 수 없지만 해당 하사는 전차 조종수로 복무를 하였는데 만약 그 검증시기에 정상

이어서 군복무를 받아주었지만 그 후에 성 정체성 혼란을 주장하며 수술을 받게 해달라 했다면 지 하사는 입대 후 교육대 시절을 위증한 격이 되는 거죠. 물론 저희가 미흡한 상황처리에 대해선 저희의 과실을 인정합니다만 저희의 결정은 번복하지 않을 겁니다."

결과는 큰 이변 없이 피고, 즉 육군 측의 손을 들어주었다.

지 하사는 논리적으로 자신의 무고를 입증하고 상대측의 의견에 반박하기보다는 감정에 호소하였고, 별다른 이익을 취하지 못하자 무작정 아니라고만 말하며 재판장에게 떼를 썼다.

그리고 지 하사는 결국 체념한 듯 결과를 받아들였다.

"지OO 그 친구요? 걔는 친구든 뭐든 소유하려는 욕구가 강해요. 제가 같은 고등학교 출신이어서 아는데, 찐따였어요. 그러다 보니 친구를 사귈 때도 약간 힘없고 소심하고 친구 없는 애들 위주로 친구를 사귀었어요. 그러고는 걔네들 사이에서도 서열을 정하더라고요, 그 친구. 자기가 거기서라도 왕 노릇을 하고 싶었겠죠. 전형적인 성격 안 좋은 찐따예요. 남의 의견 묵살하고, 공감도 1도 안 하고 자기가 관심이 있는 것만 신경을 쓰고, 뭐 암튼 그래요. 그런 애가 군대가서는 뭘 하겠어요. 고등학교에서도 겨우겨우 사귄 애들 군대 가서 다 사이 멀어지고 병장이 되도 곧 전역을 하고 힘도 약해서 그 쪽 부대 실세는 그 밑 상병이었다네요. 제 친구가 지OO이랑 같은 부대에 나와서 그 친구가 저에게 군대 썰 풀면서 알려주더라고요. 전역하면 사회 초년생으로 돌아가는데 걔 성격에 혼자 사회에서 먹고 사는 건 불가능해요. 그 친구도 알았을 걸요? 그러니까 직업군인으로 들어갔겠지. 그런데 하사는 웬만한 말년병장보다 힘이 약해요. 그러니까 성 전환을 해서 여왕벌이 되려고 했는데 계획대로 잘 안 흘러가니까 이렇게 된 거겠죠. 부대에서도 이런 소문이 돌았다던데. 몰라요, 그 행동은 그 당사자만이 알 수 있는데 제가 어떻게 알겠어요. 그냥 제 생각이 이러하다라고만 알려주는 거예요."

지 하사의 고등학교 동창이 말한 내용이다.

"저도 그 재판 결과에 지 하사가 인정하는 줄 알았어요. 그런데 며칠 좀 안 되어서 지 하사가 극단적인 선택을 했어요. 사람이 하루아침에 죽었다고 하니 그 당시에도 그렇고 지금도 그렇고 저한테 큰 충격을 줬어요. 그 후로 밤날마다 죽은 지 하사의 환청이 들리는 듯했죠. 후… 아직도 지 하사가 왜 그랬는지 정확히 알고 싶어도 알 수가 없어요. 휴가 중에 굳이 수술을 받는다는 게 저희 부대에서는 유일한 여성군인으로 그에 대해 가지게 되는 권한을 쥐려고 그랬다더니 뭐라니 좋지 않게 소문이 난 상태이기도 하고… 더 이상으로 말하면 진짜 토 나올 거 같네요."

박 하사가 말한 내용이다.

박 하사가 말한 대로 지 하사는 20xx년 xx월 xx일 자택에서 숨진 채 발견되었다.

1학년 장세형

　평소 글쓰기를 좋아하는데 내가 쓴 글을 책으로 만들 수 있게 되어 기쁘게 생각한다.

　그러나 경험의 부족인지 글이 가끔씩 잘 안 쓰일 때도 있었다.

　그럴 때마다 같은 동기들과 글의 내용에 대해 이것저것 얘기를 나누면서 어려움도 문제없이 잘 극복한 것 같다.

　내가 첫 번째로 쓴 글은 자유 주제로 나의 상상력과 문학적 표현을 사용하여 온전히 나의 머리에서로만 나온 내용을 쓰고 싶었다.

　내용은 평범한 한 사람이 스트레스적 요소들에 의해 극한의 상황으로 내몰렸을 때, 어떻게 되는지를 보여주는 내용으로 작중 주인공인 '나'의 만행을 멈출 수 있는 순간들이 존재했으나 모두 무관심하고 가식의 태도로 '나'를 대하여서 만행을 멈추지 못한 점들로 평소 사람들을 대할 때 조금 더 진심어리고 적극적인 태도로 임해야 한다는 의미를 포함하였다.

　하지만 글의 내용을 잡아두었는데도 체계적으로 설정하지 않았던 탓인지 마무리를 그렇게 잘 적지는 못하였다.

　이를 감안하여 두 번째로 쓴 글의 주제는 성전환 군인으로 사회적 이슈와 같은 내용을 나만의 것으로 풀어보고 싶기도 하고 자칫 내용을 적기 민감한 부분으로도 흘러갈 수도 있기에 나의 글쓰기 능력을 향상시키고자 이러한 주제를 선택하였다.

　내용은 성전환 군인인 가상의 인물 지 하사의 과거에 대한 여러 관련인물들의 면담을 통해 지 하사가 어떠한 인물인지 소개하였고, 그 인물들의 의견들을 토대로 지 하사의 판단이 과연 옳은 것인지 옳지 않은지 독자에게 질문을 던지는 내용으로, 서술자의 개입을 최소화하고 등장인물들의 대화들을 위주로 이야기를 풀어나가는 면담 방식으로 글을 작성하였다.

두 번째 글은 이전 글과는 다르게 좀 더 체계적으로 구성을 하여 더욱 더 구별되고 구체화된 각 캐릭터들의 성격과 내용의 전체적인 틀을 잡아놓은 다음 여러 살점들을 추가해가며 내용에 대해 더욱 세부화시켰다. 비록 아직 나에겐 완벽하다고 할 수는 없는 글이지만, 이렇게 글을 써 보는 경험도 나에겐 무척이나 도움이 된다고 생각한다.

　앞으로 좀 더 많은 종류의 책들을 읽어보면서 글쓰기 능력을 높이고 싶다.

　고등학교 1년 동안 그린비 동아리에서의 활동은 의미가 있고 재미있었다.

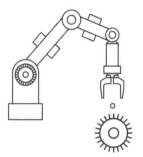

데이타-버스

2학년 민선재

―1장 : 삭제 25시간 전―

"여기는 데이타-버스. 세상의 모든 데이터들이 모이는 신비로운 공간, 데이타-버스 시티에 오신 것을 환영합니다. 당신의 데이터 명은 2023.10.11.입니다. 당신의 데이터 가치 등급은 3등급입니다."

내가 눈을 뜨고 난 뒤 바로 듣게 된 소리이다. 데이타-버스에서는 내 이름을 2023 뭐라뭐라 하긴 했는데 내 이름을 설명해 보자면…… 그냥 누군가의 검색 기록으로 10월 11일 날의 데이터이다. 별로 중요한 데이터가 아니라 1, 2, 3등급 중에 가장 낮은 3등급이라는 등급이 매겨졌다. 뭐 그래도 주변에 3등급 데이터들만 있는데 차별당할 일도 별로 없는걸. 아무렇지도 않다. 그리고 내 꿈은 오래오래 간직되다가 누군가에게 소중한 아주 가치 있는 데이터가 되는 것이다. 3등급 주제에 너무 큰 꿈인가? 뭐 꿈은 크게 가지라고 있는 거니까. 흠…… 내 소개는 이만하면 된 것 같다.

"어이 10.11.! 오늘 혹시 뭐 할 일 있나?"

아, 이 친구는 2023.10.9.이다. 뭐 심심한 데이타-버스에서 유일한 친구이다. 성격도 비슷하고 꿈도 같아 우리는 데이타-버스에서 유일한 서로의 버팀목이다.

"언제나처럼 없지. 왜 뭐 할 일이 생겼어?"

"오늘 A구역에서 1등급끼리의 중대발표가 있다는 소식을 들었어. 1시간 정도 남았는데 빨리 가야 하지 않겠어? 이런 중대발표를 내가 놓칠 순 없지. 서둘러!"

"오 기대되는데!"

심심한 C구역에서 벗어날 수 있다면 뭔들 못하겠는가. 3등급 데이터들이 A, B, C 각 구역 경계에 있는 엄청난 방화벽을 넘고 A구역으로 가는 방법은 없다. 뭐 갑자기 유용한 정보가 돼서 등급이 바뀌지 않는 이상은 없다. 그래도 우리한테는 다 방법이 있지. 평범한 3등급 데이터들은 모르는, 아주 대단한 방법이. 그 방법은 바로 데이터 균열을 통해 가는 것이다. 친구와 나만의 아지트에서 어느 날 우연히 발견된 균열은 A구역으로 이어져 있었다. 이 균열 속에서 01 01 01 01 이렇게 이진법 다리를 건너면… A구역에 도착하게 된다. A구역은 1등급 데이터들과 극소수의 2등급 데이터들만 접근할 수 있는 곳으로 데이타−버스의 대부분의 의사 결정은 이곳에서 이루어진다. 범죄데이터들을 벽 너머로 추방하는 데이터 대포를 지나서 데이터 광장에 도착하면 그곳에서 중대발표가 있을 것이다. 본 적이 많지는 않지만, 데이터 광장은 언제 봐도 놀랍게 아름답다. 언제나처럼 데이터 광장의 아름다움에 취해 있는 순간 10.9.가 말했다.

"나 속이 안 좋아서 새로 고침실 가서 새로 고침 좀 하고 올게. 금방 올 거야! 기다리고 있어!"

같은 블랙박스에서 촬영된 영상인데도 저 친구는 왜 저렇게 빨리 데이터가 흐려지는 건지 도통 알 수가 없다. 아, 데이터들은 일정시간마다 흐려지게 되는데 이를 다시 깨끗하게 해주는 것이 새로 고침이다. 뭐 인간으로 치면 화장실 같은 느낌이지. 친구가 새로 고침실에 가고 나서 얼마 지나지 않아 중대발표가 시작되었다. 근데 맙소사. 발표자가 무려 유튜브 출신의 데이터라니! 데이터들의 꿈이자 로망! 그중에서도 제일 인기 많은 유튜브 데이터를 내가 실물로 보다니. 설레는 마음으로 발표를 듣기 시작했다.

"안녕하세요, 여러분. 저는 이번 발표를 맡게 된 유튜브 계정 보안 데이터입니다. 매번 열리는 발표이지만, 오늘은 가벼운 발표가 아니라 꽤나 중요한 발표를 하기 위해 이 자리에 왔습니다. 현재 여러분들은 이 데이타−버스가 당면한 가장 큰 문제가 무엇인지 아십니까? 많은 분들은 범죄데이터가 문제라 생각하실 것 같습니다. 이 평화로운 데이타−버스에서, 그것도

A 구역에서 우리의 삶에 위협이 되는 것은 데이터 갱 말고는 딱히 없으니까요. 하지만 정말 조작되고 악성코드를 담고 있는 범죄데이터 군단, 데이터 갱만이 가장 큰 문제일까요? 아니요. 이런 범죄데이터들은 우리 1등급 데이터들과 보안 체제가 충분히 걸러 낼 수 있습니다. 정말 우리 데이타-버스가 직면한 가장 큰 문제는 용량 문제입니다. 지금은 우리 데이터들이 살아 숨 쉬는 정보의 시대, 넘쳐나는 데이터의 시대입니다. 물론 모든 데이터들이 우리만큼 유용한, 쓸모 있는 정보들은 아니지만, 지금 이 짧은 순간에도 몇 백 개, 아니 몇 십만 개의 데이터들이 생성되고 있습니다. 이런 시대에서 지금 저희 데이타-버스의 한정된 공간은 이제 부족합니다. 만약 이에 대한 대책을 세우지 않는다면, 각 구역을 가르는 벽들이 버티지 못하고 부서지고 말 것입니다. 데이터 방벽이 무너지면 우리의 소중한 A구역이 열등한 하급데이터들에게 침범 당할 것입니다. 오, 나는 상상도 하고 싶지 않습니다. 얼마나 끔찍한 일인가요!"

"그런 일이 일어날 수 있단 말이요? 절대 안 됩니다! 당연히 해결방안은 있겠죠? 용량을 늘릴 수 있는 방안이 있겠죠?"

한 데이터가 질문했다.

"안타깝지만, 용량을 늘릴 수 있는 방법은 없습니다. 데이터 압축을 여러 번 시도해 보고 실제 적용도 해봤지만, 한계가 있어요. 압축으로는 감당할 수 없을 정도의 속도로 데이터가 늘어나고 있습니다. 대신, 우리는 다른 해결책을 마련했습니다. 바로 쓸모없는 열등한 3등급 데이터들을 없애버리는 것이죠. 데이터의 대부분은 3등급 데이터로 데이타-버스의 가장 큰 용량을 차지하고 있습니다. 이 쓸모없는 데이터들을 위해 우리가 우리의 공간을 희생할 순 없습니다. 지금부터 딱 24시간, 24시간 뒤에 아무도 사용하지 않는, 인간들에게 버림받은 데이터들을 영구히 삭제할 것입니다. 여기 이 버튼이 보이시나요? 이 버튼은 중앙 데이터 관리국과 연결된 버튼입니다. 24시간 뒤 이 버튼을 누르면 3등급 데이터들은 전부 삭제될 것입니다."

"말도 안 돼. 3등급 데이터들을 모두 삭제한다니. 아무리 우리가 쓸모없는 데이터라 할지라도 영원히 삭제시킨다는 것은 너무한 것 아닌가."

"찬성이요! 그깟 데이터들 수백만 개보다 우리 같은 데이터 하나가 훨씬 사람들에겐 이득일 것이요."

"저도 찬성이요. 사실 데이터 삭제라는 것이 무섭긴 하지만 우리가 사는 이곳이 위협당할 수도 있다는 건 더 무서워요."

"찬성 여부에 관한 투표는 24시간 뒤 버튼을 누르기 전, 진행하도록 하겠습니다. 천천히 생각하시고 나중에 투표해 주세요."

지금 이대로라면 모든 데이터들이 삭제에 찬성을 할 분위기였다.

"아, 너무 오래 걸렸나? 지금까지 뭐라고 했어?"

데이터들이 웅성거리고 있을 때, 친구가 도착했다. 친구는 늦게 와서 앞의 발표를 못 들어 아쉬워하는 눈치였다. 나중에 뭘 말했는지 알면 안 들은 거를 감사하게 생각할 거다. 일단 빨리 C구역으로 돌아가서 3등급 데이터들한테 이 사실을 알리는 것이 우선인 것 같았다.

"우리 지금 당장 C구역으로 돌아가야 해. 이유는 나중에 알려줄 테니까 빨리 돌아가자."

왜 그러냐는 친구 말을 듣지도 않고 친구 팔을 잡고 끌어가서 다시 데이터 균열을 통해 C구역으로 돌아갔다.

"아니 왜 그러는 거야? 나는 아직 아무것도 못 들었는데!"

나는 내가 들은 것 그대로 하나하나 전해 줬다. 역시나 한 번에 받아들이기는 힘든 내용이었나 보다. 재차 나에게 그게 사실이냐 묻는 친구 옆에 나도 꽤나 머리가 아팠다. 머리에 오류가 뜨는 느낌이었다. 계속 답이 없자 우리가 '삭제'된다는 것이 장난이 아닌 실제 상황이라는 것을 알고 친구가 조용해지고 차츰 아팠던 머리가 진정될 때, 내 머리 속에 오로지 한 생각만이 메아리치고 있었다.

"나는 절대로 삭제되지 않을 거야. 무슨 일이 있어도 살아남아야 해."

—2장 : 삭제 20시간 전—

"우리 삭제되지 않으려면 대책이 필요해."

3등급 데이터들 중 나와 같은 검색 데이터들을 죄다 모은 후 24시간 뒤, 아니 24시간도 안 돼서 우리가 삭제된다는 사실을 알린 다음 내가 한 말이다. 그래, 대책 필요하지. 대책도 없이 발 뻗고 삭제될 날만 기다릴 수는 없잖아?

"우리 같은 3등급 데이터들끼리 뭘 할 수 있는데? 우리 삭제된다는 거 1등급 데이터들이 정한 거라면서? 우리가 무슨 수로 그걸 막아?"

데이타-버스 C구역의 인기쟁이 A-35가 크게 말했다.

"그러니까 우리가 어떻게든 막아보려고 지금 모인 거 아니야. 아니 다들 가만히만 있을 거야? 우리가 삭제된다는데 뭐라도 해야지! 아무것도 안 하고 있다가는 바로 삭제되는 거야! 뭐, 1등급 데이터들을 우리가 대신 없애버린다던가 아무 계획이라도 세워야지!"

"뭐? 1등급을 없애? 하, 그런 계획 짤 거면, 그냥 나는 먼저 갈게. 1등급 데이터들을 실제로 만나보기라도 했어야지. 미어터지는 C구역을 벗어나지도 못하는데 잘도 그러겠다."

그래, 사실 나도 안다. 사람들이 많이 쓸수록 더 강해지는 데이타-버스에서 아무도 거들떠도 보지 않는 3등급 데이터들이 할 수 있는 거라곤 그냥 하루하루를 보내는 것뿐이라는 것쯤은. 게다가 이런 3등급 데이터들이 1등급 데이터들을 이겨먹을 수는 없다는 것은 더더욱 잘 안다.

"나 그냥 간다. 나도 살고 싶고 너도 살고 싶은 거, 나도 잘 알아. 하지만 우리에겐 방법이 없어. 그리고 이런 말 하긴 좀 그렇지만, 우리가 살아남아서 뭘 하겠어. 우리 같은 쓰레기 데이터들은 그냥 없어지는 게 더 나을지도 몰라. 어쩌면 당연한 거라고."

A-35를 시작으로 데이터들이 하나, 둘 떠나기 시작했다. 뭐, 우리 같은 데이터들은 차라리 사라지는 게 더 낫다고? 그런가. 아무도 안 사용하는 우리 같은 데이터들은 죄다 사라지는 게 더 데이타-버스에 도움이 되는 건가? 나도 쓸모 있는 데이터가 되고 싶었는데, 포기하는 게 맞는 건가?

"저기……."

구석에 남아 있던 한 음침해 보이는 데이터가 말을 꺼냈다.

"어? 너는 남아 있었구나. 너도 삭제되고 싶지 않은 거지? 아니다. 소개부터 해야지. 너는 이름이 뭐야?"

"아, 난 트로이라고 불러줘. 어… 그나저나 내가 너희들을 도울 수 있을 것 같은데 내 아지트로 가지 않을래?"

"도와줄 수 있다고? 그럼 당연히 가지!"

나와 친구를 데리고 트로이는 꽤나 복잡한 골목을 지나 아지트로 향했다. 도착한 트로이의 아지트에는 친구와 나에게 익숙한 데이터 균열이 있었다. 우리가 또 다른 데이터 균열을 보고 놀라고 있을 때 트로이가 갑자기 말했다.

"내 아지트에 온 걸 환영해. 지금 너희가 보고 있는 거는 데이터 균열이야. 내가 너희를 도와줄 수 있을 거라고 말한 이유이기도 해."

"이 데이터 균열은 우리도 이미 본 적이 있어. A구역으로 연결된 거지? 근데 이거로 우리가 삭제되지 않을 수는 없을 거야. 데이터가 각 데이터에 알맞은 구역을 벗어나면 하루 뒤에 삭제되는 거는 당연히 알고 있지? 데이터 새로 고침을 할 때마다 나오는 음성에서 가르쳐 주는 사실이잖아."

"고작 데이터 균열을 넘어가는 게 내가 살아남으려고 생각한 방법이었으면 너희를 부르지도 않았어."

"그럼, 무슨 방법으로 살아남을 수 있는데?"

내 친구가 흥분한 채 질문했다.

"나는 너희들을 1등급 데이터로 바꿔 줄 수 있어. 1등급 데이터로 변한 후 A구역에 간다면 삭제되지 않을 거야."

"뭐? 데이터 조작은 위법이야! 잠시만, 데이터 조작을 할 수 있다는 건…….너 범죄 데이터야?"

"맞아. 나는 A구역에서 데이터들을 조작하던 범죄조직, 데이터 갱에 소속된 데이터였어. 조직에서 내가 하던 일은 데이터 조작이었지. 내 두뇌가 얼마나 뛰어난지, 감쪽같이 많은 데이터들을 조작하고 악성코드를 감춰놨는지, 내 별명이 그래서 트로이야. 내 주특기가 트로이 바이러스를 심어두는 거거든. 그런 나한테 너희 두 데이터를 완벽한 1등급 데이터로 바꾸는 건 일도 아니지. 그래, 너희를 1등급 데이터로 바꿔 줄게. 1등급 데이터로 바뀐 후 A구역에 가면 삭제되지 않아. 그럼 너희들은 삭제되지 않겠지. 당연히 공짜는 아니야. 1등급 데이터가 되는 대신에 우리 조직에 들어와서 활동해 주는 거, 그게 내 조건이야."

"하지만 데이터 조작부터 너희 조직이 벌이는 활동들은 죄다 중대한 범죄잖아. 그런 올바르지 않은 일 말고 다른 방법은 없는 거야?"

"뭐? 올바르지 않은 일? 그럼 1등급 데이터들이 너희들을 죄다 삭제해버리는 건 올바른 일이니? 나는 1등급 데이터들이 세상을 망가트리는 게 내목표이자 우리 조직의 목표야. 다시 한번 말할게. 내가 너희들을 삭제되지 않게 해줄게. 그 대신 너희들은 우리 조직에서 1등급 데이터들의 세상을 무너트리는 데 도움이 되어 줘."

얼마나 솔깃했던지. 사람들이 거들떠도 보지 않는 우리 데이터를 조작한 번에 사람들에게 많이 사용되는 1등급 데이터로 바꿀 수 있다는 것이 너무 허무했다. 내가 그렇게나 바라던 일이 조작 같은 불법적인 형태로만 이뤄질 수 있다는 것이. 진짜 넘어갈 뻔했다. 하지만 저런 범죄조직을 내가 어떻게 믿어? 우리를 조작하는 도중에 악성코드라도 심으면?

"싫어. 우리는 우리만의 방법을 찾을 거야."

"다시 생각해 봐. 너는 1등급 데이터들이 공정하고 공평하다고 생각해? 노력도 없이 그저 유용한 형태로 태어난 존재들이야. 그런 존재들이 자기가 뭐라도 되는 것처럼 다른 데이터들을 마음대로 삭제하는 거, 너도 그런 억압이 진절머리 나지 않아?"

"아무리 그래도 너희처럼 다른 데이터들을 해치면서 이 사태를 해결하고 싶은 마음은 없어. 네가 아무리 그럴듯한 의도를 가지고 있더라도 다른 무고한 데이터들을 없애면서 이 사태를 해결하고 싶진 않아. 너희는 말만 번지르르한 범죄자일 뿐이야. 너의 그 잘난 능력으로 데이터 조작이 아니라 다른 방법을 찾아서 노력하는 게 더 나은 결과를 만들었을걸?"

"그래. 너희들 후회할 거야. 벌써 시간이 많이 흘러서 한 5시간 뒤에는 너희들은 전부 사라지고 말 거야. 이제 볼일 없으면 여기서 꺼져."

우리는 급히 그곳을 빠져나와 우리의 아지트로 향했다.

-3장 : 삭제 4시간 전-

"이젠 진짜 시간이 없어."

4시간. 무엇인가 계획하기에는 너무나 부족한 시간이다. 일단 뭐부터 해야…… 정말로 시간이 지나 데이터 광장의 그 버튼이 눌리면 정말 다 삭제되는 거다. 아…… 버튼? 그래! 맞아 버튼! 그 버튼만 안 눌린다면 우린 삭제되지 않아.

"버튼을 부술 방법이 있을까?"

"몰라. 일단 버튼 앞으로 가보자. 일단 빨리 움직이자!"

친구와 나는 한치의 망설임도 없이 데이터 균열에 뛰어 들었다.

A구역에 도착해 우리는 데이터 대포를 지나 데이터 광장에 도착했다. 데이터 버튼 주위에는 벌써부터 너무 많은 1등급 데이터가 도착해 있었다. 이래서는 버튼에 도착할 수도, 도착한다 해도 버튼을 부술 수 없다. 어떻게 해야 하지? 바로 그때였다.

"어? 저거 A-35아니야? 쟤가 왜 여기에 있어? 살짝 모양새가 바뀐 것 같긴 했지만 확실히 A-35였다."

어? 근데 좀 어딘가 불편해 보인다. 안절부절못하고 흐릿해져 있었다. A-35에게 다가가서 말을 걸었다.

"너 왜 여기 있어? 너도 데이터 균열을 찾은 거야?"

"……."

삑삑 소리가 나서 무엇인가 보니 A-35의 메모리 부분에 빨간 불빛이 반짝거리고 있었다.

"어떤 데이터가 1등급 데이터로 만들어 준다고, 그럼 삭제되지 않는다고 해서 의심도 없이 알겠다고 했는데, 정신 차리고 보니 몸에 이상한 바이러스가 심겨졌어. 자기 말을 듣지 않으면 내 바이러스를 터트린데. 나 어떡해."

울먹이며 A-35가 말했다.

"너 설마 1등급 데이터로 바꿔 준다는 그 범죄 데이터한테 속아서 이렇게 된 거야?"

"나 너한테 살아남을 대책 같은 건 없다고 했지만, 나도 사실 진짜 살고 싶었어. 살고 싶었다고. 게다가 1등급 데이터만 되면, 삭제되지도 않고 앞으로 C구역에 갇혀 살지 않아도 되잖아. 믿지 않을 수가 없었어. 그래도 명령하는 거만 들으면 목숨만은 살려준다 했어. 계속 이렇게라도 살아갈 거야."

"지금도 혹시 무슨 명령 때문에 여기에 있는 거야?"

"응, 투표 때까지 기다리다 투표할 때 반대에 손을 들라고 시켰어. 나 말고 다른 검색데이터들도 아마 나처럼 당해서 여기에 있을 거야. 나처럼 조작된 애들도 많고, 아직 조작되지 않은 애들도 많을 거야. 나 여기서 오래 동안 못 있어. 지금도 우리를 바이러스를 통해 감시하고 있을지도 몰라. 나어서 가 봐야 해."

이 말을 끝으로 A-35는 서둘러 자리를 떠났다. 1등급 데이터들 무리 사이로 들어간 뒤로 보이지 않았다.

"이제 버튼은 어떻게 할 수가 없어. 그래서 말인데 우리 1등급 데이터들이 데이터 삭제를 반대 투표하게 만들 수 있는 방법이 없을까?"

친구가 말했다.

"투표를 반대하게 하는 방법? 그런 게 있을 리가. 1등급 데이터들은 자기들 생각밖에 없는데, 우리 목숨 같은 건 안중에도 없겠지."

"없어. 그 대신 중앙 데이터 관리국에 가보자. 버튼이 그곳이랑 연결되어 있다고 했어. 그곳에서 해결책을 찾을 수 있을 거야."

우리는 빨리 발걸음을 옮겼다. 중앙 데이터 관리국은 그리 멀지 않은 곳에 있었다. 그곳으로 향하는 길에 익숙한 얼굴의 검색데이터들이 모여 있었다.

"너희들, 너희들도 지금 바이러스에 당한 거야?"

데이터들은 고개를 저었다. 다행이다 생각하는 찰나 모든 것을 포기한 것 같은 데이터들을 보니 다행인 게 맞나 싶었다. 우린 데이터들을 설득하여 같이 중앙 데이터 관리국으로 향하려던 찰나였다.

"쾅"

데이터 광장에서 들리는 폭발음에 우리는 감전이 된 것처럼 가만히 멈췄다.

"펑"

연달아 폭발음이 들렸다. 그리고 잠시 뒤 시스템 알람이 울렸다.

"A구역의 모든 데이터들에게. 지금 데이터 광장에서 데이터 갱이 출몰해 테러를 일으키고 있습니다. 신속히 데이터 광장으로부터 대피하세요. 목에 빨간 불빛이 있는 데이터들은 폭발할 위험이 있으니 그들로부터 대피하세요. 다시 한번 알립니다. 현재 데이터 광장에… "

테러? 목에 빨간 불빛? 불길한 마음에 나와 검색데이터들은 광장으로 달려가기 시작했다. 도착한 데이터 광장은 아수라장이 되어 있었다. 데이터들은 소리 지르며 도망가기 바빴다. 무엇인가가 폭발한 흔적과 죽은 데이터들이 길거리에 나뒹굴고 있었다.

"어, 저기 A-35다!"

데이터 중 하나가 소리쳤다. 모두가 도망치는 아수라장에서 A-35는 도망치지도, 소리치지도, 그 무엇도 하지 않고 가만히 서 있었다.

"A-35! 위험해 거기서 여기로 어서 도망쳐!"

A-35에게 소리쳤지만 계속 그 자리에 가만히 있을 뿐이었다. 갑자기 A-35목에 있는 빨간 불빛이 커지더니,

"펑"

눈을 의심할 수밖에 없었다. 애초에 이 투표를 위해 사람들이 모일 것을 예사한 데이터 갱들의 속셈이었다. 뒤에서 웃음소리가 들려왔다.

"크하하하. 내가 너 후회할 거라고 했었지. 눈앞에서 친구 머리가 터진 소감이 어때?"

트로이였다.

"아, 이날을 얼마나 기다려 왔는지. 너도 보이지, 여기저기 길바닥에 있는 1등급 데이터들의 시체가? 나같이 태생부터 조작된 데이터들한테는 아무렇지도 않은데, 사람들에게 많이 사용되서 강하다던 그 1등급 데이터들이 내 악성코드 폭탄에는 나가떨어진다고! 그렇게 강하고, 그렇게 유용한 척하는 데이터들이 사실 나보다 열등한 놈들이야. 내가 더 강해, 내가 이 세상을 지배해야 마땅하다고! 내가 이번에야말로 전부 없애버리고 말거야. 그 전에 내 계획에 방해 될 거 같은 너희들부터 죽어줘야겠다."

우리 주위로 빨간 바이러스 폭탄 여러 개가 뿌려졌다. A-35 목에서처럼 금방이라도 터질 것 같이 반짝이고 있었다. 아, 이럴 거면 그냥 가만히 있

다가 삭제당하는 게 나았을 텐데. 저 미친 놈한테 내가 죽게 되다니.

"몇 초 안으로 터질 건데 도망칠 수 있으면 도망쳐 보시던가."

─4장 : 삭제 10초 전 ─

아무도 도망치지 않았다. 도망칠 힘도 없었다. 그저 우리는 서로 꼭 끌어안으며 서로를 위로할 뿐이었다. 우리는 그저 상상할 뿐이었다. 유용한 데이터가 되어서 사람들에게 도움이 되는 데이터가 되는 꿈. 그저 환상일 뿐이었다. 내가 했던 일을 떠올려 봤다. A구역을 기웃거리면서 어떻게든 닮아 보려고 애쓰던 과거가 떠올랐다. 다 의미 없는 짓일 뿐이었다. 꿈을 이루고 싶었다. 어떻게든 되고 싶었다. 1등급 데이터로 만들어 주겠다는 말도 안 되는 말에 속아 넘어갈 만큼 너희들도 간절했겠지. 다 거짓이었다. 그냥, 그냥 우리는 바뀔 수 없었나 보다. 우리는 서로를 더 꼭 안아 주었다. 간절했던 만큼 더 세게 껴안아 줬다. 마치 우리는 하나인 것 같았다.

"펑"

폭탄들이 터지는 소리가 들렸다. 연달아 폭탄들이 터지는 소리가 들렸다. 들렸다? 눈을 뜨고 주위를 둘러봤다. 눈을 뜰 수 있었고, 주변도 볼 수 있었다. 나뿐만이 아니었다. 마치 하나 같았던 우리는 하나같이 살아 있었다. 우리는 빛나고 있었다. 어리둥절하고 있을 때 시스템 알람이 울렸다.

"여기는 데이타─버스. 세상의 모든 데이터들이 모이는 신비로운 공간, 데이타─버스 시티에 오신 것을 환영합니다. 여러분의 데이터 명은 검색 빅데이터입니다. 당신의 데이터 가치 등급은 0등급입니다."

여전히 어리둥절했다. 눈을 한번 깜빡일 때마다 누가 우리를 사용하고 있는 것이 느껴지기 시작했다. 한 번도 느껴보지 못했던 느낌, 그렇게 바라던 느낌이 느껴지기 시작했다. 그와 동시에 힘이 생겨나기 시작했다. 살아갈 수 있는 힘.

"뭐야, 이게 어떻게 된 일이지? 너희들도 조작된 데이터들이야? 뭐야, 고작 3등급 데이터들이 무슨……."

몇 개 폭탄이 더 우리 주변으로 떨어졌다. 별로 아프지도 않았다. 나는 트로이 앞으로 다가갔다. 내가 이길 수 있다는 생각이 강하게 들었다.

"이젠 너도 느껴야 할 때야. 그토록 무력한 그 기분, 너도 한번 느껴봐"

주먹으로 얼굴을 후려쳤다. 나가떨어졌다. 잠시 기절한 것 같았다. 트로이와 테러 현장에 있던 다른 범죄 데이터들을 죄다 잡아 데이터 감옥에 넣었다. 다신 나올 수 없겠지.

시간을 보니 투표시간이 얼마 남지 않았었다. 이미 버튼은 부서졌고 그 자리에는 상황이 정리되자 슬슬 나온 몇 안 되는 데이터들만이 있었다. 나와 우리 데이터들은, 단상에 올라가 말했다.

"우리가 사라져야 한다에 찬성하시는 분은 손을 들어주세요."

아무도 손을 들지 않았다. 우리들도 자기들만큼 쓸모 있다는 것을 인정받은 것이겠지.

"우리가 사라지면 안 된다에 찬성하시는 분은 손을 들어주세요."

몇 안 되는 데이터들이 하나둘 손을 들기 시작했다. 이로써 우리는 사라지지 않아도 되었다. 우리는 단상에서 내려와 우리가 사는 곳으로 돌아가려고 했다. 데이터 균열이 아니었다. 우리가 가는 곳은 A, B, C구역을 나누는 벽이었다. 벽 앞에 서서 벽을 잠시 만져보았다. 부술 수 있다는 확신이 들었다.

"쾅"

평생 우리를 가로막았던 벽이 그렇게 쉽게 무너졌다.

에필로그

2학년 민선재

안녕하세요? 데이타-버스를 쓴 민선재라고 합니다. 일단 많이 부족한 글을 읽어주셔서 감사합니다. 글을 더 잘 쓰고 싶었는데 생각한 대로 글이 잘 떠오르지도 않고 잘 써지지도 않아서 많이 아쉽습니다.

이 글은 삭제되지 않기 위해서 데이타-버스에서 가장 낮은 등급을 가진 2023.10.11.이가 고군분투하는 과정을 그려낸 이야기입니다. 주인공은 중요하지 않은 자신의 특성 때문에 등급의 한계를 느끼고 좌절하는 일을 많이 겪게 됩니다. 그러던 중 범죄데이터 때문에 위기에 처하지만 우연한 계기로 중요하지 않은 데이터들끼리 뭉쳐 중요한 데이터가 되고 위기를 헤쳐 나가게 됩니다. 결국 데이터들의 등급을 가르는 데 가장 큰 역할을 했던 벽을 부수고 이야기는 마무리됩니다.

데이터가 사는 세상을 생각해 내고 데이터들이 살아 움직이는 이런 이야기를 생각해 낸 건 사실 우연입니다. 어쩌다가 제 머리 속에 떠오른 생각입니다. 한 편의 영화 같은 이야기를 쓰고 싶었습니다. 친구들에게 제가 생각한 아이디어를 말했을 때 여러 명이 참신하고 재미있다고 말해 줬던 것이 기억이 납니다. 이야기가 재미있다고 말해 주는 친구들과 선생님들 덕분에 이 이야기를 끝까지 써낼 수 있었습니다.

이 이야기가 마냥 데이터만의 이야기고 저와는 별로 관련 없는 이야기라고 생각할 수도 있을 것 같습니다. 하지만 사실 저는 이 책 속에서 저의 이야기를 쓰고 싶었습니다. 그린비 활동에서 자신의 진로와 관련한 글을 쓰는 것이 주제였는데 저는 제 진로를 항상 불확실하다 생각했습니다. 통계, 데이터 쪽으로 꿈을 꾸고 있지만, 제가 그 꿈을 이룰 수 있을지 불확실하기에 항상 불안합니다. 또한 제가 지금 하고 있는 행동들이 과연 내 꿈에 도움이 되는 활동인지, 내가 이 꿈을 꾸고 있는 것이 바른 방향인지, 이렇게 고민할 바에는 다른 진로를 찾아야 하는 것은 아닐지 고민했습니다. 이런 생각들은 주변에서 너무 미래를 불안해하지 말라고 해도 항상 머릿속에 맴돌았습니다. 이런 불안하고 불확실한 제 이야기를 주인공 2023.10.11.에 나타내고 싶었습니다. 주인공도 자신의 꿈을 이루고 싶지만 그저 이루고 싶다고 소망할 뿐입니다.

무엇인가를 해도 지금 당장 해결되는 것은 없습니다. 누군가는 말했습니다. 네가 지금 할 수 있는 것이 무엇이냐고. 그 말을 듣고 좌절하기도 하지만 끝까지 노력해 결국 누구보다 소중한, 가치 있는 존재가 됩니다.

우연하게 소중한 존재가 된 것이 절대 아닐 것입니다. 이뤄낸 게 없어 보일지라도 그 전에 많은 노력이 있었기에 소중한 존재가 된 것입니다.

이 글을 다 쓰는데 한 일주일하고 조금 더 걸린 것 같습니다. 길다고 한다면 긴 기간일 수도 있지만, 사실 저는 시간이 더 있었다면 더 좋은 글이 나올 수 있을 것 같아 아쉬움이 남습니다. 또 수행평가와 동아리 활동이 하필 글 쓰는 기간이랑 겹치게 되어 글쓰기 활동에 완전히 전념하기 어려웠습니다. 여러 활동을 함께하다 보니 잠을 자는 시간도 줄어들고, 학업에 소홀해지면서 심리적으로나 신체적으로나 좀 버거웠습니다.

하지만 글 쓰는 활동을 할 때는 정말 즐거웠습니다. 글을 쓴다는 것은 참 신기한 것 같습니다. 그렇게 힘이 들다가도 내가 만든 글 속에 빠지고 집중하게 되면 다른 것들은 잠시 모두 잊고 글 속 세상의 일만 생각하게 되니까요. 데이타-버스에서 벌어질 일을 쓰지도 않고 그냥 상상만 하는 데에도 시간이 참 잘 갔습니다.

이 글을 쓰면서 다른 친구들에게도 전해 주고픈 말이 떠올랐습니다.
'계속 시도하는 자에게 불가능이란 없다.'
이 말을 전해 주고 싶었습니다. 계속 부딪히고 노력하라고 말하고 싶습니다. 주변을 둘러보면 항상 열심히 노력하고 힘들어하는 친구들과 아무것도 하지 않고 편안한 친구들이 있습니다.

사실 저는 열심히 노력하고 힘들어하는 친구에 속합니다. 아무것도 하지 않고 편안한 친구들이 너무 행복해 보이고 내가 바보 같다고 생각하기도 합니다. 하지만 결국 미래로 향하는 발판을 착실히 마련해둔 우리가 미래에는 더 편안하고 행복한 미소를 짓고 있을 것입니다. 이 책의 주인공처럼 좌절하지 말고 계속 무엇인가를 해봅시다. 결국에는 이뤄지게 될 것입니다. 치열하게 살아봅시다. 감사합니다.

전자 생존
-적자생존 아님 주의-

2학년 전민규

"야, 짝다리 짚지 말고 똑바로 서 있으라고~!"

옆에 서 있는 선배가 나에게 소리쳤다. 보나마나 따분한 시간을 때우려고 가만히 있는 나에게 시비나 거는 것이다.

"……."

받아칠 가치도 없는, 그냥 쓰레기 같은 말은 받아치지 않고 그냥 흘려버린다.

"……미친놈."

김이 샜는지 선배 녀석은 내 배를 퍽 때리고는 다른 곳을 돌아본다. 하…… 내 인생은 어쩌다가 이리 됐을까.

나에게는 쌍둥이 여동생인 양전하 전창순이 있었다. 부모님은 우리를 낳고 돌아가셨고, 우리들은 길거리 바닥상태였다. 하루하루 외부에서 에너지를 겨우 얻어 들뜬 상태로 넘어가 이 원자 저 원자 돌아다니기 일쑤였고, 이틀에 한 번씩은 에너지를 빼앗겨 다시 바닥상태로 돌아가는 게 매일의 일상이었다. 그러던 어느 날, 동생이 한 구직광고 포스터를 가지고 왔다.

'1일 알바 구합니다. 양전자만, 일급 100eV! 070-xxxx-xxxx'

신난 여동생은 포스터에 있는 번호로 전화를 걸었고, 그 다음날에 일을 하러 갔다. 하지만 광고는 양전자 단층촬영에 쓰일 양전자를 구하는 광고였고. 그날 나는 여동생을 잃게 되었다. 여동생이 나에게 마지막으로 남긴

100eV와 함께. 나는 그때 결심했다. 창순이의 바보 같은 개죽음을 헛되게 하지 않겠다고, 무조건 끝까지 아득바득 살아남을 것이라고. 나는 그 뒤로 빚을 갚고 원래 살던 수소 원자를 벗어난 후 남은 에너지인 86.4eV로 여기저기 돌아다니다 조금의 빚을 지고 현재까지 규소(Si) 원자에 위치하게 되었다.

이곳에 정착한 이후로는 그저 규소 원자핵을 돌며 하루하루 외부에서 에너지를 받고 있지만 이걸로는 턱도 없다. 일단 현재 나의 목표는 저기, 원자들 사이에서 자유롭게 움직이며 전하를 운반하고 있는 자유전자의 자리를 빼앗고, 내가 그 다음 자유전자가 되는 것이다. 그렇게 되면 이전보다 훨씬 여기저기 다닐 수 있게 될 것이고, 이곳을 벗어날 기회가 더 많이 생길 것이다.

"지금 뭘 해야 나갈 수 있으려나……."

이렇게 아무런 행동도 하지 않고 혼자서 고민만 한 지 벌써 1~2년은 지난 것 같다. 그동안 생각을 하며 여러 방법을 떠올렸지만, 그 아이디어들이 기각된 데는 여러 가지 이유가 있다. 첫 번째 아이디어로는 정말로 꾸준히 에너지를 모아서 탈출하는 것이었지만, 그저 외부에서 오는 에너지를 모아서 이곳을 나가기에는 정말로 많은 시간이 필요하다는 것을 얼마 지나지 않아 깨닫게 되었다.

두 번째 아이디어는 이곳에 어떠한 변화가 생길 때까지 계속 기다리는 것이다. 지금 내 주위에는 수많은 규소 원자들이 있고, 그 사이에 아주 가끔씩 비소(As) 원자가 끼어 있다. 이를 보면 현재 내가 위치한 장소는 n형 반도체라는 것인데, 그렇다면 분명 얼마안가 이 반도체가 어디엔가 쓰이면서 이곳에 큰 변화가 생길 것이었…만 내가 이 규소에 정착하고 난 이후로 1년 반 동안 이 반도체는 그 어떠한 변화도 없었고, 주위에는 먼지만 계속해서 쌓이고 있었다. 그렇기에 이미 오래전에 쓰레기통에 버려버렸던 아이디어였는데…….

"쿵쾅! 끼기기긱!!"

한 2주 전부터인가, 이곳에 변화가 생기고 있다. 아무래도 버려졌던 이 반도체를 누군가가 고쳐서 다시 사용할 계획인가 보다. 예전에 이곳저곳

돌아다니며 들은 바로는, n형 반도체가 p형 반도체와 만나 다이오드나 트랜지스터로 활용되어 전류가 흐르는 경우 수많은 전자가 이동하게 되고 커다란 에너지가 발생한다고 한다. 이때가 된다면 분명 에너지를 받아서 이곳을 벗어날 수 있을 것이다!

직접 겪어보지는 못했으니, 남은 시간 동안은 가만히 기다리기보다는 다른 전자들에게 한 번 정보를 구해 볼까……. 일단 내키지는 않지만 바로 옆에 있는 이 선배한테 물어볼까.

"뭐?! 내 말을 다 무시하던 건 언제고 이제 와서 n형 반도체고 전류고 뭐가 어째? 너한테는 알려줄 생각 눈곱만큼도 없으니 그냥 꺼지지 그래?"

물론 기대는 하지도 않았다만… 그래도 면전 앞에서 그런 취급을 받으니 기분이 썩 좋지는 않다. 이 전자는 그냥 포기하고 다른 전자를 찾아볼까. 다음은…… 그래 누나한테 가는 게 좋겠다.

"반도체에…… 전류? 창수 너, 혹시 위험한 일 하려고 하는 건 아니지?

"아니 뭐, 딱히 위험한 일은 아니지."

민지 누나는 내가 2년 전 이곳에 왔을 때부터 계속 이곳에 머무르고 있었다. 내게 처음부터 다가와 주기도 했고, 창순이와 닮은 면이 있어서 어쩌다 보니 비교적 친하게 지내는 중이다. (물론 얼굴은 창순이가 훨씬 예쁘다.)

"창수가 그렇다면야~ 조금 긴 이야기가 될 수도 있지만 들어볼래?"

누나는 과거 자신이 다른 반도체에 있었을 적의 이야기를 해주었다. 누나의 말에 따르면, 전류가 흐를 때 한쪽에서 엄청난 힘이 전자들을 끌어당겨 정신을 똑바로 차리지 않으면 자기도 모르게 어느 샌가 그 힘에 의해서 다른 전자들과 함께 이상한 곳으로 끌려가버린다고 한다. 누나도 그때 흐름에 휘말려서 어쩌다 보니 이곳에 도착하게 되었다고 한다. 또다시 아예 모르는 곳으로 끌려간다면 골치 아프게 되니 정신을 확실히 차려야겠다. 민지 누나에게 충분히 많은 이야기를 들어서, 더 이상 이야기를 들을 필요는 없어 보인다. 이제는 다시 기다림의 시간이다…….

그렇게 1주일이 흘렀다.

"창수야!!"

"음…냐!?"

이게 어떻게 된 일일까. 민지 누나의 고함소리에 눈을 떠보니, 나는 물론이고 주위 전자들이 모두 한쪽으로 끌려가고 있었고 사방에서 전자들의 비명소리가 난무했다. 그야말로 아수라장이 펼쳐져 있었다. 나는 빠르게 정신을 차리고 주변을 둘러보았다. 나는 계속해서 한 곳으로 끌려가고 있었고, 어서 빨리 잡을 만한 원자핵을 찾아 붙잡지 않으면, 분명 어딘지도 모르는 곳으로 멀리 끌려가 다시 또 길을 잃게 될 것이다. 다행이 저 앞에 원자핵이 있다! 바로 그 원자핵으로 방향을 살짝 틀고, 가속을 붙이기 시작했다. 내가 원자핵에 거의 도착했을 때 쯤, 시야에 없던 모르는 전자가 나를 추월해 내 옆을 지나 그대로 내가 가려던 원자핵에 도달했고, 급류에서 벗어나 안정적으로 원자에 위치했다.

"휴! 난 살았다!!!"

자리를 빼앗긴 난 재빠르게 주위를 다시 둘러보았지만, 다른 곳에 남아있는 원자핵은 없었다. 나는 살아남기 위해서는 빠르게 결단을 내려야 했다. 그리고 짧지만 깊은 고민 끝에 내린 결론은, 가속을 유지해 그대로 원래 가려던 원자핵으로 가서 저 전자를 쳐 날려버리고 내가 그 자리를 빼앗는 것이다. 누군가는 분명 내가 그 전자를 죽이는 잔인한 행동을 하려고 한다고 말할 수 있겠지만, 그렇게 하지 않으면 살아남지 못하는 것은 나다. 나는 아직 하고 싶은 일들이 많고, 여기에서 죽기엔 이르다. 나는 계속해서 가속을 붙여 나갔고, 이제 정말로 충돌하기 직전이었다. 물론 내가 그 전자를 지금 몰아내려고 하고 있지만, 그래도 한 생명을 어쩌면 죽음으로 데려갈 수도 있다는 죄책감이 스물스물 올라왔다. 정신을 차리고 앞을 보니, 그 전자가 울 것만 같은 표정으로 나를 바라보며 소리치고 있었다.

"너 미쳤어? 계속 오면 우리 부딪혀서 다 죽는다고!!!"

그 전자의 얼굴을 보자마자, 꾹꾹 억누르고 있던 마음 속 죄책감이 확 하고 튀어나와 나를 덮쳤다.

'어떡하지? 지금이라도 멈춰야 하나? 내가 정말로 전자를 죽이는 건가……? 내가 살려고 이래도 되는 걸까? 아니… 애초에 지금 멈추고 싶다고 멈출 수 있나?'

이렇게 혼자서 고민하는 사이, 이미 가속이 붙을 대로 붙어버린 나는 더 이상 멈출 수 없는 몸이 되었고, 이제는 정말로 내가 할 수 있는 것이라고는 충돌에 대비하는 것 밖에 남지 않았다. 나는 두려움에 눈을 꼭 감고 사죄의 마음을 담아 소리쳤다.

"진짜정말로죄송합니다제가살려면어쩔수가없었어요한번만용서해주시면감사하겠⋯⋯."

"퍽!"

내 말이 끝나기도 전에, 큰 소리와 함께 내 오른쪽 복부에 강한 충격이 가해졌고, 그 전자의 비명소리가 들리다가 얼마 안 가 사라졌다.

"⋯⋯."

주위에는 싸늘한 정적이 흘렀고, 나는 속으로 10초를 센 후 눈을 떴다. 주위를 둘러봐도 그 전자는 더 이상 보이지 않았다. 내가 그 전자와 완전 탄성 충돌을 해서 내 운동 에너지가 그에게 모두 전달되었고, 그 결과 내가 다가갔던 그 속도로 그 전자가 저 멀리 날아간 것 같았다. 내가 전자를 죽이다니⋯⋯ 주위 전자들에게 싸가지 없이 대하고 싸움도 많이 하곤 했지만 그래도 창순이를 생각하며 부끄러운 짓은 하지 않기로 다짐하며 살아왔는데⋯. 난 이제 어떡해야 할까.

하지만 세상은 나에게 고민할 시간도 주지 않았다. 내가 슬픔과 자책에 잠기려고 할 때쯤, 주변에서 다시 전자들의 시끄러운 비명소리가 들려오기 시작했다. 그것은 나를 다시 현실로 붙잡아 왔다. 그렇다. 아직 나는 완전히 탈출한 것이 아니고, 그저 잠시 숨 돌릴 시간을 얻은 것뿐이었다. 이제는 정말로 완전히 탈출할 수 있는 방법을 찾아야 한다. 하지만 내가 할 수 있는 것이라고는 정말로 아무것도 없었다. 이곳에서 무언가가 바뀌기를 기다리며 가만히 기다리기만 있는 것외에는 다시 저 전자들의 급류로 뛰어드는 방법밖에 없는데, 뛰어들게 된다면 내가 무언가를 하기 전에 흐름에 휩쓸려 통제를 잃고 길을 잃어버릴 것이 뻔했다. 정말로 내가 할 수 있는 것이라고는 그저 기다리는 것뿐이다.

"창수야! 여기!!!!!!"

저 멀리 왼편에서 익숙한 민지 누나의 목소리가 들렸다. 하지만 아무리 둘러봐도 민지 누나는 보이지 않았다.

"어디 있어 누나!?!?!?!?!?"

"여기야 여기!"

다시 소리가 향하는 곳을 바라보며 누나를 찾고 있으니, 수많은 전자들이 무리지어 이동하고 있었고, 그 무리 속에서 민지 누나가 빼꼼 튀어나왔다.

"창수야 빨리 여기로 뛰어들어!"

민지 누나가 나에게 저 무리들 속으로 뛰라고 소리치고 있다.

'그런데 과연 저곳으로 뛰어들어도 되는 걸까? 저곳으로 뛰어든다면 그냥 민지 누나와 저 전자들 모두 같이 개죽음을 당해버리는 건 아닐까?' 하고 순간 고민했지만, 지금 이 기회를 놓치면 정말로 끝일 것 같은 기분이 들었고, 다른 전자도 아닌 민지 누나라면 지금 가는 선택이 적어도 개죽음으로 가는 길은 아닐 것이라는 확신이 들었다. 나는 다시 원자핵에서 나와 저 멀리 전자들의 모임으로 뛰어들었다. 갈수록 속도가 붙어왔지만, 민지 누나와 다른 전자들을 믿기로 하고 안심했다. 빠른 속도로 우리들은 가까워졌고, 내가 도착하자 그들은 전자 사이의 척력을 이용해 조금씩, 나를 감속시켜 주었다. 그리고 마침내 속도가 크게 줄어서 그들 대열에 합류할 수 있게 되었다.

"창수야, 살아 있었구나!! 정말로, 정말로 다행이야⋯⋯."

"누나! 이게 어떻게 된 일이야! 이 전자들은 다 누구고⋯⋯."

"그런 건 나중에 처리하자 창수야. 일단 우리들의 계획을 알려줄 테니까 잘 들어!"

그렇게 재회의 기쁨은 뒤로한 채, 누나는 누나와 전자들의 탈출 계획을 나에게 천천히, 자세하게 알려주었다.

그들의 계획은 이랬다―전자들이 끌려가면서 계속해서 벽면을 치면, 그곳에 있는 전자들이 밀려나가 틈이 생기고, 그 틈으로 전자들이 이동한다.

그러나 전자들이 벽면을 힘껏 친다고 해서 그곳에 전자가 정말로 밀려나가는지도 모를 뿐더러, 설령 정말로 그렇게 틈을 만들어낼 수 있다고 해도 정작 틈을 만든 전자를 포함해 그 이전에 시도한 전자들은 모두 다른 전자들을 위해 의미 없는 개죽음을 당하는 것이다. 불안한 표정으로 아무 말도 못하고 고민하는 나를 보고 누나가 말을 꺼냈다.

"창수야, 내 눈을 봐. 우리도 이 계획이 정말로 먹힐지 자신이 없고, 모두가 불안한 마음이야. 하지만 그렇다고 해도 아무것도 하지 않고 이 환경에 잡아먹히는 것보다는 우리가 만든 계획으로 우리가 힘을 모아 뭐라도 해보는 편이 낫지 않을까? 계획이 성공하면 다 같이 탈출하는 거야!"

누나와 눈을 맞추고, 누나가 하는 말을 천천히 들으니 마음이 진정되었다. 누나의 말은 틀린 게 없었다. 역시 무기력하게 무언가를 기다리는 것보다는 직접 움직이는 편이 낫지! 나는 누나에게 그 계획에 동참하겠다고 말했고, 누나는 기뻐하며 그 사실을 다른 전자들에게 알렸다. 모두가 나에게 박수를 치며 환호해 주었고, 그러던 중, 가장 앞에 있던 전자가 말을 꺼냈다.

"자, 이제 모일 대로 모인 것 같으니, 계획을 실행합시다."

나의 참여로 밝아졌던 분위기가 한순간에 죽어버렸다. 그 전자는 계속 말을 했다.

"그러면, 처음에 말씀드렸던 대로 제가 가장 먼저 가겠습니다. 순서대로 우리가 한 곳을 노리다 보면 여기에 있는 전자들 모두가 살 수는 없더라도 상당히 많은 전자들이 살아남을 수 있을 것입니다. 다들 힘내십시오."

이 말을 하고 전자는 빠르게 벽면으로 다가가 벽을 치고 빠르게 흐름에 끌려갔다. 그렇게 한 전자, 한 전자가 이어서 벽을 치고 있을 때, 저 뒤쪽에서 전자들이 웅성거리기 시작했다. 처음에는 그저 몇몇 전자가 두려워져서 포기하려고 하는 것이라고 생각해서 덩달아 나도 불안해질까 봐 애써 무시하려고 했지만, 점차 소란이 커지고 내 뒤쪽에 가해지는 척력이 강해져 뒤를 돌아보았다. 나는 앞에 있는 전자들에게 소리쳤다.

"당장 도망치세요!!!"

내가 바라본 곳에는 어떤 이유에서인지 정말 비정상적으로 많은 전자들이 우르르 몰려오고 있었다. 그저 한두 전자, 몇 십 전자가 아니라 몇 백, 몇 천이 되는 전자들이 흐름을 따라 저 뒤에서 빠르게 다가오고 있었다. 내 고함을 듣고 전자들이 조금씩, 조금씩 움직이기 시작했지만 이 속도로는 뒤에 전자들에게 따라잡힐 것이 분명했다.

"우린 이제 다 죽을 거야! 살려줘!!"

어디선가 한 전자가 이렇게 소리치자, 전자들 사이의 불안감이 더욱 빠르게 퍼져나갔다. 결국 많은 전자들이 우리의 계획은 잊은 채, 허겁지겁 도 망쳐갔다. 또한 주변 에너지가 급격하게 높아지기 시작했다. 무슨 일인가 싶어 주변을 허겁지겁 돌아보고 있는데, 내 옆에 있던 한 늙은 전자가 분위 기를 눈치채고 말을 꺼냈다.

"이제 곧 과전류로 인한 폭발이 일어날 것입니다. 다들 사방팔방으로 날 아갈 것이니 충격에 대비하시고, 다들 좋은 곳으로 가시길 빕니다."

그 말이 끝나기가 무섭게, 엄청난 굉음과 함께 지금껏 경험해 본 적 없는 폭발의 충격이 나에게 전해졌다. 늙은 전자의 말대로, 우리들은 사방으로 튀어나가 주체할 수 없는 속도로 날아가고 있었다. 그런데 이게 무슨 일인 가. 앞을 보니 반대쪽에서 수많은 양전자가 빠른 속도로 날아오고 있었다. 이대로라면 분명 나와 충돌할 것이지만, 지금은 너무 빨라 방향을 틀 수 없 을 뿐더러, 이제 와서 방향을 최대한 바꾼다고 해도 다른 양전자와 부딪힐 가능성이 높았다. 이제는 정말로, 정말로 끝이다.

"철수야!! 안 돼!!!!"

그 순간, 민지 누나가 내 앞을 가로막았다. 나는 반응할 틈도 없이 누나 는 양전자와 충돌한 후 ɣ선을 방출하며 소멸하였다……

"안 돼!!!"

나는 눈물을 흘리며 절규했다. 비록 친누나는 아니었지만, 창순이의 빈 자리를 메꾸어주며 내가 이 지옥 같은 곳에서 그나마 살아갈 수 있게 버팀 목이 되어줬던 존재인데, 언제까지나 둘이서 같이 살아갈 수 있을 것이라 고 생각했는데, 이렇게 쉽게 죽어 버리다니. 우리 누나가 이곳에서 나가려 고 얼마나 애를 쓰며 다른 사람들과 맞서왔는데, 이렇게 바깥으로 나오자 마자 죽어버리는 현실은 너무 잔인한 것이 아닌가. 나는 한동안 누나의 마 지막을 기억하며 그 자리를 떠나지 못하고 멍하니 있었다.

"r@3$s#%*^!!!!!"

주변에서 시끄러운 소리가 나서 그곳을 바라보니 아저씨 전자가 나를 향 해 소리치고 있었다.

"하ㄱᄬ ㅗ마ㅇ쳐!"

"예? 뭐라고요???"

"학생!!! 거기 위험해! 빨리 도망치라고!!!!"

전자의 말을 듣고 다시 앞을 바라보니, 정면에 양전자가 있었다.

"이건 못 피하-"

"퍽"

...

안녕하세요, 저는 대구 지묘초등학교에 다니는 5학년 3반 김덕구예요. 오늘은 정말 날씨가 좋네요! 침대에서 나와 이불을 개고 거실로 나오니 엄마가 된장찌개를 끓여놨어요. 저는 된장이 싫지만 엄마가 먹으라면 먹어야 돼요……. 식탁 반대에서는 아빠가 밥을 먹으며 휴대폰으로 뉴스를 보고 있어요.

"어제 밤 11시경, 울산의 JMG병원에서 양전자/컴퓨터 단층촬영 스캐너, 일명 PET/CT 스캐너가 폭발하는 사고가 발생했습니다. 갑작스런 오류로 과전류가 흐르게 되었고, 그로 인해 스캐너가 폭발한 것으로 보입니다. 다행히 사상자는 아무도 없었으며, 폭발로 인한 화재는 주변을 지나가던 간호사 2명에 의해 빠르게 진압되었습니다……."

"와, 아무도 안 죽어서 진짜 다행이네, 안 그래?"

"그러니까 말이야…. 혹시나 병원에서 불이라도 크게 났으면 정말~"

아침부터 엄마와 아빠는 뉴스 이야기로 바쁘네요. 확실히 어제 일어난 사고는 아무도 피해를 입지 않고 멀쩡해서 다행인 것 같아요! 혹시나 누가 죽기라도 하면…… 상상만 해도 끔찍하네요. 어쨌든 저는 이제 씻고 옷을 입고 학교 갈 준비를 마쳤어요. 제 이야기는 여기서 끝이에요. 모두들 즐거웠어요. 그럼 안녕.

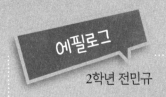
2학년 전민규

여러분, 안녕하세요. 저는 이 글을 쓴 성광고등학교 2학년 3반 전민규입니다.

다른 모든 것들에 앞서, 먼저 제 글을 읽어주신 독자분들께 감사인사 드리고 시작하겠습니다. 제 글을 읽어주신 분들 모두 오래오래 건강하고 즐거운 인생 보내세요!!

먼저 제가 이러한 글을 쓰게 된 이야기에 대해 말하겠습니다. 평범하게 학교생활을 보내고 있던 저와 친구들에게, 어느 날 저희의 지도교사 성진희 선생님께 자신의 진로 관련 핵심 키워드로 글을 쓰라는 말을 들었습니다. 저는 전기전자공학과에 진학하는 것이 목표인데, 몇날며칠을 고민해보아도 도무지 글감이 떠오르지 않았습니다…ㅠㅠ 수필로 쓰자니 딱히 관련된 경험이 있는 것도 아니고, 소설로 쓰자니 이쪽 분야에 대해서 많이 부족한 배경지식으로 글을 쓰자니 과학적인 오류가 많이 나올 것 같고……

특히 작년에 글을 썼을 때 많은 어려움을 겪었고, 제 자신이 글을 잘 쓰는 사람은 아니라는 생각을 했기 때문에 선생님께 스리슬쩍 포기 의사를 밝혔었습니다. 하지만 선생님께서는 저도 글을 쓸 수 있다고 격려해 주시며 다시 제가 희망을 잡을 수 있도록 도와주셨고, 결국 고민의 고민의 고민을 거쳐서 이러한 작품이 만들어지게 되었습니다!

사실, 제가 전자에 대해서 아는 것이 통합과학이랑 물리학I에서 배운 것을 제외하고는 거의 없다고 봐도 무방하기에 글을 쓰다 막히는 점이 있을 때마다 인터넷 검색을 하며 글을 써갔지만, 제가 놓친 부분이 분명히 있을 것으로 생각이 되고, 혹시나 그런 점들을 발견하셨더라도 그냥 소설이니까 그럴 수 있지~ 하고 봐주시면 감사하겠습니다.ㅠㅠ 그리고 물리를 배우지 않으신 분들도 글을 이해할 수 있게 써야 했지만, (이러면 안 되지만)물리를 배우신 분들이 읽으시면 더 이해가 잘 되고 재밌을 수 있게 글을 썼으니 나중에 한 번 여유가 있으실 때 물리의 세계에 발 한번 넣었다 빼보시는 건 어떨까요?

이 글은 우리가 보지 못하는, 매우매우매우매우 작은 전자들의 세계에서 살아남기 위해 애쓰는 한 전자 창식이의 이야기입니다. 창식이는 조금(많이) 불운한 전자로, 어릴 때 여동생을 잃고 살아남으려고 노력하는 아이입니다. 그러던 그는 n형 반도체에 갇히게 됩니다. 그곳에서 민지 누나를 만나 함께 살며 탈출할 방법을 찾고 있던 중 반도체에 전류가 흐르게 되고, 여차여차 해서 반도체를 빠져나오게 되지만, 결국 양전자와 만나 소멸하게 됩니다.

여기서 양전자는 전자의 반입자로, 속성은 전자와 같지만 양의 전하를 가지는 전자입니다. 양전자와 전자가 결합하면 γ선을 방출하며 소멸하게 되고, 어떨 때는 그 반대의 경우도 가능합니다. 그리고 창식이의 죽음 이후, 이 작품의 서술자는 전자 '전창식'에서 초등학생 '김덕구'로 전환되고, 이야기도 이 서술자들을 따라 전환합니다. 전자 세계에서 창식이는 주변 전자들과 함께 생사를 넘나드는 비극적인 생존 이야기를 펼쳐내지만, 정작 인간들의 세계에서 그들의 이야기는 아무도 신경 쓰지 않는 아주 사소한 이야기입니다. 저는 저희 인간들도 어쩌면 이런 전자들과 별반 다르지 않을 수도 있다고 생각합니다. 우리가 이렇게 하루하루 힘들게 살아가는 이야기도 사실, 아주 거대한 우주에서는 티끌만도 못한 움직임이지 않나 싶으면서도 그런 작은 세상에서 악착같이 살아가는 존재들의 의미에 대해 글을 쓰고 싶어서 글의 내용을 이러한 식으로 짜게 되었습니다.

이제는 정말로 헤어져야 할 시간이네요. 오늘도 힘찬 하루 보내시길 바랍니다! 그리고 제 뒤에 나오는 친구의 이야기도 꼭 읽어주세요! 분명 제 글보다 재밌을 걸요?

그럼 안녕~ 글 읽어주셔서 감사합니다!!^^

분열

1학년 이진호

나는 목표가 있다. 내 친구이자 동업자였던 배신자 톰에게 복수하는 것이다.

2년 전

나와 톰은 개발자다. 비록 이름이 알려지지 않고 둘 다 독학으로 프로그래밍 기술을 익혔지만, 우리에게는 꿈이 있다. 우리들의 앱으로 많은 사람들을 구제하는 것이다.

"음. 이 부분은 이렇게 수정하는 게 좋겠어, 테일러."

"좋은 생각인데?"

나와 톰은 중학교에서 만나 성인이 된 지금까지 인연을 유지하고 있다. 성인이 된 후 우리는 각자 집에서 독립한 후 방 2개가 있는 집에서 동거 중이다. 같이 밥도 먹고 놀러 다니면서 틈틈이 앱을 개발하고 있다. 그 앱은 아직 개선해야 할 부분, 보완해야 할 부분이 많이 있다. 빨리 앱을 완성해 세상에 선보이고 싶었다.

"이 부분은 이런 식으로 해줘, 톰."

"오케이."

우리는 손이 잘 맞았다. 그리고 우리는 느릴지라도 꾸준하고 순조롭게 앱을 개발하고 있었다.

"오늘은 여기까지만 하자."

"좋아. 오늘은 뭘 먹을까?"

"그러게. 오늘은 고기 어떠냐."

"좋지!"

……

몇 주 후

"톰, 이 기능은 남기는 게 좋겠지?"

"내가 이 앱을 쓰는 입장이라면 이 기능이 필요할 것 같은데? 아참 테일러, 내일 우리 중학교 동창회 한다는데 오랜만에 친구들 보러 갈래?"

"잠시만. 수정할 부분이 있어서."

"아, 응."

"다 했다! 방금 뭐라고 했지?"

"아, 내일 우리 중학교 동창회 한다는데 갈 건가 해서."

"와, 진짜 오랜만이네. 당연히 가야지."

"그래."

다음날

"테일러, 우리 곧 약속 시간 다 되어 가는데. 멀었어?"

"진짜 잠깐이면 돼. 조금만 더 기다려 줘. 추가할 코드가 있어서."

……

"테일러 이제 출발하자."

"하. 왜 오류가 생기지. 톰, 미안하다. 혼자라도 동창회 다녀와."

"괜찮아. 다녀올게."

……

"테일러, 다녀왔어. 친구들 오랜만에 보고 오니까 좋네. 친구들이 다음 번에는 너도 오래."

"어, 그래. 톰, 그게 중요한 게 아니야. 화이트 퓨처에서 우리 앱 개발을 지원해 준대!"

"진짜? 좋네."

화이트 퓨처는 세계에서 제일 잘 나가는 앱 회사이다. 보완, 의료, 교통 등등 여러 분야의 앱을 개발한 회사이다. 학생 때 나와 톰은 이 회사에 들어가고 싶어서 열심히 공부도 했다. 하지만 우리들의 앱을 만들고 싶어서 화이트 퓨처에 들어가진 않았다. 그런데 화이트 퓨처에서 지원을 해준다니 우리들의 앱을 만드는데 더욱 수월해질 것이다.

"반응이 왜 이렇게 시큰둥해."

"아, 좀 피곤해서."

"아, 그래? 난 코드 추가 좀 하다 잘 거야. 빨리 자."

"그래……."

다음날

"테일러, 아침부터 뭐하고 있어?"

"아, 일어났구나. 화이트 퓨처 사장님께서 우리 앱이 맘에 드신다네. 만나서 얘기하자고 하셔서 다녀오려고."

"나는?"

"자고 있기에. 혼자 다녀오려고 했지. 같이 갈래?"

"됐어. 앱 개발하고 있을게."

"그래."

"……"

"사장님, 안녕하십니까. 테일러라고 합니다."

"어어 그래, 잘 왔어. 그 앱을 지원하겠다고 결정을 내가 했네. 내가 안목이 있거든. 자네들이 만들고자 하는 앱은 정말 혁신적이야."

"감사합니다."

"그래서 말인데 자네들의 앱이 완성되면 우리한테 팔 생각 없나? 돈은 지원금의 배로 주려고 하는데 어떤가."

"그렇게는 안 될 것 같습니다. 저와 톰이 학생 때부터 고안하던 앱이거든요."

"하하 그럼 어쩔 수 없구만. 지원만 해줄 테니 한번 열심히 만들어 보게."

"감사합니다."

......

"톰, 뭐 하고 있었어?"

"왔구나. 앱 수정하고 있었지. 사장님께서 뭐라셔?"

"지원해 주신대. 이제 더욱 열심히 앱을 개발해야겠어."

"그래야겠네."

나는 그 뒤로 화이트 퓨처에서 각종 아이디어와 지원비의 도움으로 열심히 앱 개발에 몰두하고 있었다. 물론 톰과 함께 말이다. 하지만 난 사장님께서 주신 기회를 살리려고 약간 조바심을 내고 있었던 것 같다.

"테일러, 너무 오랫동안 컴퓨터 앞에 앉아 있는 것 같아. 우리 좀 쉬자. 그리고 내일 또 친구들이 모인다는데, 이번에는 너도 가자."

"야, 기회가 어떤 기회인 줄 알아? 이 앱만 잘 만들면 우리 이름도 많이 알려져 여러 회사에서 다른 개발을 부탁할 수도 있고 돈도 많이 벌 수 있다고. 친구들 만나러 가지 말고 어서 앱 만드는 것 좀 도와."

"테일러. 우리 목표가 뭔지는 알고 있지? 세상 사람들에게 도움을 줄 수 있는 앱을 만드는 것 아니었어?"

"물론 알고 있지. 그런 앱을 만들려고 지원도 받는 거잖아. 하지만 지원받은 만큼도 못 하면 사장님께서 지원을 끊을지도 몰라. 어서 앱을 만들어 결과물을 보여줘야 해."

"이제 지친다."

"톰, 갑자기 그게 무슨 말이야."

"바람 좀 쐬고 올게."

그 뒤로 톰은 집으로 돌아오지 않았다. 집에 톰의 짐들도 다 있는데 말이다. 톰 어머니께도 말씀을 드렸는데 본가에도 오지 않았다고 했다. 하지만 난 톰을 걱정할 틈이 없다. 사장님께 어서 결과물을 보여주겠다는 그 마음뿐이었다.

몇 달 뒤

"분명 사장님께 지원비가 와야 하는데 왜 오지 않는 거야. 잠시만, 이게 무슨 말이야."

나와 톰이 만들고자 했던 앱이 출시됐다는 뉴스가 보도됐다.

"이번에 세계적으로 열광하고 있는 앱을 화이트 퓨처에서 출시했습니다. 이 앱은 실생활에서……."

나와 톰이 학생 때부터 가지고 있던 아이디어인데 화이트 퓨처에서 앱을 출시했다고 하니. 곧바로 짐작할 수 있었다. 톰이 화이트 퓨처에 우리들의 아이디어를 넘긴 것이 분명했다. 나는 즉시 화이트 퓨처 회사로 갔다.

"사장님! 이게 어떻게 된 겁니까?"

"테일러, 톰이 우리에게 아이디어를 넘겼네."

"왜 제 동의도 없이 그런 짓을 하도록 한 겁니까!"

"자네들은 동업자 아닌가? 그래서 앱 비용도 톰에게 잘 전달했네."

정신이 나갈 것 같았다. 내가 앱 개발에 집중하느라 톰과의 관계가 소홀해지긴 했지만, 그 앱은 내 아이디어였다.

"자네는 너무 앱 개발에 진전이 없었네. 이제 지원도 필요 없게 됐으니 이만 가 보게. 더 이상 자네랑 할 얘기 없네."

"톰은 어디로 갔죠?"

"할 얘기 없네."

나는 톰을 만나 얘기를 하고 싶었다. 하지만 톰이 어디에 있는지 알 방법이 없었다.

……

현재

나는 친구도 잃고 삶의 동기, 목표도 잃었다. 무기력하고 의욕 없이 폐인처럼 살아가고 있다. 나는 그날 이후로 식당 아르바이트로 생계를 유지하고 있다.

'어쩌다 이렇게 됐을까.'

"저희 주문할게요!"

"네."

……

"저것 좀 보게 어떤가. 톰, 네가 원하는 결과야?"

"만족스럽네요, 사장님."

"자네들은 친했지 않았는가?"

"그랬었죠. 하지만 이젠 아닙니다."

"하하. 무슨 일이 있었는지는 물어보지 않겠네. 아참 자네의 앱은 너무 성공적이었는데 다음 작품도 만들어 보지 않겠나? 물론 지원도 해줄 거야."

"……. 좋습니다. 이번엔 어떤 앱을 만들어 볼까요?"

"이번엔 앱이 아냐. 이번엔 AI를 만들어 보게."

"알겠습니다."

그 뒤로 톰은 화이트 퓨처에 열정적으로 협력하여 화이트 퓨처는 앱 회사 1등 지위를 더욱 굳건히 지켰고 AI 시장까지 성공시켰다. 톰은 화이트 퓨처 소속 억만장자 개발자가 됐다. 난 톰과 연락을 하고 싶었다. 심한 말도 하고 싶었다.

뚜루루루루

"여보세요?"

막상 톰의 목소리를 들으니 이유가 궁금해졌다.

"톰, 오랜만이다."

"테일러?"

"도대체 날 왜 배신한 거야. 그 앱은 우리 둘의 목표였잖아."

……

2년 전

난 톰이다. 나는 화이트 퓨처 회장의 아들이다. 테일러와 중학교에서 만나 지금까지 인연을 유지하고 있다.

어렸을 때부터 난 아버지가 싫었다. 왜냐하면 자신만의 회사를 만들겠다고 내가 한창 유치원에 다니고 있을 때 나와 우리 어머니를 버리고 집을 나갔다.

아버지는 개발자였는데 앱을 만드는 데 너무 몰두를 했다. 물론 몰두하는 것이 나쁜 건 아니지만 큰 성과도 없고 가족에게 너무 소홀히 했다. 돈도 어머니께서 벌어 오셨다. 어느 날 어머니와 아버지가 돈, 육아 문제로 크게 싸우셨다. 나는 어린 나이에도 대충 싸운 이유가 예상됐다. 그날에 아버지가 집을 나갔다. 어머니는 나를 혼자서 키우셨고 아버지는 몇 년 동안 소식이 없더니 혁신적인 앱을 만들고 화이트 퓨처라는 회사를 설립한 것이 뉴스에 나왔다.

너무나 화가 났다. 가족을 버린 아버지가 뉴스에는 세상을 바꿀 개발자라 소개가 되지 않나.

이후 중학교에 입학한 나는 마음을 단단히 먹었다.

나와 정말 잘 맞는 테일러와 함께 많은 사람에게 도움이 되는 앱을 만들어 사람들을 돕자고. 한편으로는 화이트 퓨처를 뛰어넘고 싶었다.

"피드백 해줘, 톰."

"그래. 음. 이 부분은 이렇게 수정하는 게 좋겠어. 테일러."

"좋은 생각인데?"

얘는 정말 좋은 친구다. 중학교에서부터 마음이 잘 맞고 유머 코드도 같아서 대화가 정말 재밌었다. 테일러와 함께라면 정말 성공적으로 앱을 만들 수 있다고 생각했다.

테일러는 아버지와 달리 인간관계를 중시하고 앱에만 너무 몰두하지 않는 점에서 정말 마음에 들었다.

"이 부분은 이런 식으로 해줘, 톰."

"오케이."

우리는 손발도 잘 맞고 느리지만 꾸준히 앱을 만들고 있었다. 하지만 테일러가 점점 아버지를 닮아 가는 것 같았다.

"테일러, 내일 우리 중학교 동창회 한다는데, 오랜만에 친구들 보러 갈래?"

"잠시만. 수정할 부분이 있어서."

"아, 응."

"다 했다! 방금 뭐라고 했지?"

"아, 내일 우리 중학교 동창회 한다는데 갈 건가 해서."

"와, 진짜 오랜만이네. 당연히 가야지."

"그래."

'오랜만에 친구들 보러 갈 생각에 설레네.'

다음날

"테일러, 오늘 친구들 만나는 날인 거 알고 있지?"

"당연하지. 아직 몇 시간 남았으니까 이 부분만 더 만들자. 톰 도와줘."

"그래."

……

친구들과의 약속 시간이 얼마 남지 않았지만, 테일러는 여전히 컴퓨터 앞을 지키고 있었다. 앱은 언제든지 만들 수 있지만 친구들과의 만남은 중학교 졸업 이후 처음 보는 것이라 중요하다고 생각했다.

'곧 끝나겠지. 약속 장소는 여기서 그렇게 멀진 않으니까.'

하지만 테일러는 꽤 많은 시간이 지나도 계속 컴퓨터 앞을 지키고 있었다.

"테일러, 우리 곧 약속 시간 다 되어 가는데. 멀었어?"

"진짜 잠깐이면 돼. 조금만 더 기다려 줘. 추가할 코드가 있어서."

"…… ."

'20분밖에 남지 않았는데. 이 시간이면 차도 막혀서 택시 타면 조금 늦을 것 같은데. 당장 출발해야겠어.'

"테일러, 이제 출발하자."

"하. 왜 오류가 생기지. 톰, 미안하다. 혼자라도 동창회 다녀와."

"괜찮아. 다녀올게."

나는 서둘러 약속 장소로 향했다.

도착하니 오랜만에 보는 친구들이 정말 반가웠다.

"얘들아! 미안. 좀 늦었지?"

"오, 톰이야?"

……

"톰, 그래서 왜 테일러는 안 왔어?"

"아, 미안. 같이 온다고 했는데. 테일러가 무슨 일 하는지는 알고 있지? 나랑 앱을 만들고 있잖아. 지금 앱을 좀 손볼 곳이 있나 봐."

"아냐, 잘됐네. 테일러 중학교 때부터 자기만 생각하잖아."

"맞지. 이런 시간 앱 만드는 것에 방해된다고 생각할 거야 걘."

"우리들과의 약속이 별로 중요하지 않은가 보다."

"……."

"기본예절도 자기 부모한테 못 배웠나 보지."

"적당히 해."

친구들이 테일러를 욕하니 감정이 격양됐다. 겨우 참고 자리를 피했다.

"야, 난 그냥 간다. 다음에 또 보자."

"톰, 벌써 가?"

그 자리에 계속 있었으면 무슨 일이 있었을지 장담 못하겠다. 테일러는 가장 소중한 친구이기 때문이다. 나는 곧바로 집에 돌아와 만남에서 있었던 일을 테일러에게 그대로 전하진 않았다.

"테일러, 다녀왔어. 친구들 오랜만에 보고 오니까 좋네. 친구들이 다음 번에는 너도 오래."

"어, 그래. 톰, 그게 중요한 게 아니야. 화이트 퓨처에서 우리 앱 개발을 지원해 준대!"

아버지다. 아버지가 나와 테일러가 앱을 만드는 것을 알고 연락한 것이 분명하다. 나는 어이가 없었다. 여태 연락이 없었는데 갑자기 무슨 용건으로 연락한 건지.

"진짜? 좋네."

"반응이 왜 이렇게 시큰둥해."

"아, 좀 피곤해서."

"아, 그래? 난 코드 추가 좀 하다 잘 거야. 빨리 자."

"그래……."

난 곧바로 방에 들어와 고민했다. 나와 어머니를 버린 아버지를 만나러 갈지. 하지만 나도 아버지에게 궁금한 것들이 많았기에 결국 회사에 찾아 가기로 결정했다.

그 다음날 테일러는 사장님을 만나러 간다고 했다. 나는 그때 아버지를 만나 이야기를 해보려 했다.

화이트 퓨처에 도착했을 때는 화이트 퓨처가 성공한 사실을 알고 있었어도 놀랐다. 너무나 회사 규모가 컸고 입구부터 로비 안까지 청소부, 카운터 등등, 여러 사람을 고용해 회사를 운영하고 있었기 때문이다.

한편으로는 이렇게 많은 사람들을 고용할 정도로 돈이 많으면서 어머니 힘들게 지원도 안 해줬는지. 정말 원망스러웠다.

"여기가 화이트 퓨처."

승강기를 타고 최고층에 있는 회장실을 찾아가 보니 비서가 문 앞을 지키고 있었다.

"길을 잘못 찾아오신 모양인데 다시 내려가 주십시오."

"전 회장님을 만나러 왔습니다."

"회장님은 지금 바쁘십니다."

그때 회장실에서 아버지가 나왔다. 정말 딴사람이 되어 있었다.

"너. 톰이니?"

"지인이십니까?"

"어어. 그래. 잠시만 자리 좀 비켜 줘. 할 얘기가 있어서."

"알겠습니다."

비서가 자리를 피하고 정적만이 흘렀다.

나도 물어볼 것이 정말 많았지만 첫 얘기를 어떻게 시작해야 할지 고민이었다. 하지만 그 정적을 아버지가 깼다.

"톰, 많이 컸구나."

그 순간 가슴이 미어졌다. 분명 가족을 버린 사람인데 뭐랄까 나도 원망하며 가슴 한편에 그리워한 것일지도 모른다.

"아버지, 도대체 저와 어머니를 왜 떠나셨나요."

"미안하다."

"무슨 이유로 떠났냐고요! 그날 이후로 어머니가 정말 고생하셨어요. 말해 봐요. 왜 떠났나요."

아버지가 입을 열었다.

"사실 나는 대학교를 다니면서 나의 개발자의 꿈과 목표를 굳게 세웠단다. 지금 너네의 목표와 같은 사람들에게 도움이 되는 앱을 개발하는 것이었지. 그러다 대학에서 네 엄마를 만났단다. 정말 예뻤었지. 항상 수업도 잘 듣고 모범생이었어. 특히 자신의 일에 진심으로 임하는 모습에 반했었어. 그런데 너희 엄마도 똑같은 생각을 하고 있더라고, 내가 열정적으로 꿈을 위해 노력하는 점이 마음에 들었나. 그 뒤 우리는 연애를 하다 결혼까지 했지. 하지만 너희 엄마가 육아를 하다 보니 포기해야 하는 것들이 많았단다. 전혀 네 탓으로는 생각하지 않았고, 그냥 내가 육아를 도왔으면 좋겠다고 생각했어. 하지만 내가 육아를 돕지 않았던 것도 아니고 나의 앱으로 사람들을 돕고 싶다는 신념을 무시했단다. 그래서 집을 나왔단다. 나의 꿈과 목표를 이루기 위해서."

"겨우 그 딴 이유로 나갔던 거예요?"

"겨우라니. 나의 신념에 대한 노력으로 너희 엄마를 만났다고 생각하고, 나는 나의 신념을 이루기 위해 어떤 짓이든 했어. 미안하다."

그리워하던 감정이 싹 사라지는 기분이었다.

"아참 너희가 개발하고자 하는 앱 괜찮던데 그냥 내 회사에 들어오렴. 내 회사에 들어오면 승진은 내가 보장할게. 여기서 네가 이루고 싶은 꿈과 목표를 이루는 거야."

정말 머리에 피가 쏠리는 느낌이 들었다. 겨우 참고 말을 이어 갔다.

"테일러는요."

"테일러? 네 친구 말 하는 거니? 같이 앱을 만들고 있다는? 톰, 생각해 봐라. 테일러하고 앱을 만드는 거 좋지. 하지만 테일러 때문에 창창한 미래를 포기할 거니? 아버지가 길 닦아 놨으니 넌 걸어오기만 하면 된단다. 테일러한테는 지금 김 사장이 우리 회사에 너희의 아이디어를 산다고 설득을 하고 있단다. 만약 거기서 테일러가 승낙을 하면 넌 테일러와 함께 일할 이유도 없지 않니? 배신을 한 친구와 어떻게 잘 지낼 수 있겠어."

나로선 도저히 이해할 수 없는 이유로 가족을 버린 것도 모자라 어렸을 때부터 같이 꿈과 목표를 이루고자 하는 하나뿐인 친구에게 우리의 우정을 시험해 나와 테일러 사이를 갈라지게 만들려고 한다니 정말 어이가 없었다.

"그만하세요. 저로서는 정말 아버지를 이해할 수 없습니다. 그냥 계속 모르는 사람인 채 살죠. 그리고 테일러는 그런 아버지 같은 사람이 아닙니다. 이런 화이트 퓨처에서 성공할 바에는 저희의 힘으로 성공하는 게 훨씬 가치 있습니다."

나는 자리를 박차고 나갔다.

"테일러!"

······

나는 테일러보다 먼저 집에 도착했다.

'테일러 좀 늦네.'

혹여 테일러가 우리의 아이디어를 넘겼을까 괜히 아버지가 말한 것이 생각나 불안했다.

'내가 무슨 생각을. 앱이나 만들고 있어야겠다.'

하지만 몇 분 후 테일러가 도착했다.

"톰, 뭐 하고 있었어?"

"왔구나. 앱 수정하고 있었지. 사장님께서 뭐라셔?"

"지원해 주신대. 이제 더욱 열심히 앱을 개발해야겠어."

"그래야겠네."

내가 잠시나마 테일러를 의심한 게 미안했다. 하지만 테일러는 아이디어를 넘기진 않았지만 그 뒤로 분명 달라졌다. 원래 테일러는 느리지만 꾸준히 개발을 하고 있었는데 아버지처럼 앱에만 집착을 하고 있었다.

"이제 지친다."

"톰, 갑자기 그게 무슨 말이야."

"바람 좀 쐬고 올게."

나는 공허해졌다. 나는 테일러를 감싸주는 것도, 테일러와 함께 앱을 만드는 것도, 다 지긋지긋해졌다.

나는 화이트 퓨처에 찾아갔다. 아버지를 정말 보기 싫었지만 화이트 퓨처에서 일하는 것이 낫다고 스스로 결정했다.

"왔구나, 톰."

"전 단순히 제가 하고 싶은 게 있어서 왔습니다. 사장님 좀 불러 주세요.”

　나는 사장님께 테일러와 함께 만들고 있는 앱을 다 공유했다. 그리고 테일러보다 먼저 앱을 출시했고 대성공을 거뒀다. 하지만 아버지와 상종할 생각은 전혀 없다.

　……

현재
뚜루루루루
“여보세요?”
“톰, 오랜만이다.”
“테일러?”
“도대체 날 왜 배신한 거야. 그 앱은 우리 둘의 목표였잖아.”
“너는 내가 가장 싫어하는 사람을 똑 닮았어.”
“겨우 그 이유로 날 배신한 거야?”
“겨우라니 난 인간관계가 제일 중요하거든.”

대체품

1학년 이진호

7월 중순, 너무 맑다 못해 하늘을 보기도 어려울 정도로 햇빛이 쨍쨍한 날이었다. 나는 밖에서 나의 애완견 도도와 산책을 하고 있었다. 도도는 내가 어릴 적, 입양해 온 골든 리트리버이다. 함께 지내온 날들이 어언 6년이 지났다.

"도도야 어쩜 넌 지치지도 않니."

더위에 지칠 만도 한데 지치는 줄 모르고 신나게 뛰어다녔다. 나는 이 순간을 기억하기 위해 내 폰으로 많은 사진과 동영상을 찍었다.

"여기 봐, 도도야!"

찰칵.

"월월!"

"아이 잘 나왔다. 도도야 어때? 마음에 들어?"

"월월!"

"너도 마음에 드나 보네. 도도! 굴러!"

……

"다녀왔습니다."

'역시 아무도 없네.'

내 부모님은 맞벌이를 하신다. 그리고 외동인 나는 어릴 때부터 매우 심심해서 부모님께 강아지를 키우자고 자주 졸랐었다. 그래서 키우게 된 도도이다.

"도도야. 난 너밖에 없다."

"월월!"

"우리 왔다."

"다녀오셨어요? 웬일로 같이 들어오시네요?"

"아, 집 현관에서 같이 만났어."

"그럼, 오늘은 오랜만에 다 같이 밥 먹겠네요."

"그래."

원래는 아버지는 보통 밤에 들어오셔서 밥을 같이 먹지 못한다. 하지만 오랜만에 가족 다 같이 밥을 먹게 되어 좋다.

"오늘 도도 산책시켰니?"

"물론이죠."

"잘했어. 도도야, 밥 먹자."

"아참, 도도가 요즘 밥을 잘 안 먹어요."

"그래? 어디 아픈가… 다음에 한번 병원 데려가 볼게."

"네."

다음날

도도가 내 볼을 핥아서 잠에서 깼다.

"도도야 왜 그래… 나 좀만 더 잘게."

더 잠을 자려고 했지만 도도가 계속 깨우는 바람에 결국 일어났다.

"이왕 이렇게 된 김에 아침 산책이나 갈까?"

"월월!"

……

"도도야 계속 걷기만 하니까 지루하지? 달리기 시합할까? 준비… 시작!"

……

"이제 집에 갈까, 도도?"

그때 떼를 쓰듯 도도가 바닥에서 굴렀다.

"알겠어, 알겠어. 좀 더 산책하다 들어가자."

일주일 후

며칠 전에 어머니께서 연차 유급 휴가를 내고 도도 건강검진을 하러 가셨다. 그리고 오늘 건강검진 결과가 나와 병원에 한 번 더 찾아갔다.

'아무 이상 없어야 할 텐데.'

"도도 보호자분 들어오세요."

"네."

"도도는 딱히 이상 있는 곳은 없습니다. 하지만 밥을 잘 안 먹는다고 했죠? 그것 때문에 약간 영양 실조가 있습니다. 영양제 챙겨드릴 테니 밥 먹일 때 같이 주세요."

"네."

별일이 없어 다행이었다.

"도도야, 건강하대. 이제 밥만 잘 먹자."

하지만 도도와의 추억은 더 이상 쌓지 못했다. 8월, 도도가 세상을 떠났다. 분명 검사를 해봤을 때는 특별한 병이 있었던 것도 아니었다. 하지만 밥도 잘 안 먹고 걸음걸이가 느려지고 무거워지더니 갑자기 건강이 악화되어 세상을 떠나게 되었다. 앞서 말했다시피 어릴 적부터 부모님께서는 맞벌이를 하시고 외동인 나는 도도와 함께한 기억이 부모님과 함께한 기억보다 더 많다. 도도는 내 어린시절과 웃음을 책임지던 형제라고 생각했는데 갑자기 이런 일이 생기니 충격 때문에 정말 무기력해지고 기운이 싹 빠져서 울 힘도 나지 않았다.

"아주 힘들어 보이네."

"그러게요. 아들을 위해서 뭘 해주면 좋을까요."

"위로는 충분히 해줬지만, 가족과 다름이 없는 도도였는데 많이 힘들겠지. 어렸을 때부터 의지하면서 지냈는데…….."

"이건 어떨까요?"

그 일이 있고 난 뒤 부모님께서 의욕 없고 무기력한 나를 위해 최근 많이 발전한 인공지능 강아지 로봇을 가져오셨다.

"아들, 얘가 도도의 자리를 채워줄 수는 없겠지만 그렇게 무기력하게만 있으면 정상적인 생활이 불가능하잖니."

"맞아. 아들아, 이제 기운 좀 차려야지."

나는 어머니와 아버지의 말을 건성으로 듣고 넘겼다. 난 부모님이 도도를 로봇강아지로 대체하라는 듯한 태도가 매우 마음에 들지 않았다. 그래서 나는 나사 빠진 것 같이 움직이는 강아지 로봇을 무시하였다. 내 곁에 다가오면 쳐서 다른 곳으로 보낼 정도로 그냥 보기 싫었다.

"아들, 이것 좀 봐."

하지만 아버지께서 내가 여태 사진과 동영상 형식으로 모아온 도도의 기록을 강아지 로봇에 전송했을 때부터 의식을 하지 않을 수 없었다.

"뭐야 이거…?"

"월월!"

강아지 로봇이 도도의 음성을 내며 엎드린 상태로 옆으로 구르는 것이었다.

그렇다. 그 동작은 도도가 하던 동작이었다. 음성도 음성이지만 도도는 산책을 하면서 항상 일정하게 구르는 동작이 있다. 그런데 강아지 로봇이 인공지능이라 학습하고 스스로 그 동작을 하기 시작했기 때문에 정말 충격적이었다. 그 동작을 하는 강아지는 다른 강아지를 봐도 도도가 유일했기 때문이다. 나는 이 강아지 로봇이 도도를 모욕하는 듯했다. 하지만 부모님은 도도를 따라 한다며 신기해하시기만 하셨다.

"이딴 거 필요 없으니까 저리 치우라고! 하…."

'아차…'

하지 말아야 할 말을 해버렸다. 수습을 하기도 전에 아버지의 말이 불같이 날아왔다.

"야, 그게 무슨 말버릇이야! 뭐가 불만인데? 강아지 로봇은 도도가 죽은 뒤로 우울해하고만 있어서 너를 생각해 사준 거잖아! 도도가 그렇게 돼서 슬픈 건 이해하겠지만 무기력하게만 있으면 공부는 언제 할래? 너 끼니도 자주 거르잖아. 제발 일상으로 돌아오라고!"

"나를 생각해서? 전혀요. 저는 이런 거 바라지도 않았어요! 저는 그냥 마음을 추스릴 시간만 있으면 된다고요! 그런데 아버지랑 어머니께서는 도도를 로봇강아지로 대체할 수 있다고 생각하시는 거 아니에요? 이런 거로 도도를 대체할 수 있겠냐고!"

……

"죄송해요."

계속 나는 하면 안 될 말들을 하고 있다. 분명 나를 생각해 주신 건데 참 괴로웠다. 나는 내 방에 들어왔다. 문틈 사이로 어머니와 아버지께서 얘기하시는 소리가 들렸다.

"도도를 대체할 수 있다고 생각하진 않았지만 참."

"많이 힘들겠지. 약간 시간을 갖고 대화를 해봐야 할 것 같아요. 그리고 저 강아지 로봇은 어떻게 할까요?"

"일단 저건 나중에 생각해 보자."

당장이라도 나가서 죄송하다고 용서를 구하고 싶었지만 그러지 못했다. 며칠이 지났다. 그 이후로 나와 부모님 사이에서 대화가 오고 가지 않았다. 거실에 다 같이 있을 때도, 밥을 다 같이 먹을 때도 대화는 없었다. 먼저 이 정적을 깬 건 아버지셨다.

"아들아, 저번엔 네가 밥도 잘 안 먹고 너무 무기력하게만 있길래 도도와 비슷한 로봇강아지를 데려오면 조금은 활기가 돌아올 것으로 생각했단다. 나랑 네 엄마가 아주 바빠 너를 잘 챙겨주지 못했는데 이제는 도도마저 없으니 심심할 것 같기도 했고. 도도를 대체할 생각이 아니었어."

아차 싶었다. 아버지께서 저 말씀을 하실 때까지 난 뭐했는지.

"아버지, 죄송해요. 당연히 저를 위해 하신 행동들일 텐데 제가 하면 안될 말을 했어요. 정말 죄송해요."

"아니다. 내가 미안하다. 마음을 추스를 시간이 필요한 줄 몰랐어. 로봇강아지는 이번 주 안으로 치울 거야."

"아, 그럴 필요 없어요. 부모님께서 저를 생각해 주시고 사주신 거니까요."

아버지는 평소에 과묵하시고 별로 감정을 잘 안 드러내시는데 먼저 저렇게 말씀해 주시니 미안하고 감사할 따름이었다.

그 이후 나는 로봇강아지가 익숙해지도록 로봇강아지에게 도도의 정보들을 모두 전송했더니 스스로 학습을 하여 움직임과 도도의 음성이 좀 자연스럽게 변했다. 아직 위화감이 들긴 하지만 그래도 이젠 이 녀석이 마음에 들기 시작했다. 이름도 두두로 지어줬다.

"두두야, 산책가자!"

"월월!"

안녕하세요. 이번 그린비 책쓰기에서 대체품, 분열이라는 제목으로 소설을 쓴 이진호입니다. 저는 진로와 연관이 있는 인공지능, 프로그래머 등등을 주제로 소설을 써 보고 싶어서 책 쓰기 동아리인 그린비에 들어갔습니다.

첫 번째로 쓴 소설은 대체품인데요. 처음에 구상한 내용은 '도도'라는 반려견을 잃은 주인공을 위해 주인공 부모님께서 스스로 학습하는 인공지능 로봇강아지를 선물했고, 반려견이 로봇강아지로 대체되는 내용입니다. 가족, 친구와 같던 반려견의 죽음으로 주인공의 심정 변화를 나타내고 싶었습니다. 그리고 부모님들은 반려견이 죽고 의욕 없고 무기력한 주인공을 생각하여 로봇강아지를 사줬지만, 주인공의 마음을 다 헤아리지 못한 내용입니다.

두 번째로 쓴 소설은 분열인데요. 앱 개발자 친구 두 명 사이에서 발생하는 갈등으로 인한 분열을 소설로 써 보았습니다. 원래는 둘도 없는 친구 사이였지만 한 명은 앱 개발, 한 명은 인간관계를 중시해서 사이가 점점 멀어집니다. 사실 배신한 줄만 알았던 친구도 친구만의 사연이 있는데요. 처음에 구상한 내용은 그냥 단순히 한 개발자가 다른 개발자를 배신하고 배신당한 개발자가 다시 복수를 한다는 내용이었는데 절친한 친구가 배신을 아무이유 없이는 하지 않았을 것으로 생각했습니다. 그리고 배신한 친구는 아버지를 정말 싫어하지만 시간이 갈수록 자신도 모르게 아버지를 닮아가는 내용을 쓰고 싶었습니다.

두 개의 소설을 쓰며 창작이 매우 힘들다는 것을 느꼈습니다. 그리고 인공지능이 딥러닝을 하며 스스로 학습하는 것에 대해 알았고, 협동, 인내심, 성실, 정직 등 개발자들이 가져야 할 덕목에 대해 생각해 볼 수 있는 계기가 되었습니다.

마지막으로 저의 소설을 읽어주셔서 감사합니다.

결정, 복제 인간

2학년 임세헌

모두가 자신만의 꿈을 하나씩 가지고 있듯이, 나는 어릴 때부터 내 본질을 결정하는 것, 더 나아가 우리 모두의 본질을 결정하는 것에 대해 관심이 많았고 궁금해했다.

'나는 왜 만들어진 걸까? 나는 누구지?'

점점 자랄수록, 나는 이러한 '나' 혹은 '우리'라는 것을 결정하는 과정과 결과를 결정하는 데는 '유전자'라는 것이 절대적이라는 생각을 하기 시작했고, 나의 오랜 꿈을 실현하기 위해서는 생명과학이라는 분야에 종사하는 것이 적합할 것이라는 생각을 했다. 따라서 나는 생명 과학자를 목표로 학업에 매진했다. 꽤 힘들었던 시간이었다. 하지만 수시보다는 정시라는 남들과는 다른 길을 가는 과정에서 나오는 불안감, 시험 한 번에 모든 것을 건다는 압박감 등 모든 것을 이겨내고 나는 드디어 꿈을 이루게 되었다. 나는 내가 그토록 하고 싶었던 생명과학, 그중에서도 유전자와 관련된 연구를 하고 그 결과로 2070년에 세계 최초로 인간의 유전자 복제 등의 성과를 동료들과 함께 이뤄 내게 되었다. 그러한 영광의 순간을 뒤로하고, 나는 은퇴하고 행복한 노후를 보내고 있다.

하지만 최근, 나의 편안한 내면의 행복감과 함께 나는 무언가 불편한 감정을 느끼기 시작했다. 알 것 같으면서도 기억하고 싶지 않은, 그렇기에 불편하면서도 어떨 때는 무시할 정도로 미묘한, 그런 무언가 말이다.

나는 생각하고 기억하려고 노력해 본 결과, 이 불편함의 원인을 결국 알아내고야 말았다. 나는 그리고 이 불편함을 계속 마음속에 품은 채로 암 덩

어리가 몸을 좀먹듯이 내 마음을 더럽히게 할 수는 없다고 생각하였고, 오늘 그 불편함을 마주하러 가기로 마음을 먹었다.

"띠리리링, 띠리링, 띠리리링, 띠리링~"
나는 평생 울리지 않았으면 하고 잠들었던 알람 소리를 듣고 잠에서 깼다. 오늘은 드디어 나의 마음속 불편함을 마주하러 가는 날이다. 나는 세수를 하고, 정돈되어 있던 옷을 옷장에서 꺼내 입은 뒤 거울을 바라보았다. 순간 내면의 불길이 일렁이는 듯한 느낌이 들었다. 나는 애써 그 느낌을 무시한 채, 차를 타고 내 옛 연구소로 향했다.

몇 시간 뒤, 나는 결국 도착했다. 나의 오랜 직장이자, 내가 각종 지원을 받아 오기로 시작해 지금까지 키워 낸 연구소이자 내 인생의 절반을 갈아넣었던 추억의 장소가 눈에 들어왔다. 다소 작은 건물에 자리 잡고 있었으나 내부는 첨단 장비로 가득 채워져 있었으며, 연구소답게 보안을 중시한 모습이었다.

'은퇴하고 그 뒤로 다시는 올 일이 없을 줄 알았는데, 고작 내 마음이 이끌렸다는 이유만으로 이곳에 다시 오다니…….'

나는 어이없다는 표정을 지으며 연구소 문 앞에 다가갔다. 연구 소장직은 넘겼어도 내 지문은 여전히 저장되어 있다. 내 인생의 대부분인 만큼 필요할 때 언제든지 올 수 있어야 한다는 은퇴할 당시 나의 생각에 따라서다. 나는 지문을 입력한 뒤 연구소 안으로 들어섰다. 익숙한 냄새와 소리가 들린다. 나는 그 좋지 않으면서도 향수를 불러일으키는 소리와 냄새를 뒤로하며 목적지로 향했다.

몇 분쯤 걷자, 나의 목적지이자 가장 신중한 보안 시스템이 걸려 있는 자료 보관실에 이르렀다. 그런데 내가 간과한 점이 있었다.

"내가 여기 들어가기 위해서는 현 연구 소장의 승인이 필요한데. 걔는 지금 바쁘려나?"

그때 뒤에서 귀에 익은 목소리가 나를 불렀다.

"선배님? 여기는 웬일로 오셨어요?"

나의 옛 후배이자 현 연구 소장, 조성민이다. 친근한 외형과는 다르게,

외국에서도 한국에서도 능력을 인정받아 여러 논문이 유명 학술지에 등재되는 등 우리나라에서 가장 유명한 사람 중 한 명이라고 할 수 있다.

"어, 오랜만이네, 성민아. 연구는 잘 되어 가지? 마침 잘 만났네. 내가 여기 볼 일이 좀 있어서 말이야."

나는 내심 반가운 얼굴로 성민이에게 안부를 물었다.

"네, 선배님. 당연히 선배님이라면 열어 드릴 수 있죠. 그런데 혹시 갑자기 왜 그러시는지?"

성민이는 다소 당황한 눈치였다. 하지만 이해는 되었다. 나라도 갑자기 선배가 찾아와 자료실 앞을 서성이면 당황스러웠을 테니까. 나는 친절하게 대답해 주었다.

"아, 잠시 옛 기억이 생각나서 옛날 연구 자료를 보고 싶어서 말이다. 2070년쯤인가? 한 번 보고 집에 잠시 가져가도 될까?"

"보는 건 괜찮은데 집에 가져가는 건 약간 보안법에 어긋나기는 하는데요……. 음……. 제가 선배님이니까 한 번만 편의를 봐 드릴게요!"

성민이는 나를 지금도 존경하는 모양이다. 어쨌든 성민이의 도움으로 연구실에 들어간 나는, 옛 연구 자료를 뒤졌다.

"2070년, 2070년이라. 2078년? 이건 조금 더 뒤고……."

워낙 방대한 자료 탓에, 나는 20분 뒤에야 그 연구 자료를 찾을 수 있었다.

"도플갱어 프로젝트. 2070년. 이거다."

나는 이 연구 자료를 꺼내 들며 유명 과학자 수십 명이 동원된 이 연구에 대해 생각해 보았다. 하지만 이내 인상을 찌푸리며 고개를 저었다. 나는 자료를 꺼내 들고 집으로 나섰다.

잠시 뒤, 집에 도착한 나는 자료를 꺼내 들었다. 그리고 그것을 이내 읽기 시작했다. 모든 자료를 읽은 나는, 온몸이 식은땀으로 젖은 채, 반쯤 풀린 눈으로 그때를 회상하기 시작했다.

"선배님, 눈 떠요! 얼른! 지금 복제 인간이 완성됐어요. 세계 최초라고요!"

성민이의 목소리가 연구실에서 잠든 나의 잠을 깨웠다.

'음? 뭐라고?!'

나는 귀를 의심했다. 혹시나 하는 마음으로 심혈을 기울여 만든 복제 인간의 수정란이 완성되었다는 말인가? 당황하는 것도 잠시, 나는 당장 연구실로 달려갔다.

소독한 뒤 연구실에 조심히 들어서자, 정밀한 배양 전용 접시 위에 현미경이 배치된 모습이 눈에 들어왔다. 나는 현미경에 눈을 갖다 대었다. 그러자 작은 인간의 수정란으로 보이는 무언가가 눈에 들어왔다. 나는 그것을 보고 경이로움과 동시에 막연한 두려움을 느꼈다. 드디어 인류는 무언가를 창조할 수 있는 기술적 수준에 도달해 버렸다. 그 끝이 장대할지 초라할지는 두고 볼 일이다. 하지만 내가 주목했던 것은 우리가 연구실에서 인간의 수정란을 만들어 냈다는 것이 아니었다. 우리는 현재 살아 있는 인간 중 한 사람의 유전정보와 한 유전자를 제외하고 모두 일치하는, 동일한 인간을 만들어 낸 것이다. 그 한 유전자조차도 빠르게 관찰하기 위해 인체의 성장 속도에 관여하는 유전자만을 임의로 조작한 것이기에 사실상 성장이 빠르다는 점을 제외하고는 외형, 지능, 기질 등이 정확히 일치하는 것이다. 그리고 영광스럽게도, 혹은 소름 끼치게도, 그 복제 인간의 출처는 나였다. 그래, 나이다. 나는 기뻐할 새도 없이 두려움과 걱정에 사로잡혔다.

"얘들아, 정말 축하해야 할 일이고 경사이지만, 일단 나는 잠시 일이 생겨서 집에 가볼게."

나는 그 말을 마치고 황급히 자리를 벗어났다.

"선배님, 잠시만요! 무슨 일이지?"

나의 한국인 동료들에게서 걱정스러운 목소리가 들려왔다. 표정 조절에 실패했다는 생각이 들었다. 하지만 나는 집에서도 온갖 걱정을 하다 잠이 들었다.

그 뒤로는 수월했다. 우리는 수정란을 인공 자궁에 착상시키고 태어난 아기를 키우기 시작했다. 커지면서 점점 나의 모습을 닮아가기 시작했다. 5년 뒤, '그' 혹은 '그것'은 나와 동일한 모습으로 자라게 되었다. 하지만 나와 똑같은 존재가 된 '그'는 이제 자신의 존재를 의심하기 시작했다. 복제 인간의 실험과 경과를 살피기 위해 원래의 인간들이 배우는 최소한의 교육을 제공한 결과였다.

나와 닮은 '그'는 자라면서 여러 질문들을 하기 시작했다. 내가 대화를 나누기 위해 '그'가 사는 작은 거주 공간에 들어갈 때면 '그'는 나와 똑같은 형태의 검은 눈동자로 나를 응시하며 질문을 하기 시작하는 것이었다.

"나는 당신의 복제 인간이라면, 나는 무엇일까? 진짜 인간인가? 당신과 같은 삶을 살아갈 수 있을까?"

'그'는 어느 날 나에게 질문을 했다.

"나는 당신과 똑같은 유전적 구성의 인간이라는 얘기를 오늘 들었어. 나는 그러면 평생 이곳에서 살아가야 하는 거야?"

나는 나와 똑같은 사람이 나를 응시하며 그런 질문을 하는 것이, 가끔은 두려웠다. 내 자아까지 같이 붕괴하는 느낌이 들었다. 양심적 가책과 나와 동일한 존재를 매일 마주해야 한다는 사실이 더 와 닿기 시작하면서 나는 가끔, '내가 저 연구실 안에 있었다면 어땠을지'라는 생각이 들기 시작했고, 모든 거울을 보면 놀라는 지경까지 도달했다. 내 거울 속에 갇힌 잔상이 실험실 속 '그'를 연상시켰기 때문이었다.

하지만 나는 '나'라는 자신의 고통이 너무나 컸던 나머지 내 육체의 바깥속 또 다른 '나'인 '그'에게 무슨 일이 일어날지는 몰랐던 것 같다. 나는 아직도 그날을 잊지 못한다.

어느 날, 내가 연구실로 찾아갔을 때, '그'는 평소와 같은 모습이 아니었다. 연구실은 이상하리만큼 조용했다. 아니, 싸늘했다. 내가 들어서자, '그'가 뒤돌아보았다. '그'의 눈은 평소보다 더 충혈되어 있었고, 치아는 너무 세게 악문 탓에 금이 가 있었다. 나는 말했다.

"무슨 일이지? 클론 1호? 불편한 점이 있으면 지금 말해라."

'그'는 아무 말도 하지 않았다. 단지 조용히 일어나 내 앞으로 천천히 다가올 뿐이었다. 나는 완벽하게 동일한 또 다른 '나'의 형상이 나에게로 다가오는 것을 보고 나도 모르게 뒷걸음질쳤다. 그 순간, '그'는 두 손으로 나의 목을 잡고 조르기 시작했다.

"커억……."

몇 초 뒤, 나의 눈앞이 흐려지기 시작하며, 의식이 멀어졌다. 흐려져 가는 의식 사이로 내 목소리, 아니 '그'의 목소리가 들려왔다.

"나를 왜 만든 거지? 도대체 왜!"

"정신 차리세요! 괜찮으세요? 드디어 일어나셨어!"

나는 주변 사람들의 외침을 들으며 자리에서 일어났다. 병원 응급실이었다. 정신이 오락가락하던 나는 정신을 겨우 붙잡은 채 주변 사람들에게 사건의 경위를 물었다.

"무슨 일이 있었던 거지?"

"선배가 클론 1호에 목이 졸리고 있는 걸 우리가 목격하고 선배를 구했어요. 누가 선배인지도 헷갈렸지만, 다행히 클론 구분용 손목 표식의 존재를 떠올려서 겨우 살렸어요."

나는 그 말을 듣고 나서야 그 전의 사건이 사실이었다는 것을 확신할 수 있었다. 마음이 초조해졌다. 나는 잠시 쉬고 최대한 빨리 퇴원했다. 내 마음속의 무언가를 빨리 해결하기 위해서였다. 주변에서 아무리 말려도 내 생각을 꺾을 수는 없었다. 나는 조금이라도 빨리 클론 1호를 만나야 했다. 클론 1호의 그때 그 눈빛과 그 안의 무언가를 본 뒤로, 그것은 더 커져 내 행동 하나하나에 영향을 미치다시피 하고 있었다. 나는 애써 그 느낌을 무시한 채, 차를 타고 내 연구소로 향했다.

그곳에서 나는 클론 1호를 보았다. 위험 행동을 한 개체이기 때문에 그는 첨단 구속 장치로 구속당한 채, 보안 요원들에 의해 감시당하며 관리되고 있었다. 나는 그에게로 다가갔다.

"연구 소장님, 잠시 동안은 가까이 가시면 안 됩니다! 멈추세요!"

나는 경고를 무시한 채 발걸음을 계속했다. 이윽고 나는 '그'의 앞에서 멈췄다.

'그'는 그 사건 뒤로 제정신이 아닌 것 같았다. 인간이라는 존재로서의 목적을 잃은 한 공허한 시선이 나를 응시했다. 나는 그 안에서 혐오, 원망, 절망 등 많은 것을 느낄 수 있었다.

하지만 내가 다가가자, '그'는 나만큼은 강하게 응시했다. '그'의 눈길에 내 마음속의 무언가가 깨지는 느낌이 들었다. 나와 같으면서 다른 존재인 그와 나는 그 순간 묘한 느낌을 함께 받는 듯했다.

"어?"

그러나 나는 그 원인만은 끝내 밝혀내지 못했다. 주변의 요원들이 나를 '그'로부터 떼어냈기 때문이었다. 나는 뒤돌아 나가면서도 '그'와 마주친 그 기분을 잊지 못했다.

"이제는 드디어 거울의 경계가 사라진 것이 아닐까? 아니, 내가 무슨 소리를……. 기절했다 깨어나니 제정신이 아닌가 보군."

나는 혼자 중얼거렸다.

그 사건을 기점으로, 혼란만이 내 삶에 가득 차기 시작했다. 연구실 속 '그'는 하루하루 달라져 갔다. 물론 나쁜 쪽으로.

"제발 나를 죽여줘 제발! 크아아아악! 나는 왜 2명인 거야? 왜 이런 고통을 느껴야 하냐고!"

그는 쉽게 말하면 '미쳐 있었다.' 내가 항상 연구실에 출근해 그의 행동 양상과 추가 연구를 진행할 때면 그는 이해할 수 없는, 아니 이해할 수 없을 거라고 생각되는, 그러나 왠지 불편한 말들을 내뱉으며 소리를 지르곤 했다.

나는 점점 피폐해져 갔다. 이상하지 않은가? 점점 이상해져 가던 것은 전혀 다른 '그'인데, 왜 나까지 이상해져 가는 걸까. 나는 매일 고통에 시달렸다. 연구하는 도중에도, 집에 와서도, 씻을 때도, 잠들기 전에도. 특히 거울을 보는 것이 가장 고역이었다. 나는 급기야 집 안의 거울을 모조리 없애기까지 했다. 어딜 가나 '그'에게서 자유롭지는 못했다. 끝나지 않을 것 같던 고통의 연속이었다.

그러나 그 고통은 어느 날 너무 허무하게도 끝나 버렸다. 그날도 평범한 아침이었다. 나는 그 전과 같이 연구를 위해 책상에 앉아 먼저 자료를 정리하기 시작했다. 그런데 무언가 잊어버린, 허전한 느낌이 들었다. 중요한 자료를 놔두고 왔나? 집에 불을 끄지 않고 나온 건가? 한참을 생각하다, 어떠한 사실이 내 머릿속을 스쳐 지나갔다. 그것은 바로 정적이었다. 매일 연구실 구석에서 들려오던 그 소음이 없다. 온몸에 소름이 돋는다. 설마?

나는 내 감각을 부정하며 '그'가 있던 공간으로 달려갔다. 그러나 '그'는 보이지 않았다. 무슨 일이 생긴 걸까? 나는 당장 먼저 와 있던 동료 연구원에게 경위를 물었다. 그 연구원은 '그'에 관해 내가 불편해한다는 사실을 알고 있는 것 같았고, 한참을 망설이다 대답했다.

"폐기, 처분이요……."

나는 그 말을 듣고 심장이 내려앉는 것 같았다. 폐기 처분. 나라의 총괄을 받는 이 프로젝트에서 복제 인간의 위험성이 드러나거나, 혹은 더 이상 이용 가치가 없어졌을 때 안락사를 시행하는 것을 의미한다. 내가 이 고통을 끝내기 위해서는 들어야 했던 말이자, 동시에 듣고 싶지는 않았던 말이었다. 하지만 여기까지 온 이상, 나는 최후를 지켜봐야 했다.

나는 복제 인간의 안락사가 예정된 극비의 장소로 향했다. 나라의 총괄을 받는 프로젝트이기 때문에 보안이 특히 중요했으므로, 나는 눈을 가린 채 복제 인간이 있는 곳으로 이동했다.

나의 눈앞은 어둠으로 가득했다. 눈에 빛이 들어오는 순간, 나는 진실을 마주하게 될 것이다. 차라리 평생 어둠이었으면. 그러나 나의 바람과는 다르게, 눈앞의 천이 들리며 빛이 쏟아졌다. 그리고 문이 열렸다.

눈이 감당하기 힘들 정도로 밝은 빛이 쏟아지는 와중에도, 그 뒤에 일어날 일이 앞에 생생히 그려지는 듯했다. 나는 패닉 상태에 빠졌다. 온몸이 헤어 나올 수 없는 늪에 빠진 것 같았다. 더 이상 버티기 힘들 것 같았다.

그러나 나는 이 일의 최후를 지켜봐야 한다. 이것이 '그'를 탄생시킨 나의 의무다. 나는 두 눈을 똑바로 뜬 채, '그'의 몸에 약물이 주사되는 과정을 보았다. 잠시 후, '그'는 경련하기 시작했다. 10초 후, 몸의 떨림이 멎어 가고 있었다. 그 순간, '그'의 눈과 나의 시선이 맞닿았다.

마음속의 무언가가 깨짐과 동시에, 의식이 점멸했다.

"흠……. 이런 일이었어. 그래, 이제야 속이 좀 후련하군……. 역시 사람은 피하지 않고 마주해야 하는 법이야."

나는 혼잣말로 중얼거리며, 과거의 기록을 종이봉투에 다시 봉인했다.

나는 자아가 너무 무거웠던 나머지 저 기억의 심해로 끌어내렸던 과거의 짐을 이제야 되찾았다.

그러나 그 대가는 만만찮은 것 같았다. 나는 이제 죽을 때까지 그 기억을 가지고 살아야 했다. 더 이상의 편했던 나로 되돌아갈 수 없다. 하지만 당연하게도, 나는 전혀 후회하지 않는다. 그것이 고통 받았던 '그'에게 내가 할 수 있는 유일한 속죄이기 때문이다.

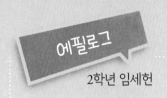

저는 항상 생명과학에 대해 관심이 많았습니다. 이러한 이유로 자연스럽게 생명 과학자가 된 미래의 자신을 상상해 보기도 했고, 이어서 생명과학의 미래와 그것이 어떻게 발전할지에 대해 궁금해한 적도 많았습니다. 하지만 생명과학은 생명을 직접적으로 다루는 학문이기 때문에, 많은 논란과 윤리적 문제가 생길 여지도 존재한다고 저는 생각하곤 했습니다. 특히 생명과학이 더욱 발전할 미래에 말입니다. 따라서 이러한 제 생각과 상상력을 바탕으로, 저는 인간의 발전된 생명과학 기술로 복제 인간이 탄생한다면 어떠한 윤리적 문제와 사건이 야기될 것인지에 대해 소설을 써 보았습니다.

아직은 불가능한 일이기에 쓰면서 상상하기 힘든 부분도 많았지만, 이번 소설을 쓰면서 저는 제가 막연히 생각했던 진로와 종사 분야에 대해 다시 한번 더 돌아보고 앞으로 생명과학을 직업으로 삼을 사람으로서 가져야 할 마음가짐을 다시 한번 돌아보며 한층 더 발전할 수 있었습니다. 이렇게 좋은 계기를 마련해 주신 선생님들과 함께 고생한 친구들에게 감사의 뜻을 표합니다.

더 아일랜드

2학년 이승민

1890년의 어느 날이었다. 의자에 가만히 앉아 책을 읽던 나는 도착을 알리는 선원의 외침에 급하게 자리에서 일어났다. 갈매기 울음소리와 선원의 외침 소리 너머로 활기차게 북적이는 항구 특유의 소음이 들려왔다. 서두르느라 조금 허둥대긴 했지만, 이윽고 나는 빠르게 객실 구석에 놓인 스탠드 옷걸이에 대충 던져두었던 트렌치코트를 걸치고 배에서 내렸다.

"호오."

배에서 내리자 중국과 영국이 섞여 있는 듯한 이국적인 풍경이 눈에 들어왔다. 항구 구석에서 펄럭이는 유니언 잭과 용사기가 이곳이 홍콩임을 입증하고 있었다.

"홍콩에 오신 것을 환영해요, 베이커 씨!"

배에서 내리자마자 나와 여러 여정을 함께한 가이드인 앨리스 스콰이어 양이 나를 반갑게 맞아주었다. 역시 구면인 가이드를 고용하니 어색하지 않군, 하고 자신의 선택이 옳았음을 인식한 다음, 스콰이어 양이 내민 손을 가볍게 잡고 살짝 흔들었다.

"오랜만이네요. 분명, 1년 만이죠?"

"네, 마지막으로 함께한 여행이 트루셜 스테이트(현재의 UAE)의 샤르자에서였으니, 그 정도 됐겠네요."

가볍게 인사를 나눈 후, 스콰이어 양과 나는 서로 약속이라도 한 듯 함께 항구를 나섰다. '둘이 만나면 일단 간단히 요기를 한다.' 7년 가까이 되는 기간 동안 알고 지낸 우리 둘의 암묵적인 규칙이었다. 이윽고 스콰이어 양은 어느 이탈리안 트라토리아(식당) 앞에서 멈춰 섰다. 만면에 미소를 띠고 나를 돌아보는 것을 보니, 이곳이 그녀가 추천하는 근방 최고의 식당이라는 것이겠지. 기껏 홍콩까지 왔는데 왜 광둥 요리를 파는 식당이 아니라 이탈리아 식당을 골랐는지는 조금 의아했지만, 나는 일단 스콰이어 양에게 식당 문을 열어준 뒤 그녀의 뒤를 따라 식당에 들어섰다.

"오오…!"

내 의문은 가게에 들어가자마자 눈 녹듯 사라졌다. 중국적 요소와 이탈리아, 영국의 요소가 조화롭게 어우러져 독특한 인상을 주는 식당의 인테리어가 내 마음에 쏙 들었기 때문이었다. 나는 정말로, 스콰이어 양을 가이드로 기용하기를 잘했다고 생각하며 얕게 웃음을 내뱉었다. 내가 흘린 웃음에 스콰이어 양이 뿌듯한 듯 살짝 웃었다. 우리는 빠르게 주문을 마친 후 창가에 자리한 2인석에 앉았다.

그 이후로는 시답잖은 담소가 이어졌다. 샤르자에서 볶음밥을 먹다가 내가 향신료 씨앗을 잘못 씹어서 입안에 퍼지는 농후하고 자극적인 향에 고통스러워했던 이야기, 버마의 정글에서 길을 잃어서 사흘을 꼬박 굶으며 노숙했던 이야기, 인도에서 스콰이어 양이 갠지스 강에 빠졌었던 이야기, 나가사키에서 어떤 사무라이와 시비가 붙어 스콰이어 양이 울었던 이야기까지. 과거의 추억을 하나하나 되짚어, 우리가 처음 만났던 시절의 이야기까지 거슬러가고 나니, 음식과 커피가 나왔다.

"그러고 보니, 베이커 씨는 홍콩이 처음이시던가요? 의외네요. 그, 세계의 온갖 장소를 돌아다니시면서, 정작 아시아 무역의 중심지인 홍콩을 와 보신 적이 없으시다니…."

"아, 그건…."

스콰이어 양이 방금 내려진 따끈한 카푸치노를 한 모금 마시고는 물어온 질문에, 나는 당황하며 방금 막 들었던 참인 컵을 내려놓았다.

"좀 복잡한 사정이 있었어요. 음, 설명하자면 긴데, 스콰이어 양을 처음 만나고 한 2년 정도 지난 때의 일이었죠. 홍콩행 여객선을 타고 이동하다가, 그만 조난을 당하는 바람에…."

나는 순간 아차, 하는 심정으로 급하게 입을 다물었다. '그 사건'은 다른 사람에게 말하기에는 살짝 창피한 것이었다. 나는 분위기를 탄 나머지 말해서는 안 될 것을 말해버린 스스로의 부주의함을 원망하며 옅게 침음성을 흘렸다. 하지만 중간에 이야기를 멈춰버린 것이 오히려 그녀의 흥미를 돋궜는지, 오히려 스콰이어 양은 눈을 빛내며 말했다.

"어, 왜 갑자기 이야기를 끊으시는 거예요? 조난이라니, 재미있을 것 같은데…."

"아아아, 방금 건 잊어주세요. 이놈의 입이 방정이지…."

나는 급하게 대화를 무마하려 시도한 뒤, 다시 컵을 들어 올리려 했다. 그러나 스콰이어 양의 호기심은 여기서 꺾이지 않았다.

"에, 듣고 싶은데… 혹시, 무인도에서 피어난 베이커 씨의 한 순간의 사랑 이야기라던가, 그런 건가요?"

"아뇨, 그런 건 아닌데…."

장난스러운 억양으로 터무니없는 추론을 제시한 스콰이어 양은 내 답변을 듣자마자 물음을 던졌다.

"그럼, 대체 무슨 이야기일까요? 점점 궁금해지는데요?"

아무리 설득해도 만류가 먹히지 않을 것 같아, 작전을 바꿔보기로 했다. 나는 진지한 표정을 짓고 다시 한번 분명한 어조로 말했다.

"… 이 얘기는 정말로, 안 들으시는 게 좋을 겁니다."

그 말을 들은 스콰이어 양이 살짝 놀란 듯 의아한 눈초리로 나를 바라보다가, 질문을 던졌다.

"… 혹시 무서운 이야기라던가 그런 건가요…?"

"……."

내가 침묵으로 일관하자 스콰이어 양은 미묘한 표정으로 나를 잠시간 바라보다가, 말없이 다시 카푸치노를 마시기 시작했다. 그 모습을 확인한 나도 아까 내려놓았던 포크를 다시 집어 올렸다. 계획은 성공한 듯하다.

'… 이런.'

내가 주문했던 푸타네스카 스파게티(토마토와 엔초비, 케이퍼가 들어가는 매콤한 스파게티)는 그 사이 훌륭한 알 덴테 상태에서 프랑스인들이나 좋아할 만한 다 불어 터진 무언가가 되어 있었다. 어디 그뿐인가. 내 에스

프레소도 완전히 식어버리고 말았다. 이대로 마신다면 시고 짜고 떫은, 그 야말로 '콩을 태워서 나온 재를 물에 개어먹는' 끔찍한 음료나 다름없을 것 이다. 한편, 스콰이어양은 음식은 주문하지 않고 판나코타(이탈리아식 우 유 푸딩) 하나만 시킨 상태였기 때문에, 길어진 대화의 영향을 상대적으로 덜 받은 느낌이었다. 갑자기 조금 화가 나기 시작했다. 대화는 같이 했는 데, 왜 나는 이만큼이나 심한 피해를 보고, 스콰이어 양은 아무 타격도 없 이 넘어간단 말인가? 이건 명백한 차별이었다. 남들이 보면 유치한 불만이 라고 놀릴 수도 있겠지만, 영국인답지 않게 미식을 추구하는 내게 있어 마 음에 드는 가게에서 기껏 주문한 스파게티가 붙어버린 것은 꽤 짜증을 낼 만한 일이었던 것이다. 나는 잠시 고민하다가. 스콰이어 양에게 살짝 화풀 이도 할 겸, 그녀가 듣고 싶어 하던 이야기도 들려주면서 살짝 골려주기로 했다.

"… 스콰이어 양?"

"네?"

카푸치노를 잠시 내려두고 이제 막 판나코타를 한 스푼 입에 떠 넣은 스 콰이어 양이 답했다. 나는 최대한 부드러운 목소리로 말하기 시작했다.

"생각해 보니, 말하지 못할 것도 없을 것 같습니다. 아까 말했던 이야기 말이죠."

"네? 아니, 저기, 그, 많이 무서운 이야기라면, 말씀하시지 않으셔도 괜 찮은데요…?"

"아뇨, 듣고 싶으시다면서요."

스콰이어 양의 눈이 일순간 흔들렸다. 잠시 이래도 되나 하는 생각이 뇌 리를 스쳤지만, 나는 결심을 굽히지 않고 그때의 이야기를 입에 담기 시작 했다.

1885년의 여름이었다. 어렸던 나는 세계를 모두 둘러보겠다는 원대한 목 표의 첫 번째 행선지를 홍콩으로 정하고 그곳으로 향하던 중 풍랑을 만나 어느 한 섬에 좌초되었다. 미묘한 통증에 눈을 뜨자 내가 온 몸에 자잘한 상처가 생긴 채 모래사장에 뒹굴고 있다는 사실을 인지할 수 있었다.

"미친."

상처들을 인지하자 고통이 몰려와 정신이 확 들었다. 나는 스스로가 조난 상황에 처했음을 인지하였고, 즉시 주변 환경을 확인하려 했다. 내가 뒹굴고 있던 모래사장을 둘러보자, 배의 잔해와 시체들이 나뒹굴고 있는 모래사장이 시야에 들어왔다. 희미하게 붉게 물든 백사장 위로 그 사이에 파리가 잔뜩 꼬인 시체들이 굴러다니고 있는 모습은 살아남았다는 환희를 뒤덮을 수 있을 정도로 불쾌했다. 다음으로 바다 방향을 살펴보니, 선박은커녕 다른 섬조차도 없는 망망대해만이 펼쳐져 있었다. 뒤를 돌아보니 조금 떨어진 곳에 울창한 숲이 보였고, 모래사장 곳곳에 야자나무가 자라고 있는 것도 확인할 수 있었다. 아무래도 아무것도 없는 섬에 떨어져 굶어 죽을 운명은 아닌 것 같다고 안도하고 있을 때, 어디선가 굵직한 남성의 음성이 들려왔다.

"어이! 거기 당신!"

그렇다, 나는 혼자 조난당한 것이 아니었던 것이다! 조난과 같은 극한 상황에서, 혼자가 아니라는 사실은 매우 안심되는 것이라는 것을 그때 마음속 깊이 깨달았다.

"이봐, 얼른 여기로 오라고!"

"휴, 다행이구만."

거기다 다행히도 저들 모두 영어를 할 수 있는 것 같았다. 언어가 통한다는 사실을 안 나는 가볍게 안도의 숨을 내쉰 후에, 그들이 있는 곳으로 달려갔다. 내가 그들이 있는 곳에 다다르자, 생존자 둘 중 억센 억양이 약하게 묻어나는 영어를 사용하는 남자가 말했다.

"자! 자기소개라도 할까? 난 조셉이라고 하네. 조셉 깁슨. 어, 우선 다들 많이 당황했을 텐데, 일단 정신을 똑바로 차리자고. 이런 데서 만난 게 좀 뭐 하긴 하지만 이것도 어찌 보면 인연 아닌가? 하하. 한번 잘 지내보자고."

조셉이라고 스스로 이름을 밝힌 남자는 말을 마치고는 활짝 웃어 보였다. 하지만 그의 얼굴에서는 역력한 불안감이 묻어나고 있었다. 아무래도 자신의 불안함을 감추기 위해 일부러 과하게 유쾌한 척을 하는 것이리라.

그의 말에 대충 맞장구를 쳐주고 나니, 그 옆에 선 귀티가 흐르는 외모의 남자가 입을 열기 시작했다.

"반갑네. 나는 마이클 펜더라고 한다네. 음, 이거 달리 할 말이 잘 생각나지는 않는군. 하여간 잘 지내보세."

마이클이라는 남자는 짧은 소개를 마치고 입을 다물었다. 그러고는 조셉과 함께 나를 응시하기 시작했기에, 나도 입을 열었다.

"그래, 나도 내 소개를 해야겠군? 나는 헨리 베이커라고 하네. 잘 부탁하지."

내가 간결하게, 그러면서도 나이가 어리다고 얕보이게 되는 일이 생기는 것을 미연에 방지하기 위해 자신을 마이클이라고 밝힌 남자의 말투를 따라 하며 소개를 끝내자, 조셉이 손뼉을 치며 말했다.

"좋아, 아주 좋아! 이제 서로 이름도 알고 했으니, 관계의 첫 단추를 잘 꿴 셈이로군. 그래. 자! 그러면 이제 뭘 할까? 음, 불 피우기? 식량 찾기? 의견을 좀 내 보게."

그렇게 말하면서 조셉은 다시 웃어 보였다. 억지로 짓는 웃음이라는 것이 너무 뻔히 보였기 때문에 살짝 불쾌한 기분이 들려고 했지만, 여기서 시비를 걸어봐야 좋을 것이 없기에 나는 잠자코 그 말에 응답하기로 했다.

"우선은 동굴처럼 은신처로 사용할 수 있을 만한 지형을 찾아보는 건 어떻겠나? 그런 다음은 불을 피워야 할 것이고, 그다음에는 안정적으로 수자원을 확보할 수 있도록 수원(水原)을 확보해야겠지."

내 말을 들은 마이클이 자신의 주머니를 뒤적거리며 말했다.

"불은 걱정하지 않아도 되네. 내 주머니에 아직 기름이 남은 라이터가 들어 있지. 애석하게도 내 담배는 어디론가 전부 떠내려갔네만 말이지."

그러고는 라이터를 꺼내들고 부싯돌을 튀겨 불을 붙여 보였다. 불은 걱정하지 않아도 된다는 사실을 확인한 우리는 조금 더 상의를 거친 뒤에, 일단 내 의견을 따라 은신처를 찾아보기로 결정했다. 탁 트인 모래사장에는 은신처로 사용할 만한 지형이 없을 것이라는 판단하에, 우리는 다 함께 숲속으로 들어갔고, 운 좋게도 독충이나 독사, 혹은 야생 동물에게 습격당하는 일 없이 무사히 적당한 크기의 동굴을 찾아낼 수 있었다.

"하하! 이보게들! 저거 보게나! 아무래도 하늘이 우리를 돕는 모양이야! 우하하하!"

조셉은 동굴을 찾고는 정말 미친 게 아닌가 싶을 정도로 웃었다. 노래라도 한 곡 부르고픈 좋은 기분이 된 건지, 이상한 멜로디를 흥얼거리며 동굴로 다가가던 때에는 정말 그를 조심해야겠다고 결심할 정도로 되려 내가 불안해질 지경이었다.

"잠깐만요!"

한창 이야기가 무르익기 시작하려는 참에, 갑작스럽게 이야기를 듣는 동안 시종일관 불안에 떨던 스콰이어 양이 말을 끊었다.

"왜 그러시죠, 스콰이어 양?"

"무서운 이야기라면서요? 맨 처음 나온 시체 이야기만 빼면 무섭기는커녕 오히려 재밌기만 한데요?"

스콰이어 양은 이내 나를 의심스러운 눈초리로 바라보기 시작했다.

"이거 이거, 괜히 저 겁주려고 거짓말하신 거 아니에요?"

"어허, 조금만 더 들어 보세요. 억지스러운 태도를 보이던 조셉이 미쳐버려서 우리를 공격했을지, 식인 악어가 나타나서 저를 제외한 모두가 잡아먹혔다던가, 그런 전개가 앞으로 나올 수도 있지 않습니까?"

스콰이어 양은 내가 제시한 끔찍한 상황들을 머릿속에 그려보고 만 것인지 얼굴이 살짝 창백하게 질린 채 조용해졌다. 나는 다시 입을 열었다.

동굴에 들어서자, 마이클이 한 마디를 툭 내던졌다.

"호오, 안은 생각보다 깨끗한데 그래?"

정말 그랬다. 숲 속에 있는 동굴 치고는 이끼 한 점 찾아볼 수 없을 정도로 깨끗한 곳이었다.

은신처를 구한 우리는 당분간 식량 겸 식수로 쓰일 코코넛을 구하고, 또 혹시 우리와 함께 떠밀려왔을지도 모를 배의 물자들을 수색하기 위하여 우리가 맨 처음 떠밀려왔던 모래사장으로 되돌아갔다. 조셉은 슬슬 기운이 빠지기 시작하는지 말수가 조금 줄어들기는 했지만, 여전히 억지스러운 밝은 분위기를 유지하며 의욕적으로 수색에 나섰고, 마이클도 이 근방에 가득 찬 부취에 표정을 구기면서도 착실히 수색에 임했다. 그리고 몇 십분 후, 망연자실한 듯한 표정을 짓고 모래사장에 주저앉은 마이클이 입을 열었다.

"여기, 썩은 코코넛 몇 개 말고는 코코넛이 하나도 없잖아…!"

손에 통조림이 몇 개에 통조림 따개까지 들어 있던 보물 상자나 다름없는 가방을 발견해 살짝 기분이 좋아진 듯 보이는 마이클이 말했다.

"글쎄, 야자집게가 다 먹어치운 건 아니겠는가?"

"아니, 야자집게가 원래 코코넛을 그렇게 많이 먹나?"

"낸들 알겠나. 뭐, 만약 그렇다고 하면 코코넛 대신 야자집게를 잡아먹어야겠군. 어떻게 보면 오히려 그게 더 잘 된 일 아니겠는가?… 오옷, 이건 귀하군."

누군가의 코트 주머니에서 궐련이 세 까치 정도 든 담뱃갑을 발견한 마이클의 표정이 눈에 띄게 밝아졌다. 그러는 사이에도 조셉은 의구심이 가시지 않은 표정으로 생각에 잠겨 있었다.

"정말로 그런 건가…? 뭔가 찜찜한데…."

두 사람의 대화를 듣고 있자니 어딘가 찜찜해진 나도 그 문제에 대해 생각해 보기로 했다. 그리고 얼마 후, 나는 무서운 가능성을 하나 떠올려냈다.

"혹시, 여기 유인도인 거 아닌가…?"

조셉과 마이클의 얼굴이 창백해졌다. 그리고 바로 그때였다.

"헤, 리티 피에네!"

저 멀리 숲에서 특이한 옷을 입은 원주민 몇 명이 무기를 들고 뭐라뭐라 고함을 지르며 튀어나왔다. 우리 셋은 모두 크게 놀라 제각각 도망쳤다. 나는 빠르게 달려 원주민들을 피해 다시 숲으로 향했고, 조셉과 마이클은 각각 다른 방향으로 해변을 따라 달려갔다. 숲으로 향하는 나를 4명 정도의 원주민이 뒤쫓았다. 나는 필사적으로 숲 안쪽을 향해 달려 들어갔다. 우리가 은신처로 삼은 동굴로 들어가는 방안도 생각해 보았지만, 그제야 이상할 정도로 깨끗했던 그 동굴이 원주민들의 거주지 혹은 전초기지가 아니었을까 하는 생각이 들어 바로 단념했다. 원주민들은 기동성이 그렇게 뛰어나지 않은 것 같았기 때문에, 결국 나는 그들을 따돌릴 때까지 복잡한 숲속을 빠르게 헤집고 다니는 방법을 택했다. 그리고 20분 정도가 지났다.

"흐억… 으허… 컥….”

무리 없이 풀코스 마라톤을 달리기도 하는 지금과는 다르게, 여행을 시작한 지 얼마 되지 않았던 당시의 나는 울퉁불퉁한 숲길을 그 정도 달린 정도로도 거의 탈진 상태가 되었다. 나는 문득 뒤에서 쫓아오는 원주민들의 발소리가 들리지 않는다는 사실을 깨닫고, 천천히 뒤를 돌아보았다.

'아무도 없군…'

아무리 찾아봐도 사람 그림자 하나 찾을 수 없었다. 나는 그제야 긴장이 살짝 풀려 안도의 한숨을 내쉬며 바닥에 주저앉았다.

"뒤질 뻔 했네….”

하지만 오래 앉아 있을 시간은 없었다. 떨어져 버린 조셉과 마이클과도 다시 합류해야만 했고, 또 원주민들이 찾아내지 못할 만한 새로운 은신처도 찾아봐야 했기 때문이다. 그리고 그 이전에, 문제가 하나 있었다.

"어느 쪽으로 가야 해변이 나오지?”

그렇다. 원주민들로부터 도망치는 것에 너무 신경을 쓴 나머지, 그만 길을 잃어버리고 만 것이었다. 나는 하는 수 없이 일단 원주민들과는 만나지 않고, 운 좋게 조셉이나 마이클과 합류하는 것을 목표로 삼아 도망치던 방향으로 쭉 나아가 보기로 했다.

새삼스러운 이야기지만, 숲 자체는 상당히 아름다웠다. 열대림 특유의 상록 활엽수가 빽빽이 자라난 이국적인 풍경은 내가 원주민들에게 쫓기고 있다는 급박한 현실조차 잊을 수 있게 해줄 정도로 나를 만족시켰다. 얼마간 걸었지만 원주민들과는 전혀 마주치지 않아 마음이 많이 놓였고, 또 오랜 시간 뛰어 목이 너무 말랐던 나는 혹시 주변에 하천이나 연못이 있는지 찾아보기도 하며 한동안 숲의 경치를 즐겼다. 그러다 보니 저 멀리에서 물이 흘러가는 소리가 희미하게 들려와서, 나는 급하게 소리가 나는 곳으로 달려갔다. 아니나 다를까 그곳에는 꽤 깨끗한 작은 강이 흐르고 있었기 때문에, 나는 상당히 기분이 좋아진 상태에서 물을 마음껏 퍼마셨다. 누군가

다가오고 있는 것도 모른 채로 말이다.

"아보, 리 초사미?"

"어, 뭐라고? 잘 못 들었네."

갑자기 누가 옆에서 문득 말을 걸어오자, 나는 무심코 답하며 옆을 돌아보았다. 초등학생 정도 되는 원주민 아이가 있었다.

"어…?"

그리고 그 뒤에는 건장한 원주민 남성 셋이 있었다.

"!!!!!"

그렇게 나는 형언하기 어려운 괴성을 지르며 꼼짝없이 그들에게 끌려갔다.

원주민들의 부락은 그리 멀리 있지 않았다. 내가 물을 마시던 바로 그 강의 조금 더 상류에 있었던 것이다. 세상에 어떻게 그런 우연이 있을 수 있었는지, 아직도 의아하다.

"… 어서 오게."

"……."

원주민들이 나를 던져 넣은 작은 건물 안에는 이미 마이클과 조셉이 잡혀와 있었다. 마이클은 얼마 가지 못해 잡힌 모양인지 그나마 기운이 있는 듯 멀쩡히 자그마한 창가에 기대서 아까 주웠던 담배를 피우고 있었고, 조셉은 꽤나 격하게 뛰어다녔는지, 그리고 저항도 조금 한 모양인지 완전히 진이 빠진 상태로 건물 한구석에 처박혀 골골대고 있었다. 나를 데려온 원주민은 완전히 지쳐 숨이 넘어가려고 하는 조셉의 몰골을 보고는 잠시 바깥으로 나가더니, 오트밀처럼 생긴 요리를 조금 가져다주었다. 마이클은 살짝 비위생적으로 보이는 식기를 보고는 얼굴을 찌푸렸고, 조셉은 애초에 식기를 들 기력도 없는 것 같았다. 나는 혹시 음식에 독약을 타 우리를 죽이려는 속셈이 아닌가 잠시 생각했지만, 이내 우리를 죽일 셈이었다면 그냥 죽이지 굳이 귀한 식량을 낭비하지는 않을 것이라는 판단을 내리고 식기를 대강 닦은 후 과감하게 음식을 조금 떠서 입에 넣었다.

"음! 의외로 괜찮은데?"

베이스는 형태와 식감이 사라질 정도로 푹 끓인 쌀이고, 몇 가지 채소와 정말 조금의 고기가 들어가 있었으며, 간도 제대로 되어 있어 의외로 괜찮은 맛이었다. 그리고 나는 음식을 반쯤 먹었을 쯤에 또 새로운 사실을 알아냈다.

'이 식기는… 분명 저번에 톈진에 들렀을 때 보았던 차이니즈 스푼(湯匙)이 아닌가?'

이게 있다는 것은 이 섬이 청나라의 **땅**이거나, 적어도 그들과 관계가 있는 땅일 가능성이 높다는 사실을 가리켰다. 우리가 남중국해 한가운데에서 외부와 단절된 채 살아가던 외딴섬에 표류한 것이 아니고, 어쩌면 이곳이 홍콩, 샤먼, 광저우만, 안남, 통킹 등 서양 국가들의 지배 아래에 있는 땅 근처에 있는 섬일 수도 있다는 사실에 나는 이번에야말로 진심으로 안도했다. 내가 이 사실을 이제 겨우 식기를 닦아 음식을 몇 술 떠먹은 참인 다른 생존자들에게 알리자, 그들도 상당히 기뻐했다.

"정말인가? 후, 불행 중 다행으로군 그래….."

특히 조셉은 방금까지 골골대던 게 거짓말이었던 양 다시 기력을 되찾았다.

"뭐? 진짜? 하하하! 거 봐, 내가 뭐랬나? 하늘이 우릴 돕는댔지!"

마음이 꽤나 편해진 우리 셋은 빠르게 음식을 다 비우고는, 시답잖은 농담이나 하면서 잠시 시간을 죽였다. 그리고 곧 원주민들 중에서도 꽤나 높은 계급에 속한 듯 보이는 남자가 나타나 우리에게 말을 걸었다.

"Waar kom je vandaan?"

일순간 조셉과 마이클의 눈동자가 흔들리는 것을 보았다. 질문하는 억양이긴 했지만, 정작 무슨 말인지를 못 알아들으니 당황한 것이다. 그러나 나는 그 말을 대강 알아들을 수 있었다. 발음이 살짝 부정확하기는 했지만, 네덜란드어였다. 홍콩 여행을 마치면 바로 스콰이어 양과 네덜란드령 동인도(지금의 인도네시아)를 여행하기로 약속하고 미리 네덜란드어를 조금 배워둔 것이 신의 한 수였다. 저 말은 아마도 '당신들은 어디에서 왔느냐?'였을 것이다.

"Wij zijn Brits. Het is een land… next to the Netherlands(우리는 영국인

이오. 그곳은… 네덜란드 옆에 있는 나라요).

나는 아직 부족한 네덜란드어 실력 탓에 네덜란드어와 영어를 섞어 대답했다. 그래도 의미는 대강 전해진 듯했다.

"Zijn jullie Brits? In dat geval zal ik morgenochtend de Britse ambassade bellen, dus wacht tot dan."

이건 아마도 '내일 영국 대사에게 가보겠다.'였을 것이다. 정말도 다음 날 아침에 영국 대사가 왔으니 말이다. 이 말을 조셉과 마이클에게 전하자 그들은 일이 이렇게 쉽게 풀릴 거라고는 생각도 못 했었는지, 잠시 멍하게 있다가, 이내 정말 건물 안이 울릴 정도로 방방 뛰어다니며 기뻐했다. 사실, 나도 그랬다.

이 뒤에는 원주민에게서 그들의 말을 조금 배우기도 하고(이때 그들의 언어도 사실 한자로 표기하는 중국어 계통의 언어라는 것을 알았다.), 원주민들이 가지고 있던 작패로 함께 마작을 치기도 하고, 친해진 원주민 가족에게서 술도 좀 얻어 마시고 하면서 꽤 즐겁게 하루를 보낸 뒤에, 다음 날 도착한 영국 대사관 직원을 따라 타카우(가오슝의 옛 지명)로 이동했다. 내가 조난당했던 그 섬은 바로 포르모사(타이완)이었던 것이다. 조셉과 마이클은 도시에 도착하자마자 영국으로 떠났고, 나는 이왕 간 김에 포르모사를 잔뜩 구경하고서는 다시 동인도로 이동했다.

이야기가 끝나자마자, 스콰이어 양이 놀란 눈치로 물었다.

"그럼, 그때 바타비아(자카르타)에 하루 늦게 도착했던 게 그거 때문이었어요?"

"네, 맞아요. 바타비아까지 갈 때도 바람이 엄청 불어서 얼마나 무서웠다고요."

흐흐, 하고 가볍게 웃음을 흘린 스콰이어 양이 다시 한번 물어왔다.

"그런데 이 얘기를 왜 하기 싫었던 거예요? 흥미롭긴 해도, 딱히 말하기 싫었을 만한 요소를 모르겠는데."

"아, 그건…."

나는 순전히 말이 통하는 평화로운 사람들을 상대로 엄청나게 겁먹었다는 게 부끄러웠다는 이유를 밝힐지 말지 고민하다가 입을 열었다. 다만, 포르모사의 언어로.

"醜怕啊, 講無想講。"

"네? 앗, 아….."

이렇게 외국어로 말한다는 것은 정말로 말하기 싫다는 내 나름의 강력한 의사 표현이라는 것을 스콰이어 양도 알기에, 더 이상 이에 대해 질문하는 일은 없을 것이다. 그래도 나는 이에 대한 질문을 원천봉쇄하기 위해 급하게 대화의 주제를 바꾸기로 했다.

"아, 그리고 제가 어딘가에 갈 때 그곳 언어를 배우려고 하는 경향이 있는 거 아시죠? 그게 다 이 조난당한 경험 때문입니다. 그때 네덜란드어나 하다못해 중국어라도 배워놓지 않았더라면, 전 꼼짝없이 거기 정착해야 했을 겁니다."

스콰이어 양은 잠시 눈을 감고 자신이 그 상황에 처했다면 어땠을까, 하고 잠시 생각하는 듯하더니, 이내 인상을 찌푸리고 말했다.

"그건… 좀 곤란하네요."

"따지고 보면 조난당한 게 제게 큰 교훈이 된 거죠. 아, 말이 나왔으니 하는 이야기인데, 스콰이어 양도 앞으로는 현지어를 배우도록 노력해 보시는 건 어떨까요? 이런 식으로 언어를 많이 배워두면 해외에서 위급상황이 닥쳤을 때도 어떻게든 대처할 수 있고, 거기다가 현지인들의 언어를 구사하거나, 하다못해 배우려고 노력하는 모습만 보여도 어떻게든 호감을 많이 살 수 있답니다. 또 언어를 배우면 배울수록 견문도 넓어지고, 세계관도 확장돼서 저처럼 똑똑해질 수 있답니다."

"음, 장점이 많… 잠깐만요, 그거 혹시 제가 멍청하다고 놀리는 거 아닌가요?"

"들켰네."

스콰이어 양의 얼굴이 시뻘게졌다. 아, 이건 잔소리하는 패턴이다.

"진짜 밥맛이에요! 그만 좀 놀리라고요!"

"후~! 제가 밥맛이라면 당신은 꿀맛이란 말입니까?"

스콰이어 양은 몇 마디를 더 하려고 하다가, 내 대답이 너무 어이없었는지 입을 꾹 다물고 말았다. 또 성공이군.

　이미 스파게티는 돌이킬 수 없을 정도로 불어 터져 웨이터가 치운 지 오래였고, 에스프레소는 이야기 중간중간에 억지로나마 마셔 일단 다 비워두었다. 스콰이어 양도 자신의 몫을 다 먹어 치운 상태였으니, 요깃거리는 조금 있다가 시장에라도 들러 조금 사 먹기로 하고 자리에서 일어났다.

　"이만 일어나죠. 다 드신 것 같으니."

　스콰이어 양도 잠자코 자리에서 일어났다. 식당 문을 열어젖히면서, 나는 이번에야말로 홍콩을 최대한 즐기겠노라고 다짐했다.

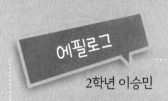

　제 소설을 읽어주신 여러분들께 진심으로 감사드립니다. 이번 제 글의 주제는 '외국어를 배워야 하는 이유'였습니다. 작중에서 주인공이 말했던 것과 같이, 외국어를 배우는 데는 많은 장점이 있습니다. 타인과의 소통이 가능해지니 모르는 사람과 친해질 수도, 궁금한 것을 질문할 수도, 그리고 위급 상황에는 도움을 요청할 수도 있게 해줍니다. 또한 카롤루스 대제의 '새로운 언어를 배우는 것은 새로운 영혼을 얻는 것이다.'라는 말처럼, 언어에 담겨 있는 문화적 요인들을 언어를 배움으로써 자연스럽게 흡수하여 자신의 것으로 만들 수도 있습니다. 물론 외국어를 배움을 통해서 외교, 무역, 통/번역 분야의 문이 열리는 건 말할 것도 없고 말입니다.

　위에 열거한 장점들은 실제로 모두 제가 경험했던 것들입니다. 저는 영어, 일본어, 표준중국어, 표준아랍어, 튀르키예어를 공부했는데요. 이들을 배움을 통해 더 편하게 외국인들과 소통하고, 외국 자료를 더 쉽게 얻고 해석할 수 있게 되었으며, 한국에서는 생소한 일본의 신토, 아랍과 튀르키예의 이슬람교를 더욱 잘 이해할 수 있게 되었습니다. 이러한 것들에 대한 견문이 넓어지니 정신적으로도 조금이나마 성장할 수 있었고요. 그리고 언어 학습의 무엇보다도 좋은 점은, 바로 재미있다는 것입니다. 학교식 영어와는 다르게, 스스로가 원하는 언어를 원하는 방식으로 배워가는 것은 아주 큰 즐거움을 줍니다. 이러한 좋은 점들을 여러분들도 누릴 수 있었으면 합니다.

　개인적으로 영어나 학교에서 배운 제2외국어 외의 언어를 더 배워보시고자 하는 분께는 일본어, 중국어, 말레이-인도네시아어, 튀르키예어를 추천드립니다. 일본어는 문법이 한국어와 거의 동일한데다 우리에게 익숙한 한자 어휘들을 많이 포함하고 있고, 또 발음도 쉽다는 점에서 배우기 편합니다. 중국어는 문법이 아주 간단하고 한자 어휘들을 정말 많이 포함하고 있어서 편리하고요. 만약 한자를 잘 모르시고, 한자를 배우고 싶지도 않으신 분들은 문법이 간단하고 발음이 편하며, 사용자수가 많은데다가 동남아시아의 패권을 잡고 있는 인도네시아의 공용어인 말레이-인도네시아어나 문법 구조가 한국어와 유사해 배우기 쉬운 튀르키예어를 추천드립니다.

외국어를 배우는 데에 흥미가 없다면, 그것도 괜찮습니다. 제가 외국어에서 재미를 느꼈던 것처럼, 여러분들도 적성에 맞고 재미를 느낄 수 있는 분야가 있으실 것입니다. 만약 지금 없다 하더라도, 누구나 그런 분야를 언젠가 찾아낼 수 있다고 저는 믿습니다. 여러분들이 스스로 적성과 관심을 가진 분야를 찾고, 그 분야에서 성공하시고 번창하시기를 기원하겠습니다.

이에 더해서, 저도 이번 글쓰기 프로젝트를 통해서 많은 것을 얻은 것 같습니다. 타 문화에 대한 존중의 정신을 다시 되새겨 볼 수 있었고, 또 글을 쓰기 위한 자료 조사 과정에서 19세기 후반의 국제 정세도 어느 정도 이해할 수 있었습니다. 새로운 지식을 얻을 수 있었고, 또 전하고자 했던 바도 잘 전달할 수 있었던 것 같아 기쁩니다. 이 글을 읽어주신 여러분들께 다시 한번 감사의 인사를 올리면서, 이만 글을 마치도록 하겠습니다.

미래

2학년 오동건

미래. 미래란 무엇인가. 물론 사전적인 의미의 미래란 모두가 알고 있을 것이다. 내가 묻고자 하는 것은 당신이 생각하는 미래에 대해서다. 아마 평소에 생각해 보지 않았다면 바로 답할 수 없을 것이다. 그렇다. 미래란 것은 너무나 추상적이고, 일평생 손에 잡을 수 없는 것이라, 그 누구도 규정할 수도 예측할 수도 없는 것이다. 그러나 한 가지는 확실하다. 미래란 것은 당신이 살아가게 하는 원동력이자 너무나도 희망의 본질에 가까운 단어라는 것. 그것이다. 아마 예언자. 점쟁이 따위가 성행하는 이유도 미래의 본질과 맞닿은 그 의미를 찾고자 하는 사람의 의지겠지. 그러니 자칭 "진짜"들이 내뱉는 예언들을 사람들이 그저 악질의 농담, 혹은 마녀의 저주로 취급하는 게 아니겠나. 그런 의미에서 나는 분명, 그 미래를 사랑하는 청년이었다. 분명 미래엔 희망이, 적어도 나아질 거란 믿음을 가지고 한 발짝 내디딜 수 있었다. 그러나 이제는, 그리고 앞으로도, 그럴 수는 없을 것이다. 미리 일러두겠다. 이건 미래에게 배신당한 사람의 좌절과 그에 대한 이야기. 희망은 없을 것이고, 앞으로도, 그 앞으로도 없을 것이라 토로하는 이야기. 그 이상도 그 이하도 아니다.

아. 새벽 여명이 밝아 오고 있다. 이 빌어먹을 도시의 공기가 내 폐부 속을 찐득하니 채워 오는 것이 느껴졌다. 폐부에 가득 차 버린 공기가 눌어붙은 타르처럼 내 발걸음을 잡아당겼다. 오늘도 나는 날지 못해 발걸음을 옮겼다. 아니. 정정하겠다. 날 수 있어도 이 빌어먹을 도시는 그걸 허락하지 않을 거다. 빌어먹을. 그런 욕들이 가득 메운 내 창을 열고, 옷장에서 옷을

꺼냈다. '너브(nerve)'라 적힌 정장을 꺼내 손에 들었다. 평상시에도 그랬지만, 오늘 따라 더 역겨운 구린내가 옷에서 풍겨 오는 것 같았다. 그럼에도 입어야 했다. 마음 같아서는 이 옷을 분쇄기에 집어 던지고 싶었지만, 그럼에도 입어야 했다. 나는 내게 선택권이 없음을 통감하며 옷을 걸쳤다. 가렵다. 너무 가렵다. 나의 중증 알레르기가 당장 이 옷을 벗어던지라 외치고 있었지만, 어쩔 수 없다. 그래, 어쩔 수 없는 거다. 죽기는 싫으니까. 겁쟁이란 소리를 들어도, 죽기는 싫으니까. 만약 내가 출근을 하지 않는다면 겪게 될 일 몇 개를 가슴 깊이 그려보았다. 우선, 지급되는 상급 식이 끊길 것이다. 그 후 나는 비비 꼬아 놓은 동아줄마냥 비쩍 마를 거고……. 그래도 나 같은 고급 인력을 바로 잘라 내진 않을 테니……. 아마 두세 달 버티겠지. 그 뒤엔 뻔했다. 그 돼지들한테 먹히겠지. 나는 그게 싫었다. 그 빌어먹을 회사와 돼지, 그리고 이 도시의 시스템. 그것들 모두가 싫단 말이다. 그러니 오늘도 출근 준비를 했다. 자기 합리화를 통해 내 삶에 당위성을 확보하면서, 내 나름의 옹호를 해보는 것이었다. 비겁자라 해도 좋고, 겁쟁이라 해도 좋았다. 오히려 그게 더 나을 것이었다. 그 누구도 이 끔찍한 자기혐오를 겪어보지는 못했을 테니까. 내가 나를 미워하는 것보다는, 남이 나를 미워하는 게 편할 테니까. 생각이 그곳까지 다다른 나는 헛웃음을 흘릴 수밖에 없었다. 타인들에게 그렇게 피해를 입혀 놓고도 내가 편하기 위해 남들이 나를 미워해 주길 바란다니. 내 자신의 이기성에 환멸이 났다. 그러나 또 거기까지 생각이 다다르자……. 또 연민이 떠올랐다. 이것 또한 인간이었으니까. 나는 어쩔 수 없는 인간인 것이다. 연약하디 연약한 인간. 신념이란 도구를 잃어버린 원시인. 그저 그뿐이다. 나는 준비를 끝마치고 거리를 나섰다.

7시다. 꺼진 도시의 중추가 다시금 빛을 되찾고, 엔스(ensse)들이 다시금 움직이는 시간대. 그래, 그 시간이 돌아온 것이다. 그리고 그것은 내가 다시금 일을 해야 한다는 의미를 내포하고 있기도 했다. 예전엔 지긋지긋한 시간이었으나, 글쎄, 지금은 달랐다. 일에라도 미치면 이 허무감을 잠시라도 잊을 수 있었으니까. 지각보단 망각이 낫고, 지혜보단 어리석음이 나은 법. 난 그리 중얼거리며 문을 열고 들어갔다. 내 직장 동료가 나를 반겨 왔다.

"왔구먼! 좋은 아침일세."

그는 변함없는 얼굴로 나를 맞이했다. 정말 소름끼칠 정도로 변함없는 얼굴로 말이다. 나는 섬뜩함에 몸서리쳤지만 겉으론 티내지 않았다. 그것이 예의기 때문에 같은 이유는 아니었다. 그저 동료…….아니 "저것"에 섬뜩함을 느끼는 내가 정상이 아니란 것을 알고 있었기 때문이다. 너브는 불변을 미덕으로 삼는다. 아니, 그것을 넘어 집착한다. 그러니 동료 직원의 모습은 바람직한 모습이었고, 나는 그것에 섬뜩함이 아닌 멋지다거나 하는 감각을 느껴야 했으나……. 지금은 반대로 느끼고 있지 않나. 그렇기에 내 발끝을 휘감는 끔찍한 감각을 억지로 무시했다. 그리곤 입을 떼어 간신히 한마디를 내뱉을 뿐이었다. "그래."라고 말이다. 동료는 내가 과묵하다느니, 좀 변한 거 같다느니 내 옆에서 열심히 지껄였다. 나는 그 말을 듣고 소름이 돋았다. 불변해야 하는 너브의 직원이 변한다니, 만약 그걸 센트럴에서 알아챈다면 내 끝은 뻔했기 때문이다. 나는 그러한 결말을 원치 않았다. 정확히는 이대로 "죽을 수 없는" 따위의 감상이었지만, 뭐, 아무 의미 없는 그런 말을 말해 봤자 뭐하겠나. 그렇게 내 미래에 대한 걱정에 내가 침잠해 있을 때, 동료는 이미 자기 자리에 돌아간 채였다. 아마 그가 나에게 한 말은 농담이었던 것 같다. 뭐 농담이 아니더라도 내가 할 수 있는 일은 없었겠지만. 해봤자 마치 미국의 사형수마냥 "최후의 만찬"을 즐기는 것? 그러나 그건 그것대로 웃긴 꼴이다. 3종류의 식사밖에 없는 도시에서 무슨 놈의 최후의 만찬이란 말인가? 일상적으로 먹는 식사가 최후의 만찬이라니. 참 우스운 꼴이 아닐 수가 없을 것이다. 물론 내가 너브에서 근무하는 만큼 3종류의 식사 중 가장 품질이 좋은 식사를 제공받고 있으니, 최후의 만찬조차 3종류 중에서 달라질 것도 없을 것임은 말하지 않아도 뻔하다. 그러니- 말하자면 매일이 내 최후인 셈이다. 그러한 생각에 다다른 나는 피식 웃고는 컴퓨터에 마주 앉았다.

항상 보던 컴퓨터 화면이 내 눈에 들어온다. 회색빛이었다. 검은색과 하얀색이 적절히 섞인 칙칙하디 칙칙한 색 말이다. 나는 그것이 더러 치우고 싶을 정도로 더러워 보인다는 것을 잘 알고 있었기에- 잠시 눈을 감았다.

안 그렇다면 구역질을 할지도 모른다는 생각이었다. 띠링, 맑은 음이 울렸다. 컴퓨터가 켜졌다는 신호였다. 그러나 나한테는 다르게 들릴 뿐이었다. 그래, 오늘도 이 지겨운 하루를 시작해야 한다는 그런 신호 말이다. 내가 하는 일은 간단했다. 아니, 정정하겠다. 모두가 하는 일은 간단했다. 위에서 내린 지령을 받고, 그것을 다른 회사로 전달한다. 리버(river)라든지(도시의 하수 처리를 맡는 회사이자, 화학 공장이다) 혹은 히트-R(heat-R) 같은 곳(도시 곳곳에 물류를 옮기는 핵심 센터이다)에 말이다. 그런 의미에서 너브는 꿈의 직장이라 할 수 있었다. 이러한 간단한 일로 최대의 혜택을 받는 직업. 그게 너브였으니 말이다. 그러니 모두가 여기서 일하기를 바랐다—나를 제외하고는. 내가 여기서 느끼는 건 그런 긍정적인 감정이 아니었다. 그저 지금도 내 양심 뒤에 숨어 내 모든 행에 브레이크를 거는 그런, 지독한 권태감뿐이었다. 키보드 위에 손을 올려 보았다. 키보드가 무기력함을 무기 삼아 내 손가락을 휘감아 왔다. 딸깍 딸깍. 어느 새인가 나는 기계가 돼 있었다. 끔찍한 감각이었다. 그러나 동시에 지금을 잊기 위해선 필요한 감각이기도 했다. 나는 더는 돌이킬 수 없는 까마득한 과거를 재생시켰다. 그렇게 한다면, 지금 이 모든 것을 던져 버릴 수 있을까 하는 마음에서 발로된 일이었다. '예전' 미래를 꿈꾸던 내가 선택한 도피처였다. 지나간 일이고, 돌이킬 수 없는 일이었으나, 추억이란 포장 아래에 묶여 버린 나는 이미 무언가를 생각할 만한 기력이 없었다. 그만큼 과거는 나를 취하게 할 수 있었다. 만취 상태가 된 나는 모니터를 쳐다보며 일을 처리하기 시작했다. 온갖 글자들이 내 눈앞을 수놓으며 내 앞을 밝혔다. 그만큼 밝았고, 그만큼 어지러웠다. 일, 일, 일. 정신을 유지하기엔 이미 너무 미쳐버렸다. 현실이 내 무의식의 저편과 맞닿아 있음을 아는 순간 나는 미쳐버릴 수밖에 없었다. 누군가의 환몽에 의해 모든 게 동하게 되었다면, 그것이 나의 꿈 저편의 기억을 현실로 올리고 항해를 할 수밖에 없는 신세로 만들어 버린 것이다. 그러나 고기잡이배가 장기 항해를 한다는 것은 이해 불능의 농담이다. 목적을 잃은 배는 하늘을 보며 그저 어디로든 가는 항해를 시작했을 뿐이고, 이제는 더 이상 운전을 할 힘이 없을 뿐이다. 어느덧 저녁이 된 하늘이 내 눈에 들어왔다. 오늘도 배의 방랑이 끝난 것이다. 이젠 그물도 다

찢어졌다. 식량이라고는 눈 뜨고 찾아봐도 없으며, 북극성 따위는 더더욱 없었다. 이젠 지쳤다. 그러나 이 빌어먹을 도시는 나를 놔주지 않을 거다. 그냥, 그런 예감이 들었다.

일을 끝마친 나는 회사 밖으로 나와 하늘을 바라봤다. 여기도 별 따위는 없었다. 아니, 있을 리가 없었다. 그래, 이런 도시에 더 이상 길라잡이 별은 필요 없는 것이다. 퇴근길을 걸었다. 그 역시도 길잡이는 필요 없었다. 그저 유전자라는 자기 복제자가 자신의 운반책을 위해 기록한 학습된 기억만이 필요할 뿐. 그렇게 얼마나 걸었을까, 내 행선지가 걸음의 끝을 고했다. 집 문 앞에 서고, 열쇠를 꺼낸 후 문을 열었다. 일련의 행동은 자연스럽게 행해졌다. 집이 나를 반겼다. 아니, 내가 집을 반겼다. 평범한 일상의 끝이었다.

안녕하세요. 이번 2023 그린비 프로젝트에 참가한 오동건입니다. 참으로 다사다난했던 글쓰기가 끝나며 이렇게 후기를 쓰게 되었네요. 지금 후기를 쓴다지만 딱히 할 말은 없습니다. 여러분도 알다시피 이런 후기까지 세세하게 읽어 가는 사람은 잘 없으니까요. 뭐, 그래도 엔딩 크레딧이 내리고 쿠키 영상까지 보고 가시는 분들을 위해서라도, 한 번 이야기를 풀어보도록 하겠습니다.

이번 글 주제는 신경이었습니다. 몇몇 눈썰미 좋으신 분들은 눈치채셨을지 모르겠네요. 실제로 작중의 용어들은 영단어를 에너그램시켜놓은 형태였습니다. 히트-R의 경우는 하트, 그러니까 심장이던 것처럼 말이죠. 대충 우리 몸 전체가 도시라면? 라는 질문에서 파생되었다 보심 되겠습니다. 그리고 그런 도시에서, 주인공은 신경을 담당하는 너브에서 일합니다. 우리로 치면 대기업에서 일하는 임원의 위치인 거죠. 그런데도 주인공은 항상 공포에 떨고, 미래를 두려워합니다. 어째서일까요? 글쎄요… 그건 제가 해줄 수 있는 답이 아닙니다. 여러분이 책에서 발견해야 하는 가치이죠. 미래로 움직이는 원동력. 그건 여러분이 찾아야 한단 뜻입니다. 남한테 휘둘려서도, 그저 의무감으로도 움직일 수는 없다는 말입니다. 이러한 것들은 결국 등불에 불과합니다. 잠시간은 길을 밝히겠지만, 결국은 연료가 떨어지면 고립될 운명이죠. 마치 소설 속 주인공처럼요.

여러분은 여러분의 북극성을 찾아야 합니다. 그러한 별들이 하늘에서 끊임없이 빛나면, 여러분들도 여러분들의 길을 찾아 또 다른 북극성이 될 수 있을 테니까요. 밤하늘을 쳐다보십시오. 그것들은 보이지 않아도 빛나듯, 여러분 또한 보이지 않을지라도 미래를 향해 빛나는 존재입니다.

팬데믹 창조자

2학년 박찬엽

내 나이 19살, 고삼이다. 입시 경쟁에서 힘겹게 살아가고 있는 나는 확고한 목표가 있다. 세상을 구하는 것이다. 그래서 세상이 뭐라고 하던지 난 오늘도 그냥 묵묵히 공부한다. 완전 멋지다. 내 일상은 어느 고등학생들과 다를 게 없다. 아침에 일어나서 밥 먹고 등교해서, 학교에서 공부하고 야자하고, 스터디카페에서 다시 공부한다. 너무 열심히 사는 것 같다는 생각이 절로 든다. 고등학생 전부 파이팅!

그렇게 여느 때와 같이 학원에 가다가 이상한 아주머니와 마주쳤다.

"저기 학생? 공부하느라 힘들죠? 우리 교회 믿으면 힘든 것도 없어지는데. 어때요? 하나님 믿어볼래요?"

"죄송한데, 저 다른 신 믿어요. 그럼 이만 가보겠습니다."

누가 봐도 사이비 같은데 저런다고 누가 믿어줄까. 볼 때마다 안타깝다는 생각밖에 안 든다.

"학생? 학생! 이거 쫌 먹어 봐봐~. 이거 먹으면 정신도 맑아지고, 갑자기 몸에서 힘도 난다니까!"

내가 이런 걸 믿을 리가……. 있지!

"네! 저 지금 힘들어 죽을 것 같아요. 하나만 주세요!"

"그래요. 그럼 하나 잡숴보고, 좋은 것 같으면 여기로 연락주세요오~."

"네! 잘 마시겠습니다."

이거 완전 개이득이잖아. 이런 건 먹어줘야지, 안 그래? 그럼 공부 시작하기 전에 마셔볼까? 음, 맛있네. 근데 이건 뭐 성분표도 없고……. 무슨 효과가 있다는 거지? 오, 몸이 달아오르는 것 같아. 으으, 정신도 점점 이상해져……. 근데 기분 너무 좋은데…….

"쿵!"

"눈을 떠라 잠든 이여."

"으에? 누구야?"

"나는 너에게 새 삶을 살 기회를 준 신이다."

"어? 신이라고요? 근데 왜 날 죽여요? 나 잘살고 있었는데."

"아니야, 넌 가망이 없었다. 미안한데, 난 너의 미래를 알고 기회를 준 거란다."

"이럴 수가. 그럼 내 꿈이 절대 이루어질 수 없었다고? 말도 안 돼요."

"그렇다. 너는 그 세상에서 패배자가 될 운명이었어."

"이유가 뭐죠?"

"뭐 이유야 세상이 다 그렇듯, 네가 아무리 잘해도 너는 선택받지 못한 아이였다. 어쩔 수 없는 거지. 그래서 내가 너한테 기회를 다시 주는 거다. 너의 꿈은 이 세상에 꼭 필요한 것이기에."

"제가 그렇게 특별한가요?"

"그렇다. 사실 난 너에게 하는 기대가 크다. 그리고 나의 직감이 가리키고 있는 사람 중 하나도 바로 너고."

"그 직감은 믿을 만 한 거죠? 만약 사실이 맞는다면, 전 이제 뭘 어떻게 해야 하나요?"

"너는 지금껏 가지고 있던 지식을 가지고 태어날 거다. 하지만 너는 모르는 채로 살아갈 거고, 마치 네가 전생에 봐왔던 천재들처럼 말이다."

"그런 천재들이 다 환생한 사람들이었단 말입니까?"

"뭐 다는 아니고, 대부분 내가 만든 작품이지."

"이야, 개쩌네요."

−4살

난 평범한 집의 아이다. 그리고 지금은 2030년이고 세상은 점점 망가져 가고 있다. 불과 7년 전의 시원했던 지구는 온데간데없고, 언제 어디서나

벌레와 기생충이 득실거리며, 스스로를 뽐내던 꽃은 단 몇 주밖에 보지 못한다. 태풍은 매년 홍수를 불러오고, 홍수가 쓸고 간 지역은 그대로 바싹 말라버린다. 그리고 얼마 전에 내 책상 서랍 깊숙한 곳에 있는 쪽지 하나를 발견했다. '이번 생은 잘살아 보아라.'라고 적혀 있었는데, 이게 무슨 말인지 모르겠다.

-9살

나는 천재다. 티브이 프로그램에서도 촬영하려고 찾아오는 건 물론, 신문사에서도 나를 취재해 갔다. 그래서인지 자꾸만 거만해질 것 같은 느낌이 든다. 여러분은 천재가 어떤 기분인지 느껴 본 적이 없을 것이다. 참 기분 좋다. 근데 왠지 모르게 한편으로는 불안하다.

-15살

수능을 쳤다. 솔직히 말해서 수능 문제가 쫌 쉬웠다. 예전의 과학 탐구 과목을 선택하던 방식으로 돌아갔다. 올해 처음 바뀌었기에 여러 형님, 누님들은 분명 혼란스러웠겠지만, 나한테는 조금 쉬웠다. 왜 익숙했는지는 잘 모르겠지만, 암튼 그랬다. 그렇게 나는 가뿐히 카이스트에 합격했다. 그런데도 난 최연소 타이틀을 획득하지 못했다. 역시 세상엔 천재가 널렸다. 그래도 카이스트에서 공부를 할 수 있다는 건 꿈만 같은 일이다. 대학교에서 여자 친구 사귀는 게 꿈이었는데, 잠시 미뤄야 할 것 같다.

-카이스트 입학 4달 후

오늘 이상한 꿈을 꿨다. 해몽을 하고 싶어서 초록 창 안에 사는 지식인에게 물어봤다. 그리고 답변을 받았다. 개꿈이었다. 이럴 수가, 내 내공 돌려내라. 꿈 이야기가 궁금하다면 잠깐 들려줄 수 있다. 부디 해몽할 줄 아는 사람이 있으면 나한테 알려주길 바란다.

나는 얼굴은 같고 키가 지금보다 더 큰, 고등학교에 다니는 학생이었다. 처음 겪어보는 고등학교 생활은 엄청 즐거웠다. 친구들과 서로 농담도 하고 때리며 놀고, 같이 공부하는 것이 꿈같았다. 그렇게 잘살고 있던 나는 갑자기 어두컴컴한 곳에 들어와 있었다. 아무 빛도 들어오지 않고 축축한 냄새만 내 주위를 휘감고 있었고, 어떤 소리도 들리지 않았다. 눈으로는 모든 감각을 받아들일 수 있을 것 같았지만, 내 몸은 그렇지 않았다. 그렇게 있다가 갑작스레 몸이 가뿐해졌다. 공중에 떠 있는 것 같은 기분. 내가 어떻게 느낀 건지 모르겠지만, 정말로 몸이 들렸다. 그리고 새하얀 빛이 나에게 말을 걸었다. 그런데 그 목소리는 너무나 쓸쓸하면서도 동시에 차가웠고, 갑자기 나한테 호통을 쳤다. 그 순간 잠에서 깼다.

–카이스트 입학 1년 후
모두 나에게 친구 같다고 한다. 솔직히 나이가 어리다고 무시당할 것이라 생각했지만, 나의 입담은 모두를 사로잡았다. 나는 그들 사이에서 분위기 메이커로 유명하며 술자리에도 불려 간다. 아쉽게도 술을 마시지는 못한다. 키가 작으니, 거짓말도 하지 못하겠다. 마시면 너무 잘 취하기도 하고.

나는 대학생 시절을 잘 보내고 다른 남자 동기들보다 일찍 졸업했다. 그리고 나는 바로 대학원으로 가서 석사학위를 땄고, 군대까지 다녀왔다.
군대까지 갔다 오니 내 나이가 스물넷이었다. 내 나이가 좀 어렸고 개인적으로 생명공학에 재능이 있었던 것 같았던 나는 학사, 석사를 넘어 박사까지 따보기로 마음먹었다. 박사 과정은 석사보다 힘들었지만, 할 만했다. 다시 생각해도 나는 천재인 것 같다. 이러다가 정말로 큰일을 내 버릴지도 모르겠다. 한 번은 내가 낸 논문이 네이처지에 실리기도 했다. 여자 친구를 사귄 것보다 좋았다. 나는 아직 모쏠이다.

이제는 취업할 때가 왔다. 박사까지 땄고, 논문도 상당하고! 이 세상 어디에 나보다 나은 인재가 있을까. 엄청난 내 실력을 발휘하기에 적절한 회사가 어디 있을까 생각해 보고 대기업들에 지원서를 냈다. 그리고 당당히 합격했다! 이제 내 실력을 보여줄 차례가 왔다. 보고 놀라지나 마시길.

−취업한 지 1년

　생각보다 제약이 많다. 제약회사에서 제약이라니. 연구를 그룹으로 진행하는 것도 있고, 아직 나는 신입이라서 내가 맡고 싶은 부분을 다 맡을 수도 없고, 내 의견을 자유롭게 펼치기도 힘들었다. 그런데 우리 동기 중에서 한 놈이 있었는데, 걔가 말하는 건 잘 들어주는 분위기다. 내가 말할 땐 들어주지 않았던 부탁을 걔가 말하면 들어주는 건 물론, 걔는 야근도 거의 하지 않고, 무엇보다 언제나 행복해 보인다. 그렇게 나는 걔에 대한 질투심을 가져버렸다. 물론 티는 못 내지만 걔가 내는 의견들은 다 맘에 안 들었고, 내가 '걔'라고 부르는 것도 그 이유다.

　그러다 어느 날 우연히 수석님과 연구소장님이 얘기하는 걸 엿들었다. 매우 조심스럽게 얘기하시길래 잘은 못 들었지만 분명 '걔'에 대한 이야기였다.

　"그 아이는 요즘 어떤가요?"

　"뭐 일은 나쁘지 않게 합니다. 동기들 사이에서도 잘 지내는 것 같습니다."

　"정말인가요? 다행이네요, 허허. 그리고 너무 그 아이만 신경 쓰지는 마세요. 그러다 괜히 눈총만 사니까요."

　"넵. 물론입니다. 이번에 진행했던 프로젝트에서도 큰 역할을 했습니다."

　"허허허, 그런가요? 누구 아들인지 모르겠네요. 하하."

　"하하. 하."

　나는 그 어색한 웃음소리를 들었다. 누가 들어도 상사의 눈치를 보는 듯한 어색한 웃음소리였다. 그렇다, 그는 연구소장님의 아들이었다. 사실 예상한 거였지만 진짜라니 더 배신감이 든다. 어쩐지 대우가 다르더니. 나는 세상을 일으키기 위해서 연구를 하고 싶은데도 꿈 참고 별 볼일 없는 일만 하고 있는데, 아버지가 잘났다는 핑계로 원하는 대로 하고 또 잘 나간다니! 게다가 분명 승진도 빠르겠지. 이걸 안 이상 나는 더는 이 회사에 남아 있지 못할 것 같다.

　나는 그 길로 대출을 받아 내 개인 연구실을 차렸다. 연구실을 차리게 한 가장 큰 요인은 질투심이었다. 내가 가지지 못한 것을 가지고 있다는 것에 대한 질투, 그 질투가 나를 이끌었다. 그리고 내가 처음 겪어보는 열등감도 한몫했다.

어차피 그들이 사는 세상은 내가 살아 나갈 세상과 다를 거니까, 내가 이 세상을 뒤엎고 싶은 강한 충동을 느끼고 준비를 하기로 마음먹었다. 하지만 내가 가지고 있는 것은 좀 많은 전문 지식과 약 제조 방법 등 세상에 도움이 될 수 있는 것들뿐이었다. 그리고 이미 세상은 여러 번의 팬데믹을 겪고 전염병에 대한 감시가 강해졌기에 전염병을 퍼뜨리는 방식으로는 할 수 있는 것이 없었다. 그래서 나는 새 방법을 찾기로 했다. 새로운 방법은 감시를 피할 수 있으면서 무시무시한 타격을 주어야 한다. 우선, 지금까지 있었던 대규모 사망 사건들을 찾아봐야겠다. 대규모로 피해자가 발생한 사건들은 다 대비하지 못했다는 공통점이 있었다. 하지만 앞서 말했듯, 감시가 너무 삼엄하기 때문에 그 감시를 피할 방법을 찾아야 하는데, 정보를 얻지 못했다.

내가 이 극악무도한 일을 저지르기 위해 시간을 보내며 세상에 짜증이 났던 이유가 명확해졌다. 있는 사람들끼리 다 해 먹는 모습이 짜증난다. 시간이 지나도 여전히 돈이 많고 권력이 있으면 살기도 편하고, 원하는 걸 이루기도 편하고, 벌을 받을 때도 피해 가고, 그리고 또 다른 사람들이 그를 따르며 칭송하는 그런 모습이 꼴 보기 싫었다. 그렇기에 난 그들에게 한해 확실한 피해를 줄 방법을 생각해 낼 것이다. 앞으로 나아갈 방향에 대한 가닥을 잡았고, 이제는 정진할 방법을 찾아야 한다. 현장의 상태에 적응하는 것은 물론 예기치 못한 변화 속에서도 살아남게 만들기 위해서 유전자 변형이 필요하다. 대단히 발달해서 이미 상용화된 지 오래된 유전자 가위라면 만들기 어렵지 않을 것 같다. 그리고 나같이 박사 정도 되고 별다른 빨간 줄이 그어진 적이 없는 사람이라면 그 기술을 빌리는 건 물론, 그 기술을 사용해 다른 걸 연구하는 것조차 쉽게 허용된다. 이만큼 세상은 위협에 대해 너무 안일해졌고 세상엔 큰 변화가 필요한 시점이 도래했다. 그리고 나는 그 새로운 환경에 적응하기 위한 노력을 하고 있을 뿐이다. 연구 과정을 상세히 보여주는 것은 새로운 정보를 퍼뜨리는 것이고 내 계획에 차질이 생길 수도 있으니 생략하도록 하겠다. 다만 언제라도 궁금하면 내 컴퓨터를 해킹해도 좋다. 드디어 완성 단계에 이르렀다. 봐라, 나는 이렇게 혼자서도 연구를 수행할 자격이 충분한 사람이다. 내가 가지지 못한 부모님, 권력 따위로 인해 내 앞길이 가로막힌 건 정말 다시 생각해도 짜증이 난다. 내 계획대로 모든 게 실행된다면, 앞으로의 미래는 그렇지 않을 것이다. 내가 지금까지 만들어 온 것은 요 귀여운 생명체이다. 보기에는 별거 아닌 것처럼 보일 수 있다. 더군다나 잘 보이지도 않아서 잡거나, 막기도 힘들 거다. 내가 이 아이를 만들면서 가장 신경 썼던 부분은 '보호'다. 지금까지 나온 어떠한 살충제, 박멸 방법, 그리고 물리적인 피해나 생물체의 소화 과정에서까지도 살아남을 수 있도록 유전자를 설계했다. 이렇게 뛰어난 기술로 만들어진 이 아이는 어떤 상황에서도 살아남아서 감염을 유발할 것이다. 겉으로는 마치 예전에 유행했던 코로나바이러스와 같은 증상을 보여 그 증상으로 감염시키는 것처럼 보이도록 만든다. 그렇게 외부의 증상에 정신 팔린 사이에, 내가 개발한 생명체가 이 사람, 저 사람을 옮겨 다니고 증식도 해서 전염병을 퍼뜨릴 것이다. 그리고 이 일을 준비하면서 신경 쓴 다른 부분은 치료제이다. 나의 목표는 권력과 돈을 갖고 자만심에 취해 살아가는 인간들이기에, 그 인간들이 아닌 다른 사람들은 살 수 있도록 해야 한다. 그래서 치료제를 만들었고 이를 무료로 배포할 생각이다. 치료제를 받고 싶다는 사람 중 골라내서 치료제를 보낼 것이다. 물론 아무리 돈을 많이 준다고 해도 절대 그 인간들에게는 줄 생각이 없다.

드디어 계획 실행의 날이다.
'2065년. 6월. 7일. 드디어 아이들을 세상에 내보냈고, 난 결과를 지켜보고 있다.'
그리고 약 3개월 뒤, 세상에 변화가 나타나기 시작했다. 온 세상은 정체모를 병으로 떠들썩해졌다. 감염된 환자들 사이에서는 감염 경로에 대한 공통점을 찾지 못했고, 세상은 더욱 혼란스러웠다. 그리고 전체 감염자 중 70%가 부자들이었다. 내가 생각한 대로 됐다. 아, 그리고 내가 애했는지 모르겠지만, 이건 걸리면 97.4%의 확률로 사망한다. 이제 이 세상에서 거만하기 짝이 없는 부자들은 사라질 것이다. 마지막 인사는 필요하겠지? 모두 안녕.

지금이 바로 내가 나설 때이다.

'안녕하십니까, 이렇게 SNS를 통해 말씀드리기에 믿기 힘드시겠지만, 우연히 제가 연구하던 약품이 이번 팬데믹의 치료제로서 기능하는 것을 발견했습니다. 그렇기에 제가 만든 이 약품을 제상에 무료로 뿌리도록 하겠습니다. 관심 있는 분들은 아래 메일 주소로 연락해 주시길 바랍니다.'

그러자 온 세상의 관심이 나에게 집중됐으며, 빨리 해결책을 내달라는 파와 거짓말하지 말라는 파로 나뉘었다. 그리고 나에 대한 의심이 불어나고 있었기에 나는 그들에게 몸소 보여주기로 했다. 증상을 보이는 사람을 데리고 와서 약을 먹게 하고 그 효과를 보여주었다. 점점 믿는 사람들도 많아지고 사람들은 약을 구매하기 위해 나에게 끊임없이 연락하였으며, 각종 매체에서도 인터뷰 요청이 들어왔다. 그렇지만 언제나 나는 약을 개발한다고 바쁘다고 하며 인터뷰 요청에 응하지 않았고, 약을 받길 원하는 사람들에게도 선착순이라고 안내하기만 했다. 그러고는 그 사람들의 정보를 보고 돈이 없고 사회적 지위가 낮은 사람들에게 1차로 약을 보내 줬다. 치료제를 먹은 사람들이 효과가 봤다는 글들이 많이 올라오자, 더 많은 사람들이 나한테 달려들었다. 그 수가 너무 많았기에 나는 돈을 받고 팔면 완전 떼부자가 될 것이라고 상상을 했다가, 그러다가는 부자들이 다 살 거 같아서 그만두기로 했다. 하지만 그건 내가 결정할 수 있는 부분이 아니었다.

자신의 가난 덕분에 약을 받을 수 있었던 사람들은 가난에서 벗어나기 위해 받은 약을 비싼 값에 팔기 시작했다. 그 값은 날이 갈수록 올라갔으며, 어느 순간 평범한 사람들은 생각지도 못할 정도까지 가격이 치솟았다. 그리고 부자들 사이에서도 경쟁이 일어났다. 그렇게 치료제를 팔아서 얻은 돈으로 부자가 된 사람들이 더 많아져 갔으며, 한순간에 부자가 된 사람들은 이전의 부자들보다 훨씬 더 오만했다. 나는 깨달았다. 내가 세상을 변화시켰다는 걸. 그리고 깨달았다, 내가 세상을 망쳐버렸단 걸. 이 세상은 변하지 않았고 변하지 않을 거다. 부와 명예를 가질 수 있는 자리가 존재하는 한, 언제나 그 자리에 이기심 가득한 사람이 앉아 있을 것이며, 모두가 그 자리를 원하기에 그 자리는 사라지지 않을 것이다. 아무리 좋은 의도를, 꿈을 가지고 있더라도 그 자리를 가지기 위해서는 변해버려야 하는 것처럼 보인다. 이 지옥 같은 고리를 안 순간, 나는 모든 것을 포기했다. 이 세상이 바뀌지 않을 것임을 알았고, 눈앞이 너무 눈부셨다. 나는 빛으로 둘러싸인 존재를 만났다, 그리고 물었다.

"당신은 누구신가요?"

"나는 네게 쪽지를 남긴 사람이다. 너의 삶이 끝나버리지 않게 도와준 그 사람이지."

"당신이 그랬었군요. 왜 그러신 거죠?"

"넌 기억 못 하겠지만, 전생에는 너의 미래가 보이지 않았다. 하지만 네가 가지고 있었던 잠재력이 너무 아까워서 내가 되살려 준 것이다. 다시 한 번 해보라고."

하지만 나는 오히려 짜증이 났다.

"당신이 원하던 것이 이런 것입니까? 당신이 날 살려서 나는 고통 속에서 시간을 보냈고 세상을 망쳐버렸잖아요."

"세상은 네가 망쳤지."

"세상이 날 그렇게 하게 만들었죠."

그러자 그 사람이 단호하게 말했다.

"네가 너무 약했다." 그리고 이어 말했다.

"그런 상황에서 충분히 좌절감을 느끼고 짜증이 날 수 있다. 나도 이해한다. 그러나 너의 그다음 행동이 잘못됐다."

난 나도 모르게 소릴 질러버렸다.

"말도 안 되는 소리하지 마세요. 그 상황에서, 도대체 어떤 사람이 제정신일 수 있을까요? 없다고요, 없어요."

하지만 그는 단호했다.

"헛소리하지 마라. 누가 그딴 이유로 좌절한다고. 주말드라마에서 가장 뻔한 내용이 인턴이 회장님 아들인 경우다. 드라마 한 번을 못 봤느냐?"

순간 정적이 이어졌다가 다시 입을 열었다.

"그렇지만 안타깝게도 너의 주변에는 상처를 돌봐줄 사람이 없었구나. 힘들었겠군."

나는 친구가 없었다. 대학교에서도 인기는 많았지만, 솔직한 이야기를 할 친구는 없었다. 언제나 농담도 하고 장난만 칠 뿐이었지, 그 누구에게도 내 마음을 드러내지 않았다. 그럴 필요가 없다고 생각했다. 아니, 솔직히 그럴 생각도 못 했다. 항상 그럴 분위기가 안 됐다. 언제나 시끄럽고 화려한 분위기에서만 친구들을 만났고, 집에서는 늘 혼자 조용히 시간을 보냈다. 친구랑 같이 있을 때는 항상 차분하지 못했던 나였다. 그렇게 얘기 못한 이야기들은 시간이 지나며 더 깊이 가라앉았다. 나도 다시 꺼내보지 못할 만큼.

"네, 그랬죠. 그래서 저는 우울했던 적이 많았어요. 하지만 티가 안 났나 봐요. 친구들이 절 별로 생각해 주지 않았던 것 같네요. 그리고 저만 너무 어려서 깊은 이야기를 하기가 어려웠어요."

……

"전생의 저는 어떤 모습이었나요? 지금과 같았나요?"

"나도 모른다. 그러고 보니 생각해 보지도 않았구나. 그때의 난 세상을 위기에서 구하는 것에만 신경을 썼었다. 그러다 보니 너의 삶은 내 관심 밖에 있었구나. 나는 그게 옳다고 생각했었다, 미안하구나."

"그럼, 제가 전생의 삶을 다시 살 수 있게 해주세요."

"내가 너를 데리고 온 그때부터 말이냐?"

"네, 저는 저의 삶을 살아보고 싶어졌어요. 당신이 살게 만든 삶 말고, 실패하더라도 제가 만들어 가는 그런 인생을 살래요. 당연히 되겠죠? 여기는 어떤 상상이든지 이루어지는 곳이니깐요."

"당연히 되지. 그건 식은 죽 먹기다. 한 번 잘 지내봐라, 그럴 수 있다면. 그동안 수고했다."

그 말이 끝나자마자 어두운 공간 속으로 들어와 있었다. 내 앞에 다른 두 방향을 향한 길이 있었다. 넓고 어두운 통로. 아무소리도 들리지 않았다. 그리고 그 길의 양쪽엔 두 가지 그림이 그려져 있었다. 근데 자세히 보니 그림이 아니었다. 거기엔 내가 있었고, 내가 보지 못했던 상황이 움직이는 채로 표현되고 있었다. 반대편은 다른 상황이었다. 그렇게 앞으로 쭈욱 이어져 있었다. 내가 원하는 상황을 골라보라고 기다리는 것 같았다. 맛보기 찬스가 없어서 아쉬웠다. 내 맘에 딱 드는 장면이 나타났다. 예쁜 여보랑 쇼핑을 하고 있었다. 완전 내 스타일~! 바로 골랐다. 그 장면을 두 손으로 꽉 움켜쥐었다. 그 순간……, 반대편으로 나는 던져졌다.

"학생? 학생! 이거 쫌 먹어 봐봐~. 이거 먹으면 정신도 맑아지고, 갑자기 몸에서 힘도 난다니까!"

무슨 말을 하는 거야…….

"여기가 어디에요? 지금 나한테 뭐라고 하셨죠?"

"그냥 박카스 같은 거라서 학생에게 필요한 비타민도 채워주고 힘도 나게 해주니까, 한 번만 잡쉬봐 봐~. 나쁜 사람 아니래도."

이 장면, 익숙하다. 아주 익숙해. 그때 그 순간이다. 내 삶이 180도 변해버렸던 그 순간. 나는 고민할 필요가 없었다.

"아뇨, 괜찮아요. 저는 지금도 충분히 잘 지내고 있어서요."

"아니~, 한번만 마셔보라니까!"

아주머니를 지나치고 학원에 와서 책을 펴는데 왠지 모를 행복감이 생겨났다. 그렇게 나는 공부해 원하는 대학에 합격했다. 그리고 내가 원하는 대로 삶을 살았다. 그림 속의 예쁜 여보도 만나서 잘 살았다. 완전히 행복한 인생이었다.

"여긴 어디야?"

나는 알 수 없는 곳에 추락했다. 지구인지조차 가늠할 수 없었다. 너무나 황량했으니까. 사람이 살고 있었다는 흔적조차 없었다. 주변엔 살아 있는 어떤 것도 없는 것 같았다. 나는 무작정 걸었다. 살기 위해서 할 수 있는 건 그것밖에 없었다. 아무렇게나 널브러진 동물들의 사체와 그 안에 득실거리는 기생충들만 있었다. 기생충들은 배가 고파 보였다. 마치 나를 먹이를 보듯 노려보았다. 아주 하찮은 존재지만, 그 순간만큼은 아니었다. 그대로 뒤돌아 도망치며 중얼거렸다.

"나는 왜 여기 있지? 분명 신은 나에게 원하는 삶을 살게 해준다고 약속했는데……. 내가 원하는 건 이게 아닌데. 뭔가 잘못됐어."

"잘못? 그건 내 잘못이 아니라, 너의 잘못이겠지. 하하."

"왜 날 여기로 보낸 건데? 내가 원하는 삶을 살게 해준다며?"

"이런, 이런. 넌 아직도 모르는구나. 난 최선을 다했단다."

"이게 최선이라면 너는 머저리가 틀림없겠네."

"하. 하. 하. 내 평생 들은 말 중에 가장 웃기다. 여기가 어딘지 아는가?"

바람 소리만 들렸다. 정말 아무것도 없는 이곳이 내가 아는 곳이라고? 말도 안 된다.

"난 모르겠는데? 빨리 이 더러운 곳에서 날 꺼내주기나 해."

"그럴 순 없지. 왜냐면 여긴 네가 주인인 곳이니까. 남들이 다 떠나도 넌 있어야지. 크크크. 여긴 네가 망친 세상이다. 떼쓰지 말고 잘 있어라."

　이번 글은 저의 진로와 관련된 키워드를 하나 정해서 쓴 글입니다. 제가 정한 키워드는 '팬데믹'이었습니다. 저는 주인공을, 팬데믹을 만들어내는 인물로 만들었습니다. 세상의 현실에서 좌절하고 복수하기 위해 세상이 멸망하기를 바라는 인물이죠. 아직 별로 살아보지도 않았지만 참으로 살기 힘들다는 생각을 했습니다. 때때로 잘난 사람들을 보면 질투심을 갖던 때도 있었습니다.

　그럴수록 점점 더 우울해졌고, 나는 마치 세상에 어울리지 않는 사람 같았습니다. 하지만 저는 포기하고 싶지 않았습니다. 그래서 어떻게 하면 잘 살 수 있을지 많이 고민했습니다. 그리고 내 페이스대로 서두르지 말고, 차례대로 채워나가는 것이 중요하단 걸 알았습니다. 그래서 주인공도 끝부분에는 자신이 원하는 대로, 자신의 길을 만들어 가는 사람으로 표현하고자 했습니다.

　마지막 장면은 자신의 잘못을 인정하지 못하고 대가를 치를 생각조차 안하는 추악한 모습을 표현하고자 했습니다. 그런 모습이 얼마나 추한지 봐주셨으면 합니다. 표현하고 싶은 것이 과도하게 많아서 오히려 글을 해치진 않을까 걱정했습니다. 숨기면서도 은근히 드러내는 것이 어렵더군요. 과도하게 표현하려다가 오히려 글을 망쳐버리지 않으려고 노력했습니다. 긴 글 읽어주셔서 감사합니다.

쓰레기 섬

1학년 고현우

어느 날 배를 타고 태평양을 해항하던 중 멀리서 섬 같은 게 보였다.

평소 우리가 보았던 섬과 달라보여 가보기로 하였다. 배에는 총 다섯 명이 있었고, 중학교 친구들인 잭, 알렉스, 폴, 로버트가 있었다.

섬에 도착하기 약 10km 남았을 때 망원경으로 보고 있던 알렉스는 충격에 빠졌다.

"이것은 섬이 아니야."

이해가 되지 않았던 나와 친구들은 서둘러 망원경을 보기 시작했다.

"맙소사."

나와 나머지 친구들이 충격에 빠졌다.

사실, 섬이 아니라 쓰레기로 가득한 쓰레기 더미였다.

그 크기가 얼마나 컸던지 우리가 섬이라고 착각했을 정도였다.

쓰레기 더미까지 3km쯤 다가왔을 때 어디선가 돌들이 날아오기 시작했다.

우리는 어디서 왔는지 알 수 없었다.

순간 조종실의 앞 유리창을 깨면서 선장이었던 로버트가 다치게 되었다.

망원경을 보고 있던 알렉스가 급하게 내려와 배를 돌리라고 말했다.

"어서 빨리 배를 돌려!"

우리 중 유일하게 배를 조종할 수 있는 로버트가 출혈이 심해 조종이 불가능했다.

우리는 무슨 일인지 당황했지만 침착한 알렉스는 로버트가 알려주는 대로 배를 조종했다.

쓰레기 더미에서 약 7km 떨어진 후 알렉스는 상황 설명을 시작했다.

"우리가 맞았던 돌들이 저기서 왔어."

"저기에 누군가가 사는 것 같아."

그 이야기를 듣고 우리는 사실이 아니라고 믿지 않았다. 청소하던 잭이 아까 공격을 받은 돌들을 우리에게 보여줬다.

"잘 봐 봐. 돌이 아닌 것 같아"

"보면 무슨 글씨가 있어."

알렉스는 그것을 가지고 정밀하게 관찰했다. 그 결과 돌이 아님을 발견해 냈다.

"여기 잘 보면 무슨 글씨가 있지 않니?"

Campbell's(미국 유명 스푸캔)처럼 보였다.

"그 깡통이 날아왔다고???"

나는 그 사실을 알고 놀랐다.

"그럼, 거기에 누군가가 살고 있다는 소린데….'

잭이 말했다.

호기심이 많은 나는 내일 가서 확실하게 보고 싶었다.

"내일 로버트가 회복되면 다시 가 보자."

알렉스와 폴은 반대를 했다.

"야, 미쳤어? 로버트 꼴을 봐. 간다고 안 죽는다는 보장이 있어?"

라고 폴은 말했다.

"맞아, 로버트가 다친걸 봐 봐. 너무 위험해."

알렉스가 말을 덧붙였다. 하지만 나와 잭은 가고 싶어 했다.

"이것은 인류사에서 엄청난 발견이야. 그리고 우리 인간의 탐욕이 만든 괴물을 세계에 보여줘서 쓰레기 섬을 멈춰야 해."

라고 나는 말했다.

"하…. 그럼 사진만 찍고 오는 걸로 오케이?"

폴은 짜증 섞인 말투로 대답했다.

다음날 아침 로버트의 상태가 좋아지고, 다시 출항했다. 쓰레기 섬까지 2km 다가왔을 무렵 무수한 깡통들이 날아왔다. 무제한 깡통 공격으로 배가

고장나기 시작했다.

"이런, 배가 말을 안 들어."

로버트는 상황이 심각해짐을 느꼈다. 핸들이 말을 듣지 않고 계속 앞으로 나갔다. 섬까지 약 500m 남았을 때 사람들이 보이기 시작했다.

도착했을 때, 우리는 상황이 나아지면 나가기로 하였다. 섬 원주민들이 예상과 달리 우리를 공격하지 않았다. 비닐로 허리를 둘러 입은 사람들이 배 안으로 들어오기 시작했다. 우리와 마주치고 뾰족한 창처럼 보이는 무기로 우리를 조준했다. 무리의 대장으로 보이는 머리 위에 나뭇잎을 장식한 사람이 우리에게 무기가 없는 것을 확인하고, 밖에 알아듣지 못하는 언어를 말했다.

그다음, 왕관처럼 깡통을 뒤집어쓰고 깡통으로 만든 갑옷을 입은 사람이 왔다. 아마 이 섬의 왕인 것 같았다.

그 왕이 우리에게 와서 어딘가로 데리고 갔다. 정말 진짜 섬처럼 쓰레기 산도 있고 깡통과 비닐로 만든 집들도 있었다. 우리는 마치 다른 행성에 간 것처럼 신기함에 빠졌다. 원주민들도 외계어같이 들리는 언어가 있었지만 우리는 알아듣지 못했다. 신기했다. 그들이 어디서 왔고, 어떻게 이런 문명을 건설했는지.

또 한편으로는, 우리 인간의 끝없는 탐욕에 반성하게 되었다. 수평선을 넘어서 쭉 뻗어 있는 쓰레기 섬을 보며 도대체 우리가 무슨 짓을 했었던 것인가. 나는 이곳을 사진을 찍어 세계에 보여주기로 결심했다. 왕이 인도해 준 곳은 왕궁처럼 보였다. 그곳은 깨끗한 철로 만들어 빛이 나고 웅장해 보였다. 우리는 그곳에 들어가서 왕이 대접해 준 음식을 먹었다. 당연하게도 쓰레기밖에 없는 곳이라 해산물밖에 없었다. 물도 엄청 귀해 빗물을 모아서 탱크 같은 곳에 모아 놓는다. 식사를 끝낸 후 나는 사진을 찍기 위해 준비하고 있었다.

"%#*@!&%."

"!#&@$*¿ʌ̊ ."

왕이 부하들에게 지시를 내리는 것 같았다.

그 부하들은 따라오라는 표시로 손을 까딱거리고, 한참을 걸었다.

여기는 거의 원시 문명이나 다름없기에 이동 수단이 없어서 한참을 걸었다.

30분 동안 걸으니 점점 건물들이 보이기 시작했다. 놀랍게도 정말 하나같이 쓰레기들로 구성된 집이었다. 쓰레기지만 얼마나 아름답던지……

나는 재빨리 사진기를 들고 사진을 찍기 시작했다. 마을 사람들이 요리하는 모습, 걷는 모습, 심지어 자고 있는 모습까지 정말 많은 사진들을 찍었다. 그들은 그저 쓰레기에서만 사는 것뿐이지 사는 것은 별 차이가 없었다. 심지어 어린아이들은 공놀이도 하고 있었다. 이러한 모습에 나는 이상한 감정이 들었다.

우리가 버린 쓰레기로 그들에게 무기를 제공하고 삶을 터전을 제공하고 있는 셈이다.

슬슬 해가 떨어지기 시작하자, 우리는 상점들이 모여 있는 야시장에 가게 되었다. 그곳엔 해산물들로 먹거리가 가득 차고, 여러 기념품과 옷들이 있었다.

우리는 비닐, 종이, 철로 만든 옷들을 입어 보았고, 기념품들을 한 번씩 보게 되었다. 그중 가장 기억에 남는 물건은 목걸이였다. 구슬 같은 게 달려 있었는데, 거기의 무늬가 마치 기계로 만든 것처럼 정말 세심하게 있었다.

구할 수 있는 것은 오직 쓰레기인데, 쓰레기에서 만들어졌다는 게 믿기지 않았다. 몇 개 구하고 싶었지만, 여기는 물이 돈이라 우리는 마땅한 물이 없었다. 아무것도 가지고 못 가서 아쉬움을 가지고 돌아가야만 했다. 구경을 끝내고 우리는 배로 돌아갔다. 너무 많이 걸은 탓에 너무 피곤했다. 로버트와 폴은 배를 정비하기 시작했고, 나와 잭은 늦은 저녁을 준비했다. 같이 저녁을 먹으며 지난 있었던 일들에 대해 이야기하였다.

"근데 어떻게 사람들이 여기 정착하게 됐을까?"

나는 궁금했다.

"그러게. 어떻게 이 사람들이 오게 되었고, 어떻게 문명을 세웠을까."

알렉스가 말을 덧붙였다.

"아, 맞다. 사진 찍었어?"

폴이 나에게 물었다.

"여기, 사진 건물들이랑 궁전, 사람들도 찍었어."

"와……. 이 사진 돈 되겠는데?"

폴은 돈이 중요하다.

하지만 나는 이런 쓰레기 섬을 만든 우리 인간의 행동과 탐욕들을 반성해야 한다고 생각한다.

"그래도, 이 사진을 알리게 되면 사람들이 그나마 환경에 심각성을 느낄까?"

"우리가 느낀 충격처럼 사람들도 느끼지 않을까."

잭은 긍정적으로 생각했다.

"야, 아무리 뉴스나 책에 심각하다 심각하다 해도 사람들이 알아들어서 실천한 적 있나? 오히려 더 심해지고 있는데."

로버트는 부정적으로 보고 있다.

"나는 이번 경험으로 우리 지구환경이 이렇게 심각하는 것을 느꼈어."

알렉스가 말했다.

밤새 이야기를 나누고, 다음날 아침이 되고 왕에게 인사를 건네고 배를 타고 집으로 향했다. 나의 계획은 찍은 사진을 방송국에 제보하고, 여러 국제단체에 제보할 것이다.

집에 도착하고 정말 거의 모든 방송국에 제보하였지만, 사실이 아니라고 합성인 줄 알고 모두 거절당했다. 국제단체도 마찬가지이다. 나는 인터넷에 사진들을 올리고, 사람들이 알아주기 위해서 엄청난 노력을 했다.

마침 한 기자가 나에게 연락이 오고, 이틀 뒤에 이야기하자고 전자 우편이 왔다. 나는 흔쾌히 수락하고 이틀 뒤에 기자가 우리 집에 찾아왔다. 기자가 사실 여부를 알기 위해서 쓰레기 섬에서 얻은 물건이 있냐고 물었다. 야시장에서 물건들을 사고 싶었지만 못산 것을 아쉽게 생각하면서 생각하였다.

그 순간 나는 공격받은 깡통이 기억났다.

압축된 깡통들을 보여주면서 기자는 신뢰가 생긴 눈빛으로 사진을 한 번 더 보았다.

"이게 정말 사실입니까?"

"놀랍겠지만 사실입니다."

"그럼, 여기에서 있었던 일들을 말해 주세요."

나는 1시간 동안 끊임없이 이야기했다. 기자는 1주일 내로 기사를 내겠다는 약속 을하고 집을 나갔다. 나는 매일 동네 슈퍼를 돌아다니며 신문 사재기를 시작했다.

5일째, 드디어 기다리던 기사가 나왔다.

'마치 다른 행성 같아……. 태평양 한가운데에 새로운 문명이 생긴 까닭은?'

기사는 성공적이었다.

일주일 뒤, 그 기사를 본 한 방송국에서 인터뷰 요청이 왔고, 나는 드디어 세상이 알아주었다는 생각에 기분이 좋았다. 그 인터뷰를 마무리하고 세계 곳곳의 방송국에서 인터뷰 요청이 와 나는 한순간에 세계 스타가 되었다.

일이 점점 커지던 중, 쓰레기 섬 이야기가 UN의 귀에 들어가 나를 초청했다. 나는 함께 갔던 친구들을 부르고 갔다. 알렉스가 대표로 나와 섬 사진과 함께 사람들의 모습, 건물들의 모습, 아이들이 노는 모습을 보여주었다. 그 사진을 본 사람들 몇몇은 경악을 금치 못하는 표정이었다.

드디어 사람들이 깨달은 것일까.

정말 많은 사람들 앞에서 있었던 일들을 말했다. 뉴욕 타임즈 표지에 실리게 되고, 여러 방송에 실려 정말 많은 사람들이 쓰레기 섬에 대해서 알게 되었다. 나는 이제 사람들이 환경에 관심을 가지길 원했다. 하지만 로버트가 한 말이 너무 거슬린다.

'사회적 태만감에 사로잡혀 환경을 개선하려는 시도는 할까…?'

재활용

1학년 고현우

어느 버려진 마을이 있었다.

그것도 악취가 심하게 나는 그런 마을이 있었다. 그곳의 사람들은 제대로 된 물과 식량도 구할 수 없어 매일 쓰레기를 뒤지며 사는 게 일상이었다.

우리 가족은 버려진 집에서 살며 가난하게 살고 있었다. 나, 아빠, 엄마, 동생 2명과 형 2명이 있었다. 아빠는 노동자로 매일 새벽에 나가서 온 가족이 자고 있을 때 오신다. 하지만 하루 종일 일을 해도 벌어 오는 것은 한 푼도 안 된다. 동생들과 놀아주고 싶은 마음과 우리 가족을 위해서 나와 둘째 형은 매일 쓰레기 매립지를 뒤지러 간다.

"형, 준비 다했어?"

"어, 조금만 기다려."

오늘도 쓰레기 사냥을 하러 준비를 하고 형을 기다려야 한다.

나는 거의 매일 쓰레기 매립지에 갈 때 무엇을 발견할지 궁금하고 설렌다.

우리 집 대부분은 쓰레기 매립지에서 가져왔다 해도 과언이 아니다.

"형 잘 갔다 와."

막내 동생은 우리에게 인사를 하고, 나와 둘째 형은 집을 나섰다.

오늘따라 형은 매일 가던 길로 안 가고 다른 길로 나를 붙잡고 가기 시작했다.

"어제 친구한테 들었는데, 매일 가던 곳보다 더 좋은 데가 있어."

"어딘데?"

"여기서 30분 정도 걸으면 큰 쓰레기 매립지가 있어."

"근데 어디로 가야 되는지는 알고 있어?"

"저기 마트에서 한 블록 더 가서 좌회전하고 계속 가면 있대."

나는 새로운 곳에서 무엇이 있을지 설레는 마음으로 길을 나섰다.

"아까 말한 친구가 그저께 TV 주웠대."

"정말??"

우리가 가던 곳에서 주웠던 가장 좋은 물건은 책상이나 의자에 불과했다.

형의 말을 듣고 더 설레는 마음으로 향했다.

약 30분을 걸은 후 크기가 엄청난 쓰레기 더미를 보았다.

"우와. 쓰레기 더미가 아니라 쓰레기 산이네."

쓰레기양이 얼마나 크든지 냄새도 엄청났다.

그것도 도착하기 한참 남았는데 벌써부터 냄새가 났다.

매일 쓰레기 냄새를 맡으며 살았는데 이런 악취는 처음 맡았다.

"윽……. 냄새."

형은 악취를 못 버티는 것 같았다.

쓰레기 냄새를 맡으며 입구로 향했다.

그곳은 우리가 보았던 곳과 달랐다.

포크레인과 같은 중장비들이 많았고, 트럭들도 많았다.

"자, 이제 시작하자."

"어디서부터 하지?"

그 크기가 엄청나 어디서부터 할지가 큰 고민이 될 정도였다.

"저기부터 하자."

"내 느낌상 저기가 좋은 게 많을 거 같아."

"그럼, 저기부터 하자."

우리가 간 쓰레기 더미에는 비닐봉지가 엄청 많았고, 냄새가 정말 심했다.

"윽, 잠시만……."

형은 누가 봐도 토할 거 같은 표정으로 나에게 말했다.

나는 토는 안 했지만 구역질이 났다.

5분 뒤 형은 돌아와서 말했다.

"여기 냄새 때문에 아무것도 못하겠는데 그만 가던 곳 가자."

쓰레기 냄새를 맡아도 끄떡없었던 형이 냄새가 심하다는 이야기를 하였다.

"형, 그래도 온 김에 하면 안 돼?"

나는 왔는데 그대로 가기에는 너무 아쉽고, 형 친구가 TV를 주었다는 이야기에 나도 줍고 싶었다.

"그럼, 저기서 기다릴 테니까 혼자 하고 와."

"같이 하면 좋을 텐데……. 그래 알았어."

형은 그 토할 것 같은 표정이 아직도 풀리지 않았고, 아까 그 입구로 돌아갔다.

나는 본격적으로 작업에 들어갔다. 형 친구가 말했듯이 정말 새로운 물건들이 많았다. 이게 좋은 건지 쓸모 있고, 비싼 물건인지도 모르겠다. 녹슨 고철 덩어리가 있었지만, 유난히 뭐가 많았다. 고리같이 생긴 게 두 개 있고 고리 중간에 면이 있었다.

"이게 뭐지?"

이것도 역시 어디에 쓰는 물건인지는 몰랐지만, 별로 쓸모없어 보였다. 별 독특한 물건이 없어 거의 아무런 소득 없이 집으로 돌아가야 했다.

"형, 이제 집으로 가자."

"뭐 좋은 거 있었나?"

"처음 본 것들은 있는데 너무 크고 이게 쓸모 있는지 잘 모르겠네."

"그래? 그럼 다른 곳도 파보면 더 좋은 게 있을 수도……."

형과 이런저런 이야기를 하며 다음에도 오기로 약속했다.

"다음에 올 때는 손수건으로 냄새 안 나게 해야겠다."

약 15분 정도 걸으니 자꾸 사람들이 우리를 이상하게 쳐다보았다. 우리는 왜 자꾸 사람들이 쳐다보는지 몰랐다. 사람들이 왜 쳐다보는지 우리는 알지 못하고 집으로 돌아왔다. 집에 돌아오자 동생들과 엄마는 큰소리로 소리를 질러 댔다.

"이게 뭔 냄새야!! 어디 갔다 왔어."

"윽……. 이게 무슨 냄새야?"

"아니, 난 매일 가던 쓰레기장에 갔지."

"원래 이런 냄새 안 났는데 오늘 첫째 형 오니까 빨리 씻어."

오늘 첫째 형이 온다는 소식을 듣고 신이 났다. 첫째 형은 1년 전에 공부하러 큰돈을 들이고 도시로 갔었다. 얼마 만인지 형 얼굴도 잘 기억이 안 나려 한다.

둘째 형과 노래를 부르며 집 뒤에 강가에서 몸을 담그고 비누로 몸을 씻었다. 몸을 깨끗이 씻으니 냄새가 조금 사라진 거 같았다.

"엄마 배고픈데 밥 언제 먹어?"

"형 올 때 먹지."

걸을 힘도 없을 만큼 너무 배고팠다. 그 순간 막내 동생이 말을 걸었다.

"형, 가서 많이 주웠어?"

"오늘은 별로 안 해서 못 주웠는데 내일부턴 많이 가져올 거야."

"형 그럼 나 인형 좀……."

예상치 못하게 막내 동생이 부탁을 하였다.

"어……, 그래! 인형이야, 그까짓 것."

"어 정말!? 역시 형밖에 없어."

나는 고뇌에 빠졌다. 오늘 가본 곳에는 고철 덩어리밖에 없었는데 또, 동생의 부탁을 들어 줘야 하는데.

"엄마!!!!"

그 순간 첫째 형의 목소리가 들려왔다.

우리는 반가움에 형에게 뛰어가서 안았다. 형은 손에 먹을 거와 선물을 가득 가져와서 들고 집으로 들어갔다. 엄마가 차린 밥을 먹기 위해 준비했다. 그렇게 화려하지 않지만 평소에 먹는 것과는 2배 이상 차이가 났다. 나는 배고픔에 허겁지겁 먹기 시작했다. 또 형이 사온 간식거리도 있어 올해 가장 행복한 식사가 되었다. 형과 엄마는 이런저런 많은 이야기를 했다.

"도시 생활은 할 만하니?"

"네. 이제 좀 적응해서 친구들도 사귀고 공부도 열심히 하고 있어요."

"도시가 훨씬 낫지?"

"훨씬 좋죠. 우리 가족도 빨리 도시로 가면 좋을 텐데."

"근데 아버지는 오늘도 늦게 와요?"

"그래, 너희 아버지 정말 힘들게 사신다."

"아버지 만나면 드릴 선물 하나 가져왔는데 직접 못 전하겠네요."

"뭔데?"

"예전부터 가지고 싶어하셨던 손목시계예요"

"우와, 직접 전해 주면 더 좋아할 텐데."

"근데 엄마 건강 조심하세요. 요즘 도시에서는 전염병이 돌아서 난리가 아니에요."

급하게 밥을 먹던 나는 무슨 야기를 하는지 몰랐다.

"최근에 발생했는데, 전염성도 높아서 전 세계가 위험해요"

"이 동네에도 퍼질 수도 있어서 조심해야 할 거 같아요."

"오늘 오면서 마스크 좀 챙겨서 오려 했는데 항상 매진이어서 구하기가 어렵네요."

"괜찮아, 여기 시골 깡촌이라서 그런가 안 와."

그렇게 엄마와 이야기를 하고 밤이 되고 1년 만에 만난 형은 또 이별을 해야 하게 되었다.

형이 가고 1시간이 지나서 아빠가 왔다.

"너희 첫째 형은 왔다 갔나?"

"네, 아버지도 같이 있었으면 좋았을 텐데……."

떠난 형을 뒤로하고 우리는 다시 일상으로 돌아갔다. 내일 다시 쓰레기장으로 가자는 약속을 둘째 형과 하고 잠자리에 들었다.

"형, 꼭 인형 가지고 와."

동생의 약속을 듣고 형과 어제 갔었던 쓰레기장으로 향했다.

그 순간, 형의 친구가 다가와 충격적인 말을 했다.

"야, 그 얘기 들었냐? 우리 동네에 전염병 돌아서 빨리 마스크 껴."

어제 형이 말했던 전염병인 것 같았다. 잘못 들어서 그렇게 심각한 건지는 몰랐었다.

"에이 뭐 얼마나 심각하다고."

"아니 지금 그 사람 병원에 실려 가고 난리도 아니야.",

"뭐???"

"빨리 마스크 껴!"

나는 마스크가 뭔지도 몰랐다. 형 친구가 막 마스크를 쓰려고 할 때 뭔지 알게 되었다.

어제 쓰레기장에서 유난히 많았던 거였다. 어제 마스크를 보았던 기억을 떠올리며 형에게 이야기했다.

"마스크 어제 쓰레기장에 많던데?"

"정말? 장땡이네! 빨리 주우러 가자."

나는 건강과 우리 가족의 건강을 항상 우선시해서 마스크를 가지고 나눠 주고 싶었다. 역시나 악취가 심했고, 형은 손수건으로 입과 코를 막으며 냄새 공격을 방어했다.

"이게 뭐야!"

쓰레기 매립지에 도착하자마자 형과 나는 동시에 놀랐다. 어제 많았던 마스크가 오늘은 엄청 많았던 것이다. 그것도 눈에 띄게 많아졌고, 그 수를 세려면 일주일은 걸릴 것만 같았다.

"이런 것들을 왜 버리는 거야? 아깝게."

일단 마스크를 챙기면서 어떤 거는 고리같이 생긴 끈이 풀려 있고, 또 천이 찢어져 있었던 거는 갈기갈기 찢어진 것도 있었다.

또, 바닥에 끈이 널브러져 있어 새들이 먹으려 하고 있는 충격적인 모습도 보았다.

마을 동네 사람들에게 나눠주기 위해서 우리는 그나마 재사용할 수 있는 마스크들을 찾아 나섰고, 주머니와 손에 한 움큼씩 쥐어서 집으로 돌아갔다. 마스크의 양이 엄청난 계속 주워도 끝이 없어 하루 종일 마스크만 주웠다. 그래서 동생의 약속인 인형을 가져다 주는 것을 잊었다.

집으로 돌아와 나와 형 그리고 동생들은 강물에 마스크를 씻기 시작했다. 그 양을 보니 자그마치 150장은 되는 것 같았다. 1시간 동안 빨래를 끝내고 말리기 작업에 들어섰다. 우리 집은 말리는 공간조차 없어 지붕을 비롯한 어디 공간이 남는 모든 곳에 마스크를 올려놨다. 누가 보면 지붕에 페인트 칠한 것처럼 보였을 것이다. 엄마가 이런 상황을 보고 나는 칭찬했을 것이라고 내심 기대했다.

"뭐야 이게!!!!!"

엄마는 놀라 소리를 질렀다. 나는 칭찬을 기대하면서 상황 설명을 했다.

"요즘 전염병이 심하다 해서 쓰레기장 가서 주워서 빨래하고 널었어요."

"뭐??? 누가 쓰레기장에 있는 마스크를 써! 어서 버려."

나는 그동안 쓰레기장에서 고생했던 것이 수포로 돌아가는 것이 싫었다.

"아니, 엄마⋯⋯. 네 알겠어요."

그 순간 아이디어가 떠올랐다. 마스크를 동네 사람들에게 나눠 주는 것이다.

내일 아침이 돼서 마른 마스크들을 다 챙기고, 동네를 돌아서 마스크 5장씩 사람들에게 나눠주고 또래 친구들에게 나눠주었다. 특히 또래 친구들은 이런 거 어디서 구했냐고 물었다.

"이거 마스크 구하기 어렵다는데 어떻게 이렇게 많이 구했어?"

"아, 이거 사실 쓰레기장에서 줍고 빨래하고 말렸어."

"정말?? 어디 쓰레기장이야? 많아?"

"어, 엄청 많아. 쓰레기장을 뒤덮었어."

"혹시 그럼 거기 같이 가줄 수 있어? 나도 마스크 챙기게."

"물론이지!"

"정말? 고마워!"

그렇듯 친구들을 사귀면서 귀하고 귀한 마스크를 구할 수 있는 곳을 알려주었고, 다음날부터 그 쓰레기장은 마스크를 구하려는 사람들로 가득 찼다.

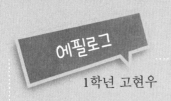

안녕하십니까. 저는 쓰레기 섬과 재활용이라는 소설을 쓴 고현우입니다. 우선 저는 환경오염이라는 큰 주제를 가지고 문제가 되는 쓰레기 섬과 코로나 바이러스로 인한 마스크 쓰레기 처리 문제 또는 쓰레기 매립지 문제에 대해서 쓰게 되었습니다.

먼저, 쓰레기 섬이란 하와이 섬 북동쪽으로 1600km 떨어진 쓰레기 섬과 일본과 하와이 섬 사이에 있는 태평양을 떠다니는 두 개의 거대한 쓰레기 더미를 일컫는 말로, 쓰레기 섬을 선정한 이유는 우리 모두가 환경오염의 책임이 있는 사람으로서 빠르고 강렬하게 환경오염 심각성을 느낄 수 있는 것이 쓰레기 섬이라고 생각하였기 때문입니다. 이러한 쓰레기 섬이 점점 넓어지면서 문명이 생길 만큼 거대한 쓰레기 더미가 바다에 생긴 것을 바탕으로 이야기가 전개됩니다. 주인공 '나'가 배를 해항하던 중 발견한 쓰레기 섬을 관찰하고 느꼈던 과정을 나열하였고, 마지막에 세상에 알리면서 이 이슈가 또 얼마 안 가고 관심에서 멀어지는 것에 우려를 하면서 내용이 끝났는데, 이것이 핵심인 것 같습니다. 몇 년 전부터 뉴스에서나 학교에서 교육을 받았듯이 항상 환경오염의 심각성을 홍보하는 데도 우리 생활에서 별 달라진 게 없다고 느껴집니다.

그래서 마지막에 당부의 말을 곁들인 것처럼 마무리를 지었습니다.

두 번째로 재활용입니다. 책 내용 속엔 코로나 바이러스로 인한 마스크 폐기 문제에 대한 문제를 가난한 환경 속에서 살고 있는 아이의 입장에서 이야기가 전개되는 방식입니다. 가난한 시골에서 살면서 바깥세상, 즉 도시에서 무슨 일이 일어나는지 전염병이 터졌는지 전쟁이 났는지 알 수 없고, 또 그 전염병을 대처할 수 있는 여유도 마땅치 않습니다. 또 마스크와 엮어서 전체적인 쓰레기 문제에 대해 심각성을 표현하고 싶었습니다. 형의 친구가 알려준 쓰레기 매립지는 정말 끝도 없이 더미가 있다는 말을 하였는데, 전 세계에서는 그런 쓰레기 매립지가 수천 개가 넘겠죠. 평소 환경오염에 관심이 많았던 저에게도 코로나 자가 키트를 사용하면서도 여기에 포장된 일회용 키트들이 너무 아깝다는 생각을 하였고, 책 쓰기 전 마스크 쓰레기가 넘쳐난다는 기사를 보면서 하루에 전 세계 인구 약 70억 명이 마스크를 매일 썼다는 것을 생각하면서 환경에 엄청난 악영향을 주었겠다고 생각했습니다.

이렇듯 그린비 책쓰기 활동에서 책을 쓰면서 환경오염에 대해 정밀하게 공부를 하는 경험을 해 뜻깊은 시간이 되었고, 내년에는 더 길고 전개가 탄탄한 글을 쓰고 싶은 생각이 들었습니다.

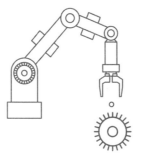

4.
안전 및 보안의 여정

로마인 이야기 | 세베리우스 아비투스 / 에필로그   조성민

세베리우스 아비투스

2학년 조성민

　세베리우스 아비투스. 그는 로마의 황제이다. 정확히 말하자면, 그는 테오도시우스 1세 사망 이후 효율성을 위해 분할 통치를 하게 된 로마의 서방 영토(서로마)의 황제이다. 그의 지금까지의 인생을 요약하자면, 일라리쿰 지방에서 태어난 그는 어린 나이에 군대에 입대하여 나름 빠르게 승진하여 20대에 트리부누스 밀리툼(대대장)으로 진급하고, 게르만족과의 여러 전투에서 승리하여 레가투스(군단장) 자리에 오른 그는 전임 황제 마요리아누스가 살해당한 후 시민들의 지지를 받아 후임 황제로 임명되었다는 대외적으로 알려진 사실이고 로마 정치를 조금이라도 아는 사람이라면 그는 사실 간신 플라비우스 리키메르에 의해 옹립된 꼭두각시 황제일 뿐이라는 사실을 알고 있었다. 리키메르의 영향력은 실로 대단하여 충분히 황제를 차지할 수 있는 권력을 가진 자였지만 태생이 라틴인이 아닌 게르만족이었던 탓에 꼭두각시 황제를 옹립하고 자신이 그 뒤에서 군림하는 방식으로 로마의 국정을 장악한 인물이었다. 그러면서 꼭두각시 황제가 마음에 안 들거나 권력이 너무 강해졌다 싶으면 모략을 꾸며 내쫓거나 살해해 버리는 잔악함도 가지고 있었다. 전임 황제 마요리아누스도 그렇게 갈아치워졌고 그가 실권을 잡고 황권을 제약하였기 때문에 서로마 황제의 권위는 날로 떨어져 갔고 서로마 황제는 사실상 명예 작위 수준으로 전락한 지 오래였다. 리키메르가 실권을 잡는 동안 반달 왕국, 수에비 왕국, 프랑크 왕국 등 여러 게르만족이 세운 국가들이 서로마 제국의 영토를 집어삼켜 갔다. 그나마 전임 황제 마요리아누스가 갈리아 지방을 평정하고 수에비 왕국을 공격하여 승리하는 등 제국에 다시금 활력을 불어넣어 주었으나, 반달 왕국과의 전쟁에서 패배하고 이후 황제의 권력이 너무 강해졌다고 판단한 리키메르에게 암살당하였다. 그런 비참한 현실에 황제는 왕좌에 앉아 절망적인 조국의 상황과 아무것도 할 수 없이 무력한 자신의 처지에 절망할 수밖에 없었다.

'과거에는 전투에 나가 전공을 세우며 조국을 위해 힘썼거늘, 지금의 나는 과거보다 나은 것이 무엇인가. 서로마 제국의 황제는커녕 과거 일개 밀리툼으로 있던 시절보다 더 비참하지 않은가.'

그때 황제가 머무는 집무실의 문 바깥에서 소리가 들렸다.

"황제 폐하, 들어가도 되겠습니까?"

"들어오도록 해라."

그는 아비투스가 제국의 황제가 되기 전부터 알아 온 몇 안 되는 황제의 편이자 얼마 남지 않은 충신 안토니우스였다.

"폐하, 언제까지 무기력하게 계실 것입니까? 황궁 바깥에선 간신들이 위세를 떨치고 제국의 영토는 점점 줄어들어 가며 백성들의 삶은 힘들어지고 있습니다. 이럴 때 군사를 일으켜 황제의 권위를 되살리고 제국의 적을 처단하여 국가를 안정시켜야 하지 않겠습니까?"

"충신 안토니우스여. 짐도 그러고 싶지만, 그럴 수 없다는 것을 자네도 알지 않나. 지금 나의 권한은 너무나도 미약하네."

"물론 폐하께서 군대를 일으키시면 리키메르가 무슨 짓을 할지 염려된다는 것은 잘 압니다. 하지만 시도도 하지 않고 무력하게 앉아 있는 것은 더욱 미련한 짓 아니겠습니까? 전대 마요리아누스황제도 군대를 일으켜 갈리아(프랑스 남부) 지역을 수복하고 수에비 왕국을 격파한 전례가 있지 않습니까? 이렇게 무기력하게 있는 건 과거의 황제들이나 장군들이 보기에 많이 부적절할 것 같습니다."

그러자 아비투스도 화가 나서 소리쳤다.

"그 마요리아누스도 반달 왕국과의 전쟁에서 패한 후 리키메르한태 제거되었지 않나! 나도 전장에 나서 적을 물리치고 싶지만, 리키메르와 간신들이 나의 권력이 강해지면 그걸 가만히 두지 않을 것이란 말이다!"

"황제께서는 간신이 무서워 옳은 일을 하지 않으시려는 겁니까? 알겠습니다. 저는 나가보겠습니다."

그렇게 안토니우스는 집무실을 나갔다. 그렇게 시끄럽던 집무실은 다시 조용해졌고 황제의 마음은 그의 집무실처럼 다시 공허해졌다. 황제는 계속해서 집무를 보았다.

'이탈리아 본토와 갈리아(프랑스) 속주가 부르군트 왕국의 침공에 의해 단절됨, 반달 왕국이 북아프리카를 장악하고 지중해를 습격함, 히스파니아 (스페인) 속주에서 반란이 일어나 전 황제 마요리아누스가 점령한 영토가 서고트 족에 의해 대거 상실됨… 전부 다 부정적인 소식뿐이군……'

그러던 중 황제의 눈에 한 보고가 들어왔다.

'일라리쿰 속주가 게르만족의 침공을 받아 황폐화되고 많은 인구가 납치됨……'

이 보고가 무기력한 황제의 마음을 다시금 불타게 만들었다. 자신의 고향마저 불타게 만든 게르만족을 막아야 했다. 그는 안토니우스를 다시 불러 말했다.

"원로원에 출전 사실을 알리고 군대를 소집해라!"

"알겠습니다. 황제 폐하. 드디어 결단을 내리셨군요. 먼저 어디로 가실 계획이십니까?"

"우린 히스파니아(스페인)으로 간다. 마요리아누스가 이전에 점령했던 곳이고 그것에서 일어난 반란은 마요리아누스가 리키메르에 암살당하고 그것에 반감을 품어 일어난 것이기에 우리가 가면 동조해 줄 로마인들이 있을지도 모른다."

출정의 날이 점점 다가오는 때에 황제는 집무실에서 오랜만에 나가는 원정을 성공으로 이끌기 위해 마요리아누스의 원정에 동참한 이들에게서 히스파니아의 지형, 세력 등 도움이 될 만한 정보를 얻고 다시 히스파니아 속주를 제국에게 안겨 줄 계획을 세우고 있었다. 그때 황제를 보러 누군가 나타났다.

"황제 폐하, 들어가도 되겠사옵니까?"

낮은 음의 딱딱한 어조, 리키메르였다.

"들어오라."

"리키메르가 황제 폐하를 뵙습니다."

리키메르는 하는 말만 정중할 뿐 황제는 아무것도 아니라는 듯이 건방진 말투를 가지고 대답하였다.

"폐하께서 출정하신다는 이야기를 들었습니다. 어디로 가시렵니까?"

"히스파니아로 가기로 결정했네. 흠, 히스파니아라면 마요리아누스가 일전에 점령했던 속주군요."

"그렇지. 이미 한 번 가 봤으니, 경험도 쌓여 있고, 점령하기에 여러 이점이 있지 않겠는가?"

"출전하시는 건 좋지만, 일이 잘못되는 것은 아닐지 염려됩니다."

"걱정 마라. 나도 황제가 되기 전엔 장군이었지 않는가? 내가 가진 재능이라곤 군사 지휘 하나뿐이지만 그것 하나만큼은 날 믿어도 된다네."

그때 리키메르가 어조를 바꾸며 강하게 말했다.

"명목상 황제라곤 하나, 실권은 제가 쥐고 있다는 사실을 모르진 않을 테고……. 다시 한번 명심하시오. 그 군사로 무슨 이상한 짓을 꾸미는 날엔 불의의 사고를 당할지도 모른다는 것을. 마요리아누스처럼 말이오."

"지금 날 협박하는 건가?"

"좋을 대로 해석하시지요."

그 말을 끝으로 리키메르는 자신을 따르는 무리와 함께 집무실을 나갔다. 그가 나가는 것을 분노 어린 눈으로 보던 황제는 의자에 앉아 이번 원정을 성공시키겠다는 것과 언젠간 저 권신을 끌어내리고 나라를 정상 궤도에 올려놓겠다고 다짐하였다.

드디어 출정하는 날이 다가왔다. 그는 이탈리아 북부에서 적을 격파하여 갈리아(프랑스)속주와 본토 이탈리아를 먼저 연결시키는 작업을 하기로 했다. 그 상대는 부르군트 왕국이었다. 그는 서고트 왕국과의 전투에 앞서 전력을 손실시키고 싶지 않았기에 부르군트 왕국과 협상하고 싶어 했다. 부르군트 왕국은 과거 로마와 동맹 관계이면서 신종 관계였기에 협상에 가능성이 있다고 보았다. 부르군트 왕국의 사절과 만난 그는 말했다.

"지난 세월 동안 로마 제국과 부르군트 왕국은 신종 관계로서 동맹을 맺기도 하였고, 비교적 가까운 관계였다고 생각을 하오. 허나 당신의 왕국은 제국이 약해진 틈을 노려 남하하였고 제국의 수도와 여러 지방을 갈라놓는 제국에 있어서 굉장히 큰 위험을 초래했소. 이 일을 굉장히 유감스럽게 생각하오."

"물론 저희가 제국을 공격한 것은 맞으나, 그것은 저희 국가가 다른 국가들로부터 살아남으려면 어쩔 수 없는 것이었습니다. 물론 이는 저의 국가가 제국과의 관계에서 잘못을 범한 것이니 저희가 먼저 이 잘못을 청산하고 제국이 받아들일 만한 협상을 제안하고자 합니다."

이 말은 들은 황제는 옳다구나 싶어 더욱 강하게 나가보기로 했다.

"무엇을 말이오? 제국은 당신의 국가가 저지른 일로 인해 큰 곤경에 빠졌소. 이를 어떻게 보상할 것이란 말이오?"

"저희 왕국의 제안은 왕국이 제국으로부터 빼앗은 남부 갈리아 영토를 다시 제국에게 돌려주는 것입니다. 그리고 저희 국가의 나머지 영역을 인정, 그 영역을 국경으로 삼고 왕국과 제국이 서로의 영토를 개방하여 서로 자유롭게 이동할 수 있게 해 달라는 것입니다."

이 말을 듣고 전투를 피했다 싶은 황제는 속으로 기뻐하며 말했다.

"그 정도라면 받아들일 수 있겠군. 그럼 당신의 말대로 하는 걸로 하오."

이렇게 황제는 그의 제국을 되살리기 위한 첫 번째 과제를 해결했다.

"일이 잘 풀리니 마음이 놓입니다."

원정을 따라온 안토니우스가 말했다.

"계속 이렇게 일이 잘 풀려야 할 텐데 난 걱정이 드는군."

"잘 풀릴 겁니다."

"현재 우리의 병력은 곳곳에서 다 긁어모았는데도 3만 명이 아닌가. 반면 서고트족은 남부 갈리아와 히스파니아를 장악한 후 우리를 적대하고 있네. 그들은 강력한 국가를 건설했다네. 또 다른 문제로는 우린 병력 손실을 최소화하기 위해 석궁병 전력이 많네. 하지만 전투가 일어나면 석궁병을 보호하고 최전선에서 버텨 줄 보병은 부족하지 않은가."

그때 황제와 그가 이끄는 군사는 얼마 남지 않은 제국의 영토인 갈리아에 도착했다. 갈리아의 통치를 담당하던 레가투스(총독)은 황제를 환영하며 맞이했다.

"환영합니다. 황제시여. 오랜만에 오는 본국의 지원입니다."

"나도 환영하오. 하지만 이 병력 전체를 갈리아를 위해 쓸 수는 없소. 우리는 이 병력으로 남부 갈리아를 평정, 이후에는 히스파니아를 다시 수복할 계획이오."

그 말은 들은 총독은 기운 없는 목소리로 말했다.

"히스파니아 수복이라. 굉장히 힘들 것입니다. 서고트 왕국은 현재 가장 강력한 게르만족 왕국입니다. 서고트 왕국의 서쪽에 위치한 수에비 왕국은 과거 영토를 대부분 잃고 이미 망조가 들어 세력이 약해졌고, 아프리카의 반달 왕국이나 황제께서 아마 만나고 오셨을 부르군트 왕국도 서고트 왕국의 상대는 되지 못할 정도입니다."

이 대답을 들은 황제는 한숨을 쉬며 말했다.

"굉장히 힘든 전쟁이 되겠군. 하지만 전대 황제가 이미 해봤지 않나!"

"그때의 적은 수에비 왕국이었습니다. 현재 서고트 왕국은 그때의 수에비 왕국보다 훨씬 더 강력합니다. 저는 황제께서 너무 무리한 원정을 감행하시는 것이 아닌가 걱정됩니다."

그러자 황제는 말했다.

"어차피 저들을 그대로 둔다고 해서 우리에게 이득될 것은 없소. 오히려 손해만 커질 뿐이지. 저들이 갈리아나 이탈리아로 본격적인 침공을 시작했을 때 갈리아를 지킬 수 있다는 보장이 있나?"

"아뇨. 없습니다. 저들이 대규모 침공을 감행한다면 아마 영토를 잃을 수밖에 없겠지요."

"그러니 지금이 기회라는 것이네. 저들은 남부 갈리아부터 히스파니아까지 광활한 영토를 지배하고 있지만, 히스파니아를 지배한 지는 얼마 되지 않았네. 그 말은 저들도 히스파니아 통치에는 아직 미숙한 점이 있을 것이고 민심도 온전히 저들의 편이 아닐 것이라네. 난 저들을 막을 기회는 지금이라고 판단하네."

"물론 그것도 충분히 일리가 있는 말씀이요. 저는 갈리아를 지켜야 해서 가지 함께 가지는 못하지만 모든 원정이 수월하기를 빕니다."

"그건 그렇고 갈리아의 상황은 어떻나?"

황제의 실문에 총독이 대답했다.

"갈리아의 상황은 좋지 않습니다. 주변의 마을이 약탈당하고 황폐화되어 날이 갈수록 생산력이 떨어지고 있는 실정입니다. 그리고 북쪽의 프랑크족도 날이 갈수록 강해지고 있어 걱정입니다."

그 말은 들은 황제는 근심했다.

'어쩌다 제국이 이렇게 비참해졌단 말인가. 한 때 매소포타미아부터 브리타니아(영국)까지 지배했던 제국이 어찌 이리도 몰락했는가?'

생각을 마친 황제는 집정관에게 말을 남겼다.

"그대가 제국을 위해 노력하고 있다는 것은 잘 알고 있소. 그대의 노력에 경의를 표하지. 앞으로도 계속 노력해 주시오."

그 말을 끝으로 황제는 앞으로 무슨 일이 있을지, 강대한 적을 쓰러뜨릴 수 있을지 약간의 두려움을 가진 채 남부 갈리아로 서둘러 향했다.

남부 갈리아와 히스파니아를 지배하는 서고트 왕국의 왕, 에우리크는 만만한 인물이 아니었다. 그는 과거 로마 군이 공격해 왔을 때도 능숙하게 초토화 전술을 사용하여 위기를 무마하고 오히려 역습을 감행하여 제국의 군대에 큰 타격을 입힌 적이 있었다. 이후 수에비 왕국을 대규모로 약탈하고 국가를 더 강하게 만들어 히스파니아의 피레네 산맥을 넘어 남부 갈리아로 진격하여 남부 갈리아 대부분을 석권한 실력 있는 군주이자 경험 많은 노련한 장군이었다.

마침 그도 로마군의 진격 소식을 듣고 5만 명의 군대를 소집하여 남부 갈리아로 달려오던 참이었다. 황제는 먼저 유리한 위치를 선점하고 기다리기로 했다.

"상대는 뛰어난 장군입니다. 병력도 아마 저희보다 많겠지요. 각별히 조심해야 합니다."

안토니우스가 말했다.

"그건 나도 알고 있네. 자네의 생각으론 어디에서 전투를 벌이는 것이 좋겠나?"

황제의 물음에 안토니우스가 대답했다.

"제 생각으론 갈리아는 숲이 많으니, 숲에 병력을 매복하는 것도 좋은 전술이 될 것입니다. 또, 언덕을 선점하여 유리한 위치를 선점하는 것이 최선일 듯합니다.”

“나도 그대의 말에 동감하네. 정찰병들은 주변을 정찰하여 언덕과 숲을 찾아라!”

황제의 명령이 떨어지자, 정찰병들이 빠르게 사방으로 움직이기 시작했다. 곧, 정찰병이 숲과 그 앞에 있는 언덕을 발견하고 보고했다.

“우린 이곳에서 전투를 한다.”

황제는 병력을 4개로 나누어 배치했다.

가장 앞에 설 첫 번째 부대는 신병, 비교적 경험이 적은 보병 병사들, 첫 번째 부대 뒤에서 벽을 형성할 두 번째 부대는 경험 많은 병사들, 제일 뒤에 설, 세 번째 부대는 군병들, 마지막 수가 적은 네 번째 부대는 숲에 숨어 있다가 예비대로 활용할 생각이었다. 그는 노련한 장군답게 궁병의 화살, 식량 같은 보급 문제도 신경 써 충분한 양을 비축해 두었다. 그는 그가 원하는 곳에서 원하는 전술로 싸우고자 했고, 이를 실현시킬 준비도 모두 갖춘 상태였다.

며칠 후, 정찰병에게 적이 근접했다는 소식을 들은 황제는 말했다.

“비록 적의 병력이 더 많지만, 우리는 원하는 곳, 원하는 방식으로 싸운다. 우리는 오늘 질 수 없는 전투를 한다. 오늘 우리에겐 승리의 영광이 있을 것이다!”

병사들의 환호를 뒤로하고 그는 전투 지휘를 할 준비에 나섰다. 황제가 갑옷을 입고 전투 준비를 하는 사이, 적이 눈으로 보일 정도로 가까이 왔다.

“모두 전투를 준비하라!”

그렇게 로마 제국을 부흥시키거나 완전한 몰락으로 빠뜨릴, 한 황제의 인생을 건 전투가 시작됐다. 황제는 적의 병력이 세 부대로 나눠진 것을 보았다. 전방엔 보병, 양 옆엔 기병 부대가 배치되어 있었다. 이는 보병이 적의 주력을 방어하는 모루 역할을 하는 동안 기병이 돌아서 적의 옆과 뒤를 공격하는 전형적인 망치와 모루 전술이었다. 황제는 적의 전술을 파악했지만 상대의 지휘관도 경험 많은 장군이었기에 섣불리 움직이지는 않았다.

“발리스타리이(석궁병)은 화살을 발사해라!”

황제의 명령이 떨어지자, 석궁병들이 공격을 시작했다. 로마 제국은 후

반기로 갈수록 병력 손실을 줄이기 위해 석궁병을 비교적 선호하는 경향이 있었기에 이들은 숫자도 많았고 비교적 훈련도 잘 되어 있었다. 그렇기에 이들의 공격은 매서웠고 이를 보다 못한 상대가 먼저 움직이기 시작했다. 상대의 보병대가 움직이기 시작한 것이다. 그들은 빠른 속도로 다가와 로마군의 첫 부대와 전투를 벌였다. 풋내기들이 모인 첫 부대와 노련한 상대 보병대의 격차는 엄청났다. 적들은 이들을 강력하게 몰아붙였고 전투가 시작되고 얼마 있지 않아 첫 부대는 완전히 패주했다. 이제 적의 보병대는 기병대와 함께 빠르게 두 번째 부대 쪽으로 진격하기 시작했다. 두 번째 부대는 황제가 직접 지휘하고 병력의 수도, 질도 가장 높은 로마군의 핵심 전력이라 할 수 있었다. 황제는 병력을 서둘러 세 부대로 다시 재편하고 수가 가장 많은 보병과 창병으로 이루어진 부대를 가운데에, 양 옆에는 숫자가 적은 소수의 기병들로 이루어진 부대를 배치함으로써 적에 맞설 준비를 마쳤다.

전투가 시작되자 보병 사이에 치열한 전투가 벌어졌다. 양쪽 다 경험 많은 지휘관이 지휘하고 병력의 질도 높았으므로 그야말로 막상막하였다. 하지만 서고트 왕국 군은 로마의 첫 부대를 격파하느라 피로가 누적된 상태였고, 로마 군은 석궁병의 지원을 받을 수 있었으므로 점차 로마군이 우세해졌다. 이 상황을 벗어나기 위해 먼저 움직인 것은 서고트 왕국의 왕, 에우리크였다. 그는 우월한 기병 전력을 이용하여 로마군의 후방, 즉 석궁병을 타격하고자 했다. 에우리크가 직접 이끄는 기병 간의 전투에서 예상대로 서고트 왕국 기병대는 로마 군의 기병대를 압도했다. 로마 기병대는 끈질기게 싸웠지만 결국 병력 수의 차이가 심했기에 후퇴할 수밖에 없었다. 살아남은 로마 기병대는 전에 황제가 내린 지시에 따라 시간을 끌기 위해 최대한 멀리 도주하고자 했다. 상황이 이렇게 되자 에우리크는 로마 기병대를 적당히 추격하다가 로마의 석궁병을 격파하고 서고트 왕국 보병대를 구원하기 위해 말머리를 돌렸다. 그는 빠르게 로마군의 주력 옆을 지나 로마군의 후방으로 다가갔다.

"기병대, 공격하라!"

에우리크의 우렁찬 목소리와 함께 시작된 공격은 황제를 곤란하게 만들었다. 황제는 급히 병력을 차출해 후방을 막아 보고자 했지만, 이미 로마 군은 서고트 왕국의 보병대를 막는데 급급하여 그것도 여의치 않게 되었다. 그때 황제는 숨어 있던 네 번째 부대를 투입하여 적의 공격을 막고자 했다.

이 결정적 공격만 막는다면 이번 전투를 승리로 가져올 수 있을 터였다. 황제는 깃발을 들어 네 번째 부대에 공격 명령을 내렸고 안토니우스가 지휘하는 네 번째 부대는 빠르게 숲 밖에서 나와 적 기병대를 공격하기 시작했다. 허나, 황제의 예상과는 달리 적의 기병대는 상상 이상으로 강력했다. 수가 비교적 적던 네 번째 부대는 적의 기병대와의 전투에서 점차 밀리기 시작했고, 곧이어 격파될 것처럼 보였다.

'내 판단 실패인가.'

황제가 속으로 생각하던 찰나 멀리서 한 무리의 병력이 보이기 시작했다. 그것은 전에 격파 당했던 살아남은 로마의 기병대였다. 그들은 황제의 명령에 따라 최대한 멀리 도망쳐 시간을 끈 다음 다시 전장으로 돌아온 것이었다.

"카탁프락타리이(로마 기병대), 적의 기병대를 공격하라!"

황제의 명령을 들은 로마의 기병대들은 일제히 적의 기병들을 향해 돌격하기 시작했다. 예상치 못한 공격을 두 번이나 받아 포위된 서고트 왕국의 기병대들은 패주하기 시작하였다.

"전원, 침착하게 진영을 갖추고, 적 기병대를 돌파하라!"

에우리크는 최선을 다해 아군 병력을 규합하여 적의 포위를 뚫고자 했으나 그는 패주하는 아군 병력을 온전히 통제할 수가 없었다. 결국 그는 목숨만 겨우 건지며 전군에 후퇴 명령을 내렸다. 황제는 후퇴하는 적의 병력을 적당히 추격한 뒤 추격을 멈추고 근처 마을을 돌아다니며 복종 맹세를 받았다. 남부 갈리아를 평정하고 그는 다음 전투를 위한 보급과 군의 재편을 위해 후방으로 돌아갔다.

황제가 돌아가서 군의 정비를 위해 힘쓰고 있는 도중, 이름 모를 자가 황제에게 찾아왔다. 그는 권신 리키메르가 보낸 자였다.

"전투 승리를 축하드리옵니다."

"축하는 감사히 받겠네. 그대는 무슨 일로 나를 찾아왔나?"

"리키메르와 원로원은 황제께서 이만하면 충분한 공을 세웠다고 보고,

이제 돌아오시기를 희망하고 있습니다."

"난 히스파니아을 탈환하기 전까지는 돌아갈 수 없네. 그에게 난 돌아가지 않는다고 전하게."

"리키메르가 좋아하지 않을 듯합니다."

"그럼, 좋아하지 말라 전하게. 난 그의 말만 따르는 꼭두각시가 되긴 싫네."

"알겠습니다. 본인의 선택에 따른 결과는 본인이 지는 것이니. 저는 돌아가 보겠습니다."

그 말을 끝으로 대화는 끝이 났다. 황제는 서둘러 권신을 끌어내리고 로마를 구원하겠다고 다짐하며 전투 준비에 더 박차를 가했다.

몇 달 후 황제는 군대를 이끌고 히스파니아로 남하했다. 그는 깊숙이 남하하지는 않고 근처에 적당히 병력을 매복시킬 만한 장소를 찾으며 천천히 남하했다. 그는 한 때 협력자가 있을 거라고 생각을 하고 히스파니아로 진군했고 많은 기대를 품었으나 정작 협력자는 아무도 나타나지 않았다. 그는 실망을 감추지 못했다. 그는 안토니우스와 대화를 나누며 말했다.

"로마라는 이름을 내세우면 조금의 지원은 있을 것이라 생각했다만, 내 생각이 틀렸군."

"아쉽지만 어쩔 수 없는 것 아니겠습니까?"

"우리가 늦게 온 탓인가?, 그들이 로마가 몰락하여 더 이상 로마를 위해 싸울 가치가 없다고 판단한 것인가?"

그때 뜻밖의 보고가 들어왔다. 에우리크의 대병력이 근처에 있고 이곳을 향해 빠르게 진격하고 있다는 것이었다. 황제는 급하게 병력을 나누기 시작했다.

'분명 들키지 않고 조용히 내려왔을 터인데, 적이 발견을 잘한 것인가?, 아니면 우리 쪽에서 정보를 흘려준 사람이 있나?'

황제는 그렇게 생각하면서 서둘러 군을 3개로 나누려고 했다. 하지만 군 재편을 끝내기도 전에 적이 들이닥쳤다. 그렇게 서고트 왕국과의 두 번째 전투가 시작됐다. 적들은 진을 치지 않고 바로 로마군을 발견하자 바로 공격을 감행했다. 황제는 사력을 다해 지휘했다. 그는 경험 많은 베테랑 보병을 중앙에 배치하여 후방의 석궁병을 보호하고 병력이 둘로 쪼개지는 것을 막고자 했고, 약한 기병에게는 이전과 같이 적당히 교전하다 최대한 멀리 도망치며 시간을 끌라고 지시했다.

적은 기병을 중심으로 공격해 왔다. 중앙의 로마군 보병들은 선전했지만, 기병들은 맥없이 쓰러졌다. 로마 기병대는 멀리 도망치기 시작했지만, 적의 지휘관 에우리크는 이번엔 저번과는 판단을 달리하여 로마군의 기병대를 쫓지 않고 바로 로마군의 후방을 타격하고자 했다. 황제에게는 저번과 같은 매복 병력이 없었으므로 이를 막기란 굉장히 힘든 일이었다. 황제는 분투하며 지휘했지만, 후방의 석궁병들 만으로 적의 기병대를 막을 수는 없었다.

이번에는 황제의 뼈아픈 패배였다. 적들은 로마의 후방을 격파한 후 중앙으로 들이닥쳐 로마군의 보병대를 부수기 시작했다. 중앙의 로마군은 후퇴할 길이 없어 처참한 죽음을 맞이해야 했다. 살아남은 아군은 거의 없었다. 전투가 끝난 후 남아 있는 것은 수많은 시체와 찢긴 로마군의 독수리 깃발뿐이었다.

원정을 계속할 수 없었던 그는 남은 소수의 병력을 점령한 남부 갈리아의 방위를 위해 남겨두고 최소한의 인력만을 데리고 로마로 돌아가기로 결정했다. 그러나 그것은 패착이었다. 황제 일행은 로마로 돌아가던 중, 길을 막은 한 무리의 일행을 만났다.

"너희들은 누구냐? 나는 모든 로마인의 황제다. 길을 어서 비켜라!"

"당신은 오늘 부로 황제가 아니요. 이제 곧 죽을 것이니."

황제가 독단적으로 행동한다고 판단한 리키메르가 암살을 위해 보낸 자들이었다.

"제가 막을 테니 어서 도망치십시오!"

황제의 일행에 속해 있던 안토니우스가 소리치며 말했다. 그러나 그의 의지에도 불구하고 황제 일행은 암살자들에게 죽어 나갈 뿐이었다. 결국 황제의 차례가 오고 말았다.

'제국을 위해 헌신하고자 했건만, 결국 전대 황제와 같은 결말이군.'

암살자의 칼이 황제의 몸을 관통하자, 곧 황제의 거친 숨소리는 멈추고 적막만이 흐를 뿐이었다.

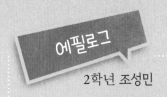

2학년 조성민

내가 나의 진로와 다름에도 역사라는 분야를 선택해서 소설을 쓴 이유는 나의 관심 분야이기도 하고 언젠가 역사 소설을 써서 나의 역사 지식과 소설을 쓰는 능력을 확인해 보고 싶었기 때문이다. 이번 소설을 쓰면서 많은 것을 느꼈다.

난 내가 나름 세계사를 잘 안다고 생각해 왔지만 정작 한 시대를 특정 잡고 그것에 대한 소설을 쓰려니 부족한 점이 너무나 많았다. 그 시대에 쓰인 용어, 시대의 정부 체제, 생활상 등 디테일한 부분이 많이 부족했다.

이번 소설을 쓰면서 역사뿐만 아니라 공부를 하는 데 있어서도 두루뭉술하게 알고 넘어간다기보다는 세세한 부분까지 점검해야겠다고 생각했다. 이번 글쓰기를 계기로 인생을 살아가는 데 있어 깊은 탐구와 꼼꼼한 점검의 중요성이라는 교훈을 배운 것 같다.

5.
교육의 여정

꿈 | 비합리적인 선택 / 에필로그   최우진

비합리적인 선택

2학년 최우진

　꿈, 어쩌면 순우리말 중 뜻도 아름답고 여러 방식으로 쓰이는 단어가 아닐까 싶다. 솔직히 꿈이라는 단어를 듣고 이에 대해서 부정적으로 여기는 사람은 없으리라고 생각한다. 각자 자신만의 아름다운 꿈이라는 그림을 상상 속의 도화지에 펼쳐가며 형형색색의 도구와 색으로 채워나간 하나의 추억이 있을 것이다. 자기만의 색깔과 자신의 도구로 그걸 채워나가는 그 순간만큼은 세상에서 가장 아름다운 그림이 그려졌다고 생각한다. 그리고 그 꿈을 실현시키는 자기를 생각하면 세상에서 가장 행복한 건 우리였다. 나도 그랬었다. 그랬던 거 같다.

　…. 세상이 나에게 현실을 알려주기 전까지 말이다.

　나는 대한민국의 사범대 준비생이다. 정확히는 2025년 입학을 원하는 사범대 준비생이다. 적어도 10년 전, 아니 5년 전까지만 해도 선생님들이며 주변 어른들에게 주목받았던 직업이었고 학과였다. 차라리 그때 내가 이 직업을 선택했더라면 이 시점에서 이러한 무력감 가득한 글을 쓰지도 않았을 터이다. 나는 고등학교 2학년, 그러니까 올해 초반에 이 직업을 선택했다. 솔직히 필자들은 이해가 가지 않을 수도 있다. 아니 당장에 저출산 사회에서 봉급이 그리 높은 것도 아닌 직업 고른 건 너의 선택 아니냐, 이제 와서 한탄하지 말고 꿈을 바꾸는 게 더 효율적인데 뭐하는 일이냐고 생각할 수 있다. 어쩌면 정말 자연스레 드는 생각일 거다. 다른 독자는 올해 있었던 여러 가지 교육 관련 사건 사고들이 머릿속에 주마등처럼 지나가면서 왜 글쓴이는 이러고 있을까 하면서 의구심이 들지도 모른다고 생각한다. 지금부터 왜 이런 길을 걷게 되었는지 내 얘기를 해보려고 한다.

내가 어떠한 경로로 이러한 직업을 가지게 된 건지는 의문이다. 모종의 강력한 이유가 있었던 건 아닌 거 같은데, 적어도 고등학교 1학년까지 교사라는 직업은 2순위거나 그 아래에 종종 있어 왔다. 고등학교에 올라오고 1학년은 방송에 미쳐 있던 거 같다. 어릴 때부터 인터넷 방송을 접해 와서 그런지 방송을 제작하고 진행하는 데에 있어서 집중했었고 그렇게 동아리도 방송부로 갔었다. 그랬던 방송부가 나에게 방송에 대한 꿈을 저 너머로 만들어 버렸을 뿐, 생각보다 나는 많이 서툴렀고 적응도 못했다. 그렇게 나의 도화지를 또 다시 지우고 반복하는 그런 생활을 몇 번째였는지 모를 정도로 반복하던 나에게 자투리 공간에 조금씩 조금씩 그리고 있던 그 무언가가 어느새 도화지의 반을 채우고 있더라.

그런데 지우고 싶지 않고, 오히려 그리고 싶었다. 매번 그리다가 반을 넘어가면 자연스레 지우고 다시 하고 싶은 마음이 생겼는데, 뭔가 생기지 않은, 신비하고 새로운 느낌이었다. 드디어 나만의 도화지에 맞는 나만의 색을 찾은 거 같았다. 그런데 세상이 그 도화지를 조금씩 찢고 있었다. 살짝 물만 묻고 살짝 찢어진 줄 알았는데 그 물이 먹물이고 접착체로 붙이기에도 너무 갈기갈기 찢어지고 있었다. 어른들은 내 꿈만 들으면 열에 아홉은 고개를 저었고, 차라리 그 성적이면 다른 곳을 가는 게 너에게 옳은 길이라고 말하더라. 진지하게 고민했다. 또 몇 번째인지도 모르는 지움의 연속이 다가왔다기에는, 그게 아니었다. 뭔가 특별했고 나와 맞는 색과 도화지를 찾았는데 내 손으로 이걸 또 지우려고 해도 지우개가 들려지지가 않더라. 그래서 지우개를 그냥 던진 거 같다. 지우개가 어딘가에 있을 거다. 뭐 언젠가는 그 지우개를 찾아 나서는 새로운 그림의 시작을 할지도 모르겠지만 난 그 너덜너덜한 도화지를 채워 나가기로 정한 거 같다. 그게 지금까지의 나의 이야기이다.

꿈을 꾸는데 그 꿈이 어둠을 향한 길이라는 사실을 알고도 그 꿈을 향해 나아간다는 것, 참으로 암울하고도 비참하기에 그지없다. 내가 선택한 어둠, 참으로 역설적이지 아니한가. 1학년 통합사회 시간의 배운 '합리적 선택' 이라는 개념과 비교하면 나는 정말 수업시간에 집중을 하지 않은 학생이라고 할지도 모르겠다. 자기 스스로 손해를 보는 선택을 하고 가고 있으니 말이다.

'비합리적 선택', 참 묘한 단어다. 교과서에도 없고, 부정적 의미를 가지고 있어서 그런지 그렇게 잘 쓰이지도 않는 단어다. 다들 합리적 선택을 하라고 요구하고 가르치지, 그 반대를 요구하는 건 당장의 상식에도 맞지 않는다. 합리적 선택을 하면서 우리가 가장 이상적인 삶을 살아갈 수도 있는 것은 부정할 수 없는 현실이다. 그러나 현실이 이렇게 가혹하게 하는데 현실에 맞춰 살아가는 거보다 차라리 비합리적 선택의 길로 돌아가는 건 어떨까 하고 생각해서 나온 나만의 결론이다.

교사의 미래가 어두울지라도, 교사의 난도가 올라간다 하더라도, 난 이 비합리적 선택을 할 것이다. 이 어두운 미래에서 손전등이라도, 반딧불이라도 찾을 수 있다면 나아갈 수 있지 않을까. 나는 어둠 속의 빛의 가능성을 선택한 게 아닐까.

독자들은 내가 정말 허황된 헛소리들을 장황하게 썼다고 생각할지도 모르겠다. 뭐 비합리적 선택이라니, 가능성이라니, 어차피 어두운 건 맞고 네가 특별해서 성공한다는 보장도 없는 이런 교사 판에서 자기 합리화하는 게 아닌가 싶을 거다. 자기합리화 맞다. 그런데 자기합리화라도 안 하면 버틸 자신이 없다. 또 나의 도화지를 지우고 새로운 색을 찾아 나설, 그런 모험에 대해서 나는 두렵다. 그래서 나는 어려워도 내 도화지를 채울 이 그림을 그릴 거다. 그 길에서 성공하는 게 나의 새로운 '꿈'일 거다. 나도 꿈에 대해서 부정적으로 생각하기 싫다. 그래서 나는 이러한 선택을 한 거다. 나는 자발적 비합리적 선택자이자, 대한민국의 사범대 준비생이다.

예… 또 왔습니다… 작년에 그린비 활동에서 가장 적은 분량을 맡았던 수필 작가(라고 하기도 뭐한), 학생 최우진입니다. 우선 올해 그린비 활동을 사실 안 하려고 했습니다. 제 진로가 워낙 미래가 어둡다 못해 슬퍼질 정도로 말이 많아진 진로이여서 그런 거 같기도 하고 작년에도 그랬듯이 워낙 분량을 그렇게 쓰지 못하는, 자질이 많이 부족한 학생이라 판단해서 올해 안 하려고 했으나… 결국… 하게 됐네요.

글 자체는 이틀 정도만에 쓴 거 같습니다. 예나 지금이나 아마 이 책에서 분량이 가장 짧을 거고요, 저 혼자 수필이라면서 시간을 거의 안 쓰고, 친구들은 소설을 쓴다고 일주일 넘게 고생해서 그런지 많이 미안한 감정도 들더라고요. 제 친구들과 후배들 소설도 많은 관심주시길 바랍니다. 여기에 쓸 관심 거기에 더 넣으시면 더 좋은 작품과 재밌는 작품 많으니 읽어보시길 바랍니다.

이번에는 글 내용이 작년처럼 마냥 암울하진 않습니다. 작년에는 환경과 관련된 주제라서 그런지 엄청 비관적이고 비판적인 시선에서 글을 썼는데, 올해는 진로가 주제와 관련되어서 그런지 마냥 비관적으로 쓰기엔 또 제 미래에 관한 글이라서 약간의 자기 스스로의 동정심이 생겨서 그런지는 몰라도 마지막에 의지적인 제 자신에 대해서 써 봤습니다.

제 진로는 앞서서 말했듯이 고등학교 이과 계열 교사입니다. 이 글을 작성하는 2023년 10월 기준으로, 교사 아니 교육 자체의 길이 많이 어둡습니다. 여러 초등학교 사건들이라던가, 정부 지침의 교육 정책 변화까지, 10년 전 아니 5년 전 만 해도 학생들에게서 가장 인기가 많았던 직업이 이렇

301

게 까지 몰락했더라고요. 그런데 제가 학교에서 아이들을 도와주고 앞에 나와서 문제를 풀어주니까, 너무 재밌어요. 진짜로요. 앞에 나와서 발표를 할 때 '어떻게 설명을 해야 정말 모르는 친구들까지 이해시킬 수 있을까?' 하는 생각으로 그 발표하는 문제를 계속해서 가장 이해하기 쉬운 방향으로 잡으려고 하고 그렇게 마치 소위 '1타 강사'같이 해설 강의를 하는 제 자신을 보고 있더라고요. 진짜 천직인 거 같아서 제가 이 꿈을 버릴 수 없는 거 같습니다.

누군가는 한국을 뜨고 다른 나라에서 하면 되는 거 아닌가 하는데, 애초에 입시에 이렇게 진심은 국가는 대한민국 말고 거의 없고, 또한 저는 이상하지만 대한민국의 입시제도가 좀 많이 재밌습니다(?). 다른 나라 언어를 그렇게 잘 하지도 못해서, 최대한 대한민국에서 입시 쪽에서 일하는 것을 목표를 하되, 만일 진짜 나라를 뜨게 된다면 그나마 입시 장사판이 큰 일본 쪽으로 가지 않나 싶네요.

참…… 작가의 TMI까지 다 읽은 여러분들이 있을지는 모르겠다만, 다 읽으셨다니 정말 감사합니다. 다시 말하지만 다른 친구들이 쓴 글이 더 좋습니다. 그거 차라리 더 읽으세요. 이상으로 글 마치겠습니다. 언젠가 제가 이 책을 성광고등학교의 교단에서 공개가 될 지도 모르겠네요. 그때 이 글이 흑역사가 될지, 하나의 추억이 될지는 모르겠으나, 적어도 남는 게 중요하니까요. 이런 기회를 주신 성광고 그린비 성진희 선생님과 친구들에게 감사인사 올립니다.

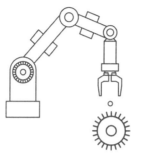